VILLA FLORA

KARIN BARON

VILLA FLORA
DAS GEHEIMNIS VOM ELBHANG

ELLERT & RICHTER VERLAG

Bis heute besuche ich ihn jeden Tag, meinen Garten. Verwunschen schaut er aus. Verwünscht, denke ich oft. Niemand sonst ist darin unterwegs, bis auf die Schmetterlinge, die Vögel, die Eichhörnchen, die ihn und mich mit Haselnüssen beschenken oder mit den Früchten der Buchen. Nur Schmeling begleitet mich. Er trottet mir voraus, wobei er niemals den direkten Weg nimmt, sondern sich schnaufend durchs Unterholz wühlt wie ein Frischling auf der Suche nach seiner Mutter. Schmeling muss ich verjagen, wenn er an der falschen Stelle das gichtige Bein hebt oder einen Platz für seinen neuesten Knochen sucht.

Ihn hätte es amüsiert. „Normal", hätte er gesagt, und es hätte sich angehört wie „normalll" mit wenigstens drei ‚l'.

Wer weiß, hätten wir ein Leben gehabt, ein ganzes und nicht dieses verstümmelte, diesen Appetithappen, amuse-gueule, wie die Franzosen sagen, vielleicht wäre er mir auf die Nerven gegangen, am Ende. So aber haben wir uns nur gestreift. Gleich einem warmen Windhauch in lausigen Zeiten. Einem, der mich auch heute noch manchmal wärmt und mit Sehnsucht umhüllt wie eine Stola aus Mohair, kratzig und behaglich zugleich.

Zwei Jahre hatten wir zusammen. Nur zwei. Warum? Ist das gerecht – ein Dreiundvierzigstel meines Lebens? Ich werde nicht aufhören, mir diese Fragen zu stellen. Nicht bis zum letzten Augenblick. Ich werde sie dem da oben vor die Füße werfen, die Fragen, wenn ich vor ihm stehe, irgendwann demnächst, darauf kann er sich verlassen. Denn nie werde ich aufhören, ihm zu grollen dafür, dass er mich nur halb gemacht hat. Dafür, dass er mich bis heute büßen lässt für dieses lumpige Dreiundvierzigstel, das den Himmel für mich bedeutete und das zu meinem Geheimnis geworden ist. Ein Geheimnis, das ich mit niemandem teilen kann. Niemandem außer Schmeling mit seinem Mopsverstand.

Ich könnte es dem Geheimnis etwas netter machen bei mir, zugegeben. Aber wozu? Aus Gründen der Pietät? Die ist kein Kriterium für mich, war es noch nie. Ich mag ihn, den Anblick von Vergänglichkeit. Das Moos, das über Steine und Wurzeln kriecht und im Frühling tastend die hellgrünen Finger ausstreckt, als führe es nichts im Schilde. Den Efeu, der sich überall festkrallt und erstickt, was seinen Tentakeln nicht gewachsen ist. Die verwirbelten Eichenblätter aus den vergangenen Wintern, die in dicht gepackten Schichten den Boden bedecken und erst nach Jahren verrotten, wenn das Tannin in ihnen zerfallen ist. Sie bereiten meinen Füßen ein weiches Bett, wenn sie darin versinken. Manchmal fühle ich mich wie im Moor.

Vor allem die Pilze mag ich. Die monströsen, die an Baumstümpfen zu tellergroßen fleischigen Blumen erblühen, Seeanemonen gleich, um dann zu übel riechenden Knäueln zusammenzusinken. Ein Sinnbild von Geburt, Verfall und Verwesung innerhalb von wenigen Tagen und ein Festmahl für all die Würmer, Maden und Käfer. Der Ekel, der sich dabei einstellt, übt eine unerklärliche Faszination auf mich aus. Vielleicht, weil mich der kurze Lebenszyklus der Pilzanemone an mich selbst erinnert ...

Es gefällt mir, das Morbide, das Antlitz des Verfalls. Außer wenn es mein eigenes Antlitz ist, das mich im Spiegel verhöhnt, ein einziges Netz aus Knitterfalten, das meine Schönheit schon vor Jahren erstickt hat. Doch letztlich ist es egal, nicht mehr relevant. Ich bin nicht mehr relevant. Es sieht mich keiner mehr an. Keiner außer Schmeling, und der sieht nicht besser aus als ich mit seinem treudämlichen Gesicht und seinen arthritischen Beinen.

Damals war Schönheit wichtig. Schönsein für ihn. Er liebte die Schönheit, die Sonne, den Augenblick. Deshalb mache ich mich schön für ihn, dem Verfall zum Trotz. Jeden Tag. So schön ich kann, denn er ist noch immer bei mir. Irgendwie.

Die Spiegel im Haus meide ich und freue mich über jeden von ihnen, der blind geworden ist über die Jahre. Mir selbst würde Blindheit nichts nützen. Wenn ich die Augen schließe, überfallen mich die Bilder von damals, wenn ich am wenigsten damit rechne. Wie glitzernde Silvesterraketen schießen sie empor, leuchtende Bündel von Farbe, auch wenn so vieles drumherum Grau in Grau war. Feld- und aschegrau.

Einen sonnigen Platz hat mein Geheimnis bei mir, falls die Sonne, dieses launische Stück, geruht, einen Blick auf Hamburg zu werfen. Hamburg, die Schöne, die wiederauferstanden ist aus ihren Trümmern. Wir haben uns in gegensätzliche Richtungen entwickelt, die Stadt und ich. Damals, als wir uns kannten, er und ich, lag sie danieder, nichts als ein Haufen Steine. Ich hingegen war obenauf, trotz der lausigen Zeiten. Dank meiner Jugend, dank ihm. Heute bin ich die Ruine. Und der Augenblick, den er so lieben wollte? Der ist tot. So tot wie er.

Die Schnepfen von nebenan und gegenüber glauben, sie haben es schwer im Leben mit ihren Männern und ihren Gören. Wenn ich dieses Gezeter höre, dieses Gemecker ..., speien könnte ich. Mehrmals am Tag. Nichts wissen sie vom Leben, gar nichts. Und vom Tod. Und von dem Geheimnis, das hier zuhause ist, direkt neben ihnen, und mich nicht zur Ruhe kommen lässt. Seit über sechzig Jahren. Ich habe aufgehört, die Jahre zu zählen. Ob eines mehr oder weniger, es spielt keine Rolle. Aber das Geheimnis spielt eine Rolle. Es befriedigt mich. Irgendwie. Es hält mich bei der Stange, auch wenn Schmeling und ich den Nachbarinnen auf die Nerven gehen und sie mich am liebsten los wären, so oder so, das sehe ich ihnen an.

„Ma petite fleur", so hat er mich genannt. Meine kleine Blume. Manchmal auch „mon cactus", wenn ich stachelig und kratzbürstig zu ihm war. Und „mon p'tit Adolf", wenn es ganz dicke kam, und weil Adolf und ich am gleichen Tag Geburtstag haben. Oder hatten.

Ich heiße Flora. Ich bin sechsundachtzig, falls ich mich nicht verrechnet habe. Und Stacheln aufrichten oder Krallen ausfahren kann ich immer noch gut.

EINS

„Zu meiner Mutter? Ich soll wieder bei meiner Mutter einziehen? Das meinst du ja wohl nicht im Ernst." Grit schlug eines ihrer muskulösen goldbraunen Beine über das andere, von denen man nie mit Sicherheit sagen konnte, ob die Farbe ihren zahlreichen Outdoor-Aktivitäten entsprang oder einer Tube aus dem Drogeriemarkt. „Ich bin einundfünfzig. Und wir schreiben das Jahr 2012!"

„Na, und? In der Not frisst der Teufel Fliegen", erwiderte Alex und unterdrückte einen frustrierten Seufzer beim Anblick ihrer eigenen Beine, die diesen Sommer über den Farbton von italienischer Büffelmozzarella nicht hinauskamen und auch nicht halb so muskulös waren wie die von Grit. „Ah, unser Goldbroiler", pflegte Michael zu sagen, wenn er ihrer Freundin begegnete und sie mit ihrer Kodderschnauze über ihn herfiel.

Grit angelte noch einen von den roten Paprikastreifen aus dem Cocktailglas und übersah demonstrativ die Schale mit dem Avocadodip, die Alex ihr hinschob. „Meine Mutter wohnt am Arsch der Welt. A-r-schaffenburg! Da kann ich mich gleich erschießen, falls sie mir nicht zuvorkommt." Sie zog eine Augenbraue hoch, wodurch sie der auch nicht mehr taufrischen Linda Evangelista noch stärker ähnelte. „Egal, in welchem Zivilstand ich mich gerade befinde, ob ich ganz brav verheiratet bin, Single oder einen Liebhaber habe, Wilma billigt meinen Lebenswandel aus Prinzip nicht."

„War ja nur eine Idee. Bis du dich wieder sortiert hast." Alex stippte ihre Paprika bis zum Grund in die Avocadocreme. „Und saniert. Aber Aschaffenburg ist natürlich ein Argument. Hmmm." Sie leckte ihren Zeigefinger ab. „Solltest du mal probieren. Schmeckt köstlich."

„Avocado besteht zu dreiundzwanzig Prozent aus Fett, das weißt du, oder?"

„Na und? Ist doch rein pflanzlich. Und als Feuchtigkeitscreme schmierst du sie dir ja auch ins Gesicht."

„Das ist was völlig anderes und außerdem ..."

Plong. Plong. Plong.

„Oh, nee, nicht schon wieder. Das tut sie ungefähr zehnmal am Tag." Alex war aufgesprungen und schloss energisch die Doppelsprossentür zur Terrasse.

„Plong", sagte Grit. „Von wem sprichst du?"

„Von meiner Nachbarin. Manchmal denke ich, sie ist inzwischen völlig plemplem. Ständig knallt sie ihren Aschenbecher gegen die Innenseite ihrer Mülltonne, dass es bis zur nächsten Straßenecke zu hören ist. Vorzugsweise dann, wenn ich Besuch habe oder ausnahmsweise mal im Liegestuhl auf der Terrasse liege."

„Ist das die giftige Alte mit den schrillen Klamotten, die mich jedes Mal anpfeift, wenn ich vor ihrem Grundstück parke?"

„Genau die. Irgendwann schenke ich ihr einen Zollstock, damit sie auf den Zentimeter genau ausmessen kann, wo ihr Teil vom Gehweg anfängt. Dann soll sie von mir aus direkt Fallen aufstellen oder Reißnägel auf dem Boden verteilen."

„Das ist doch öffentlicher Grund. Sie kann doch keinem verbieten, da zu parken."

„Tut sie aber. Sie sagt, sie hat keine Lust, auf fremde Blechhaufen vor ihrer Tür zu starren, wenn sie ans Fenster geht."

„Hat sie das zu dir gesagt?"

„Nein, zu ihrer Haushaltshilfe. Frau Stein kommt manchmal zu mir an den Zaun und klagt mir ihr Leid, wenn sie's nicht mehr aushält. Flora Perleberg kann ein echter Besen sein. An manchen Tagen muss Frau Stein sich die wüstesten Unterstellungen und Beleidigungen anhören, und dann wieder ist Flora die Liebenswürdigkeit in Person und anhänglich wie ein kleines Kind."

Geduckt wie ein Panther zischte ein silbergrauer Wagen um die Ecke und kam, Sand und Steinchen aufspritzend, mitten vor dem Nachbargrundstück zum Stehen.

„Na, da hat Frau Flora ja einen hübschen Blechhaufen, über den sie sich aufregen kann." Grit war an die Terrassentür getreten und beobachtete die Szene vor der üppigen Rhododendronhecke nebenan. „Obwohl, Blechhaufen, ich weiß ja nicht. Um den sollte ich mich vielleicht persönlich kümmern, angesichts meiner Finanzlage."

„Falls du dabei an einen smarten Fahrer samt dicker Brieftasche denkst, vergiss es." Alex machte die Terrassentür wieder auf. „Den smarten Fahrer jedenfalls."

Aus dem silbergrauen Porsche, dessen Türen sich simultan öffneten, stiegen auf der Fahrerseite eine korpulente dauergewellte Blondine aus und zum Bürgersteig hin ein schmierig wirkender Endfünfziger mit Bauchansatz und ausufernden Geheimratsecken im nach hinten fixierten dunklen Haar.

„Hast recht", sagte Grit. „Wieso sitzen in dieser Sorte Fahrzeug eigentlich immer die Falschen?"

„Das ‚falsch' darfst du in diesem Fall wörtlich nehmen", warf Alex abfällig hin. „Wir nennen die nur ‚die Erbschleicher'. Müssen wohl mal wieder den Rasen mähen, um sich die Hütte zu verdienen. Den Mäher bringen sie immer im Kofferraum mit."

„Kofferraum? Im Kofferraum eines Porsche bringst du nicht mal einen Kulturbeutel unter. Da können sie höchstens eine Nagelschere drin haben. Zum Kanten schneiden oder so."

„Stimmt. Wenn er beabsichtigte, Frau Perlebergs Wildnis wieder begehbar zu machen, dann wäre er in seinem Daimler erschienen und in seinem niedlichen Hawaii-Outfit, das schon auf dreihundert Meter Entfernung nach Friseur-Außendienst aus den Achtziger Jahren riecht. Außerdem hätte er den Freitagnachmittag gewählt, seine bevorzugte Rasenmähzeit, wenn andere Menschen gern mal das Wochenende einläuten und bei einem Kaffee in ihrem Garten sitzen."

„Floralein! Wie schön, dich zu sehen", schallte es vom rostigen schmiedeeisernen Tor herüber. Durch eine Lücke in der ansonsten blickdichten Hecke war der Eingang zu Flora Perlebergs Reich gut zu sehen. Nebst ihrer olivfarbenen Mülltonne mit dem roten Deckel, die einen krassen Gegensatz zu dem verwunschenen Garten und ihrer eigenen Erscheinung bildete. Die Dauergewellte umarmte die fragile alte Dame, die einen schweren Kristallaschenbecher in der Hand hielt und neben ihrem Besuch wirkte wie ein Kolibri neben einem Geier.

Flora Perleberg sah aus, als sei sie soeben einem Märchen entsprungen. Nur hatte darin der Prinz die schöne Prinzessin nicht gekriegt. Durch eine bösartige List des Schicksals musste er sie verfehlt haben, und nun saß sie noch immer im Schloss bei ihrem mittlerweile vermoderten Papa und wartete, zunehmend ungehalten und erbittert, auf ihren Erlöser. Die Taille der launischen Prinzessin, an diesem Donnerstagnachmittag durch ein dunkelgrünes Samtband betont, war noch immer die eines jungen Mädchens. Darunter bauschte sich ein fast knöchellanger weiter Plisseerock aus hellblauer Seide, unter dem zwei Brokatpantöffelchen mit Pelzbesatz hervorlugten. Über einem eng anliegenden Oberteil trug sie ein Bolero aus Marabufedern, das ihr das Aussehen eines frisch geschlüpften australischen Kiwis verlieh. Ihre dürren Finger zierten großformatige goldgefasste Edelsteine, die ebenso gut zu einer Wahrsagerin gepasst hätten, und ihre Ohrläppchen waren ausgeleiert vom Gewicht eines schweren tropfenförmigen Perlengehänges.

Floras zartes Gesicht mit dem spitzen Kinn umwölkte ein Gespinst aus weißem Haar. Es gab ihr etwas Verwirrtes und erinnerte Alex immer an eine Portion Zuckerwatte vom Jahrmarkt. Darunter allerdings blickten quicklebendige braune

Vogelaugen hervor. Flora Perleberg sah aus wie ein gealtertes Dornröschen, das der hundertjährige Schlaf nicht erfrischt, sondern an dessen Antlitz mit seinen scharfen Kanten unerbittlich der Zahn der Zeit genagt hatte.

„Warum so gallig, Alex? Und wieso Erbschleicher?" Grit ließ sich in die ehemals schwarzen Lederpolster des originalen Le-Corbusier-Sessels aus den Zwanziger Jahren fallen, Alex' ganzer Stolz.

„Weil das ganze Floralein-Getue mir tierisch auf die Nerven geht. Die zwei sind hinter Floras Villa her, das ist alles. Und sobald sie sie im Sack haben, das schwör ich dir, lässt der Kerl den Rasenmäher stehen und beauftragt einen Gärtner. Auf Floras Kosten selbstverständlich." Im Vorbeigehen griff Alex sich zwei Paprikastreifen und setzte sich Grit gegenüber.

„Hast du ihm das mal gesagt, das mit dem Freitagnachmittag?"

„Allerdings. Und weißt du, was ich zur Antwort bekommen habe?" Alex schnaufte. „Eigentlich habe er das gar nicht nötig, irgendjemandem den Rasen zu mähen. Schließlich sei er Rechtsanwalt und halte sich für gewöhnlich um diese Uhrzeit auf dem Golfplatz auf. Was er hier tue, sei alles für einen guten Zweck, nämlich den, einer alten Dame beizustehen." Alex ließ die Luft geräuschvoll durch die Nase entweichen. „Guter Zweck, dass ich nicht lache. Seinen Einsatz lässt er sich von Flora bezahlen. Das weiß ich von Frau Stein. Hundert Euro die Stunde."

„Hundert Euro? Fürs Rasenmähen?"

„Nicht übel, was? Aber der ehrenwerte Herr ist ja Anwalt. Da hat man eben seinen Preis und kann sich nicht unter Wert verkaufen. Oder gar mal was umsonst tun."

Das Tuten eines großen Schiffs drang durch die offene Terrassentür. Alex liebte den langgezogenen Ton, der bei Südwind den Hang hinaufwehte und sie daran erinnerte, dass sie an einem großen Strom lebte. Sie lauschte. Drei durchdringende langgezogene Töne. Wahrscheinlich kreuzte wieder eine Segelyacht das Fahrwasser, waghalsig dicht vor einem rasch näher kommenden Containerschiff.

„Woher kennen die sich eigentlich?", holte Grit sie zurück ins Wohnzimmer.

„Was? Ach ja. Die dralle Blonde, deren Gesicht mich immer an einen Tiefkühlteigling aus Kasachstan erinnert, ist Floras Steuerberaterin und als solche natürlich bestens über ihre Finanzlage informiert. Barbara Avidus. Bei der ist der Name Programm."

„Wie das?"

„Ist Lateinisch für ‚gierig', klingt bloß besser. Ich fürchte, Flora hält Frau Avidus für ihre Freundin, dabei ist die Dame einfach nur ein gerissenes Luder." Alex wischte sich eine Strähne aus der geröteten Stirn. „Und der schmierige Don Juan mit der Berlusconi-Haartracht ist ihr Lebensgefährte. Er war sogar mal so blöd, Frau Stein zu erklären, sie hätten schon mal so eine alte Dame gehabt."

„Gehabt?"

„Genau. Damit ist doch klar, wo der Hase längs läuft. Die sind nur auf die Perleberg'sche Kohle scharf, und es ist nicht das erste Mal, dass sie so eine arme alleinstehende Frau abzocken. Wobei ich das ‚arm' nicht als soziale Kategorie meine. Flora Perleberg hat Geld wie Heu. Sie besitzt mehrere Mietshäuser in der Stadt."

„Und warum unternimmt niemand was gegen die Abzokkerei?"

„Schwierig. Michael sagt, ich soll mich da bloß nicht einmischen. Das gehe mich nichts an. Und Frau Stein, die das alles krank macht, hat sich schon mal über die rechtliche Lage informiert. Da ist nichts zu machen."

„Aber es müsste doch so eine Art Standesvertretung der Steuerberater in Hamburg geben. geldwäsche-minus-hamburg-punkt-com oder so."

„Gibt es auch, hab' ich gegoogelt. Und ich habe auch schon darüber nachgedacht, die mal auf die Machenschaften von Bonnie & Clyde aufmerksam zu machen."

„Bonnie & Clyde." Grit musste lachen und nippte an ihrem Mineralwasser.

„Das war, als ich von der Geschichte mit der Kreuzfahrt erfahren habe."

„Kreuzfahrt? Das wird ja immer spannender." In Erwartung einer dicken Portion Elbvorortklatsch lehnte Grit sich genüsslich in Alex' abgewetztem LC1 zurück.

„Ja. Eines Tages winkte mich Frau Stein an die Mülltonne und schien regelrecht verzweifelt. Bonnie & Clyde planten, mit Flora Perleberg auf Kreuzfahrt zu gehen, in die Karibik – rate mal auf wessen Rechnung –, aber Frau Stein hatte das Gefühl, ihre Arbeitgeberin sei dazu gesundheitlich nicht in der Lage. Sie fragte sich, was dahintersteckt. Sonja, meine Nachbarin von gegenüber, und ich waren fest entschlossen, zur Polizei zu gehen, sollte Flora von dieser Karibiktour nicht gesund und munter zurückkehren. Stell dir mal vor, was auf so einem Monsterdampfer alles passieren kann. Und keine Zeugen."

„Außer den zweitausend anderen, die sonst noch mit an Bord sind. Plus tausend Mann Personal."

„Aber die haben doch keine Ahnung. Wenn du jemanden unbemerkt über Bord gehen lassen willst, kein Problem. Kleiner Schubs im richtigen Augenblick, und fertig."

„Und unten lauern die Haie. Mahlzeit. Obwohl, von Flora werden die nicht wirklich satt." Grit lächelte maliziös. „Von ihrer Steuerberaterin schon eher."

„Das ist nicht lustig, Grit." Alex hatte sich in Rage geredet und ignorierte Borste, den Kater, der um ihre Beine herumscharwenzelte in der Hoffnung auf ein vorgezogenes Abendmahl. „Jedenfalls war Frau Stein mit Flora bei deren Arzt, zu dem sie sie immer begleitet. Der ist zum Glück ein vernünftiger Mensch und hat die Kreuzfahrt verboten. Viel zu riskant bei ihrem Gesundheitszustand, hat er gesagt. Frau Perleberg ist nämlich mittelgradig dement, weiß aber selbst nichts davon."

„Und selbst wenn sie's wüsste, hätte sie es wahrscheinlich sofort wieder vergessen", mutmaßte Grit. Sie lehnte sich im Sessel zurück. „Welch seliger Zustand. Ich kenne das von meiner Tante. Manchmal wünsch' ich mir auch so ne mittelgradige Demenz; nur für ein paar Tage, um zum Beispiel abtrünnige Ehemänner mitsamt ihren Size Zero-Mädels in einem geistigen Nirwana verschwinden zu lassen."

„Bonnie & Clyde müssen jedenfalls schwer enttäuscht gewesen sein und haben garantiert ihre Felle davonschwimmen sehen. Fürs Erste jedenfalls. Ich persönlich wünsche Frau Perleberg, dass sie mindestens hundertzwanzig wird, obwohl sie eine echte Giftspritze sein kann."

„Wie alt ist sie jetzt?"

„Sechsundachtzig. Das habe ich mir gemerkt, weil sie genauso alt ist wie mein Vater." Ein Schlüssel drehte sich nach einigem Herumgestocher im Schloss der Eingangstür. Kurz darauf drangen dumpfe Geräusche aus dem Flur, die sich rasch näherten.

„Hallo, Grit, ist das dein neues Auto da draußen vor der Tür?" Auf Inline-Skates rollte Elin über den hellgrauen Wohnzimmerboden aus geschliffenem Beton und schnappte sich eine Handvoll Paprikastreifen. Einen halben ließ sie einsam im Glas zurück.

„Elin! Ist das nicht ein bisschen unverschämt, was du da machst? Außerdem habe ich dir schon x-mal gesagt, du sollst nicht mit Inlinern über unsere einzig verbliebenen Pitchpinedielen im Hausflur donnern. Irgendwann krachen die auch noch durch."

„Von meinem Gewicht bestimmt nicht", erwiderte Elin ungerührt. „Aber jetzt hab' ich Hunger."

„Schon gut", lachte Grit. „Dreizehnjährige müssen noch wachsen."

„Vierzehn", korrigierte Elin und beugte sich zu Grit hinunter, um sie zu umarmen. „Sonst hast du recht. Ich bin schon einen Meter siebzig groß. Aber für ein Model reicht das noch nicht."

„Ich bin nur einen Meter achtundsechzig groß geworden und habe trotzdem einen Mann gefunden. Oder auch zwei." Grit grinste schief. „Bis auf weiteres jedenfalls."

„Darum geht's doch gar nicht." Elin tauchte ihr Paprikabündel bis fast zu den Fingern in die Avocadocreme und warf sich neben ihre Mutter aufs Sofa. „Wahrscheinlich gab's zu deiner Zeit einfach noch keine Paprikaschoten oder anderes gesundes Zeug in Deutschland."

„Wieso fühle ich mich jetzt wie hundert?" Grit seufzte und leerte ihr Mineralwasser in einem Zug. „Ich muss los, Alex", sagte sie und stand auf. „Muss Mira bei Isabelle abholen."

Alex begleitete ihre Freundin bis zum Gartentor und fragte sich, warum sie plötzlich schlechte Laune bekam. „Vielleicht sollte ich selbst anfangen, Reißnägel auszustreuen, und damit diese Angeberkarre noch ein paar Zentimeter tiefer legen. Die gute Frau Steuerberaterin merkt nicht mal, dass es an ihrer eigenen Optik nichts verbessert und sie kein Gramm weniger wiegt, wenn sie mit so einem Auto durch die Gegend fährt. Da sollte dann schon wenigstens Maria Furtwängler aussteigen."

„Oder Matthias Brandt", sagte Grit. „Oder noch besser: ich."

Alex musste lachen. Grit hatte vollkommen recht. Ihre Freundin war ein Hingucker. Alex kannte keine Frau, der die kurze graumelierte Raspelfrisur so gut gestanden hätte wie ihr. Diese Haare hätten jede andere zum Mannweib gemacht oder einfach nur alt, aber Grit machten sie sogar jünger. Dazu die riesigen blauen Augen, der Mund und Grits ausgelassenes und meist ziemlich dreckiges Lachen. Kombiniert mit ihrer durchtrainierten Figur und der lebhaften Gestik, mit der sie schon mal im Vorbeigehen eine halbe Ladentheke abräumen konnte, wirkte sie ausgesprochen dynamisch und energiegeladen. Und ihr experimenteller Umgang mit Anti-Aging- und Kosmetikprodukten aller Art, von der Hormonpille bis zur Vitaminampulle, bestärkte sie in der Illusion, der altersbedingte körperliche Verfall sei aufzuhalten. Eventuelle Zweifel glitten an ihr ab wie das Wasser des nahe gelegenen Teichs an den dort beheimateten Wildenten. Beneidenswert. Wie Alex Grit kannte, würde der gegenwärtige finanzielle und männertechnische Engpass nur von kurzer Dauer sein.

Sie stopfte die dunkle Strähne, die sich in ihrem Mundwinkel verfangen hatte, zurück in den verwuschelten Pferdeschwanz und beobachtete, wie Grit mit ihrem mokkafarbenen Mini-Cabrio eine rasante Hundertachtziggradwende hinlegte, ohne den gegenüberliegenden Bürgersteig zu touchieren.

Wie ihr selbst wohl zumute wäre in einer vergleichbaren Situation? Mann weg, Job weg, Kind da – das Ganze simultan und ohne einen Hauch von Silberstreif am Horizont? Es würde ihr eher gar nicht gut gehen. Sie winkte Grit nach und ging nachdenklich zurück ins Haus.

ZWEI

Schon seltsam. Wie konnte es angehen, dass man anderen Frauen problemlos gute Ratschläge im Umgang mit ihren Müttern oder Schwiegermüttern gab, mit seiner eigenen aber umging wie mit einer Rohrbombe, die jeden Augenblick detonieren konnte. Alex räumte das gläserne Geschirr von dem Sofatisch und wischte sorgfältig die Avocadocreme weg, die Elin verkleckert hatte. Sie schüttelte den Kopf über sich selbst.

Wie hatte sie Grit bloß vorschlagen können, zurück zu ihrer Mutter zu ziehen, während der Gedanke daran, desgleichen bei ihrer eigenen Mutter zu tun, nackte Panik in ihr auslöste. Sich abgrenzen und sein Ding machen, das klang gut. Und so simpel. Wenn es aber galt, das Verfahren bei sich selbst umzusetzen, wollte es ihr einfach nicht gelingen. Regelmäßig fühlte Alex sich wie als kleines Mädchen, nämlich ebenso verzweifelt wie unzulänglich. Noch immer war sie darauf bedacht, für die Gefühls- und sonstigen Defizite ihres Vaters aufzukommen und auszugleichen, was ihre Mutter in der Beziehung zu ihrem Ehemann vermisste. Und dabei bloß keine Fehler zu machen und sie vor allem nie, niemals zu kritisieren. Kritik von ihr, Alex, war das Allerletzte, was ihre Mutter vertragen konnte, zumal sie ihr Leben als eine einzige Abfolge von unangenehmen Ereignissen empfand. Oder von gar keinen Ereignissen, wobei nicht klar war, welche Variante die üblere war.

Schon früher war es so wenig zu schaffen gewesen, ihre Mutter glücklich zu machen, wie heute. Oder auch nur zufriedenzustellen. Alex hatte sich so angestrengt und tat es noch immer. Doch nach wie vor fühlte sie sich wie ein mieser Ersatz, unzureichend wie der rissige hellgraue Kitt an der Fenstertür zur Terrasse ihres Elternhauses, der einfach nicht dicht genug war, um den prasselnden Regen zuverlässig draußen zu halten.

Ihr Elternhaus war vermintes Territorium. Mal abgesehen davon, dass noch die unbedeutendsten Dinge des täglichen Lebens ungeschriebenen Regeln zu folgen hatten – ganz kleines Karo, von der soldatischen Anordnung des Bestecks in der obersten Abteilung des Geschirrspülers bis hin zum akribischen Schneiden der Rasenkanten à la Versailles –, bewegte sie sich dort auch sonst so samtpfötig tastend wie eine Katze auf Raubzug. Vor allem verbal, um nicht Irenes Unmut zu wecken oder gar ihren Selbstverteidigungsreflex zu aktivieren. Wenn ihre Mutter sich zu Unrecht angegriffen fühlte, und das war es immer, konnte sie unberechenbar werden und gereizt auf einen losgehen wie eine Wildsau mit sehr frischen Frischlingen.

Oder sie schaltete um auf das arme unverstandene Wesen, das alle Sorgen und alles Elend dieser Welt zu tragen hatte. Dann schwieg sie abrupt und trug verbissen eine Leichenbittermiene zur Schau, die auf die Dauer nicht zu ertragen war. Alex pflegte Irene grundsätzlich zu behandeln wie ein rohes Ei. Doch immer öfter hatte sie nicht übel Lust, das Ei einfach mal aus großer Höhe fallen zu lassen, mit beiden Füßen in den Dotter zu trampeln und Spuren zu hinterlassen, die so schnell nicht wieder wegzuwischen sein würden.

Ihr Vater war ganz anders. Leben und leben lassen war Viktors Credo, und bis heute hatte er nicht begriffen, wo genau die Fettnäpfe auf ihn lauerten und die häuslichen Tretminen herumlagen. Dazu kam, dass Samtpfoten nicht seine Spezialität waren. Viktors Fortbewegungsmodus glich eher dem des sprichwörtlichen Elefanten im Porzellanladen. Nicht selten war er mitsamt der Mine hochgegangen, was auf beiden Seiten mit schmerzhaften Verletzungen und erheblichen Kollateralschäden verbunden gewesen war. Mittlerweile hatte er sich allerdings in den Stand-by-Modus zurückgezogen, redete nur das Nötigste und gab sich Mühe, so wenig wie möglich zu kleckern, Geschirr fallen zu lassen oder sonst unangenehm aufzufallen. Leider gelang das seltener, als alle Beteiligten es sich gewünscht hätten.

Als beeinflussten die Gedanken an ihren Vater quasi telepathisch ihre eigene Geschicklichkeit, stolperte Alex auf dem Weg zur Küche mit dem Geschirr in der Hand über einen von Elins Inlinern. In Gesellschaft seines zerkratzten Partners lag er mitten im Flur herum. Klirrend fielen zwei Gabeln auf den Boden. „Mann, Elin, verdammt! Kannst du vielleicht auch mal was wegpacken?"

„Versteh dich gerade nicht, Mama", schallte es von oben zurück, „bin schon mit einem Bein unter der Dusche." Seufzend bückte Alex sich nach dem Besteck.

Die Regeln. Das war wohl der Grund, warum ihre Mutter sie ungern besuchte. Hier in der Theobaldstraße hatte sie, Alex, Heimrecht. Das Leben funktionierte nach ihrem eigenen Rhythmus, und wenn es dabei gelegentlich aus dem Takt geriet, war das auch kein Drama. Es würde sich schon wieder einpendeln. Alex hatte eine gewisse Gelassenheit dem Leben gegenüber entwickelt. Es tat ohnehin, was es wollte. „Life is what happens while you are busy making other plans." Wer hatte das nochmal gesagt? John Lennon selig?

Ihre Mutter konnte das schlecht ertragen. Es verunsicherte sie, sich fremden Regeln anpassen zu sollen, und anderer Leute Gelassenheit machte sie per se nervös. Sie hatte das Gefühl zu stören. Daher reiste sie, wenn überhaupt, am liebsten dann an, wenn Michael auf Geschäftsreise war: einer weniger, dem man zur Last fallen konnte und der einem, was noch schlimmer wäre, womöglich auf die eigenen Nerven ginge mit seiner aufreizend unaufgeregten Art.

Irene wollte Alex' Haushalt mit ihrer Anwesenheit nicht durcheinanderbringen, was immer wieder und erst recht zu

Verkrampfungen führte, um nicht zu sagen zu Verstopfung. Dabei gab es gar nichts durcheinanderzubringen. Mit ihrem Haushalt war Alex per Sie, insbesondere mit allem, was sich normalerweise in der Küche abspielte. Weder war sie willens oder in der Lage, mehr als zwei Sorten Kuchen zu backen, noch hielt sie es für nötig, den Umgang mit Schweinelenden, Nackenkarbonaden und Gänsekeulen zu erlernen. Wenn Michael dergleichen auf seinem Teller wünschte, musste er sich selbst darum kümmern. Oder essen gehen. Alex' bevorzugtes Revier waren die Einrichtung und der Garten, und lieber schüttelte sie beim Umgraben des Komposthaufens jedem Wurm persönlich die Hand, als in ihrer Küche Kabeljau oder gar Hähnchen auszunehmen.

Alex war Freiberuflerin. Innenarchitektin, mit einem Hang zum lässigen nordischen Einrichtungsstil. Long Island Style, wie es in den einschlägigen Wohnzeitschriften gern hieß. Natürlich waren die jeweiligen Long Island-Bewohner aus den Magazinen sämtlich Kreative und hatten angeblich ihre Möbel im Vorbeigehen bei einem „garage sale" oder beim Trödler um die Ecke entdeckt. Anstatt die gesamte Einrichtung bei jemandem wie ihr in Auftrag zu geben. Sie kannte das, und diese Pseudolässigkeit ging ihr auf die Nerven. Ihre eigene Kundschaft war ein wenig anders. In der Regel konservativer. Sie musste immer aufpassen, den Anflug von Unmut aus ihrem Gesicht zu verbannen, der sich zwischen ihrem rechten Mundwinkel und dem Nasenflügel zu zeigen drohte, sobald die Neugestaltung des Hauses oder auch nur des Wohnzimmers partout Samtvorhänge in Mehltaugrün berücksichtigen sollte. Oder Polsterstühle in der Farbe Lachs, die Alex grundsätzlich an die Dessous-Mode der Vierziger Jahre erinnerte.

Ihre eigene Küche war hell und luftig. Sie funktionierte nach der Devise: so wenig Küche wie möglich. Das war vor zwei Jahren Alex' Bedingung bei der Umgestaltung des Raumes gewesen, nachdem ihnen die Türen der beim Hauskauf geerbten dunkelbraunen Einbauküche immer häufiger entgegengefallen waren, wenn man sie aufmachte. Viel Weiß, Pink und Grau, keine überflüssigen technischen Geräte und ein Eisfach, das mit der Produktion von Eiswürfeln vollkommen ausgelastet ist, das waren die bestimmenden Koordinaten. Down-Shifting nannte Alex ihr persönliches Reduktionsverfahren. Weniger Stress durch weniger Kram. Wenn es nach ihr allein gegangen wäre, wäre sie gänzlich ohne Herdplatte ausgekommen, aber an dieser Stelle hatte ihre Familie mit Auszug gedroht. Und die wollte sie nicht down-shiften. Oder nur manchmal.

„Die Erbschleicher waren wieder da", ließ Alex beiläufig beim Abendessen fallen. Ausnahmsweise war die Familie vollzählig um den schmalen weiß lackierten Biergartentisch versammelt, der ihnen vorübergehend als Esstisch diente.

„Führst du jetzt Buch über die?" Ihr hoch aufgeschossener Sohn lümmelte sich auf einen der türkisen Fünfziger-Jahre-Küchenstühle, die Alex aus Irenes Keller hatte retten können, bevor sie dem Sperrmüll anheimfielen. Irene hielt unangefochten den deutschen Rekord im Ausmisten.

„Natürlich nicht", sagte Alex ungehalten. „Aber man kann sie einfach nicht *nicht* wahrnehmen mit ihrer Protzkiste und ihrem schleimigen ‚Floralein'."

„Und ...", sagte Elin mit vollem Mund, „haben sie Floralein wieder Schnaps in Literflaschen mitgebracht?"

„Woher weißt du ...?" Alex beendete ihren Satz nicht. Fragend runzelte sie die Stirn in Richtung Michael.

„Unschuldig", sagte er zwischen zwei Bissen. „Von mir hat sie das nicht."

„Ich hab' euch gehört neulich, als du Papa den jüngsten Tratsch von Frau Stein berichtet hast."

„Das ist kein Tratsch", sagte Alex und ärgerte sich darüber, dass sie schon wieder begann, sich aufzuregen. „Das ist die skandalöse Wahrheit. Leider."

„Na, wenn sie dann im Suff die Treppe runterfällt, kannst du ja bald die Villa für die zwei Porschefritzen einrichten", sagte Tim. „Kohle haben die dann genug. Ich persönlich find die Kiste von denen übrigens ziemlich cool."

„War ja klar." Klirrend ließ Elin den Deckel der Butterdose fallen und schickte ein genuscheltes „Tschuldigung" hinterher, als sie ihre Mutter in der für sie typischen genervten Art zusammenzucken sah, die man als Tochter einfach nur ätzend finden konnte.

„Für die zwei Affen? Niemals", sagte Alex. „Im Übrigen haben die schon ein Haus und werden den alten Kasten meistbietend verhökern. Und wenn wir richtig Pech haben, lässt ein Investor ihn abreißen und klotzt zwei fünfstöckige Rotklinkerwürfel mit Penthouse da hin.

„Dann kannst du nicht mehr oben ohne auf dem Flachdach vom Anbau liegen", feixte Tim und klaute seiner Schwester die letzte Olive vom Teller.

„Und du dich nicht mehr in Flora Perlebergs Gartenhäuschen mit deinen Freundinnen rumtreiben. Oder soll ich das ‚rum' gleich weglassen?" Unschuldig lächelte Elin ihn an.

„Ziege", erwiderte Tim. „Bist ja bloß neidisch, weil sich mit dir da keiner rumtreiben will. Nicht mal im Dunkeln."

„Tim", fuhr Alex dazwischen, doch das erwies sich als überflüssig. Elin war durchaus in der Lage, die Verbalattacke ihres Bruders zu parieren und noch eins draufzusetzen.

„Du hast's erfasst", konterte sie kühl. „Weil ich nämlich keinen Bock darauf hab, auf den benutzten Kondomen meines Brüderleins auszuglitschen."

„Immerhin", ließ Michael sich vernehmen, während er seine Gabel konzentriert in ein Cornichon piekte. „Man verhütet. Das ist doch schon mal was. Und was machst du, wenn die jungen Damen trotzdem schwanger werden? Du bist siebzehn."

„Die nehmen alle die Pille", knurrte Tim.

„Sieht man." Elin kämpfte mit zwei Scheiben Pumpernikkel, die sich nicht voneinander trennen wollten. „Julia trägt seit vier Wochen ihre Brüste durch die Gegend wie Kim Kardashian ihren Hintern. Oder war das Jessica?"

„Kim ... wer?", fragte Michael.

„Blöde Kuh." Tim schob seinen Stuhl geräuschvoll nach hinten. „Ich bin weg jetzt. Treff mich noch mit Paul."

„Gib dir keine Mühe, Bruderherz." Mit ihrem Messer deutete Elin Richtung Fenster. „Julia wartet schon draußen unter der Eiche. Hat sie jetzt eigentlich Körbchengröße D oder ist das schon F?"

Tim warf seiner Schwester einen Blick zu, der einen Pitbull dazu gebracht hätte, mit eingekniffenem Stummelschwanz schnellstmöglich das Weite zu suchen.

„Und deine Hausaufgaben?", fragte Alex. „Hast du die ...?"

„Chill mal, Mama", sagte Tim, und weg war er.

„Ich muss zugeben", sagte Michael und legte seine Serviette beiseite, „so unterhaltsam sind die Dialoge im Hotel nicht. So erhellend auch nicht."

„Wollen wir tauschen?", fragte Alex. „Du amüsierst dich zur Abwechslung über die häuslichen Dialoge, mähst den Rasen, bügelst Hemden und sammelst täglich dreißig kackbraune Nacktschnecken aus den Rabatten. Und ich zieh ins Hotel und gehe in Ruhe meiner Arbeit nach. Und amüsante Dialoge erlebe ich höchstens an der Hotelbar."

„Täusch dich nicht", erklärte Michael und erhob sich. „Mit mir spricht meistens nur der Fernseher."

„Und der schreit ‚Tor, Tor, Tor'", fügte Elin grinsend hinzu.

„Bei mir an der Hotelbar wird keiner ‚Tor' schreien", sagte Alex trotzig und begann, mit viel Geräusch den Tisch abzuräumen. „Darauf darfst du wetten."

DREI

Im knöchellangen Blümchenkleid flatterte Flora Perleberg durch ihr Dornröschenbiotop und manikürte in aller Frühe die Rhododendronhecke an ihrer Straßenfront. Trotz der winzigen Gartenschere, die sie benutzte, war die Hecke rechts und links des maroden Gartentors mittlerweile durchlöchert wie ein Schweizer Käse, und nur an wenigen Stellen gelang es ein paar pinken Blüten, das Licht der Welt zu erblicken. Durch die Löcher und über das niedrige Tor hinweg konnte Alex Sonja sehen, die Nachbarin von gegenüber, wie sie zeternd versuchte, ihre sechsjährigen Zwillinge ins Auto zu bugsieren, die sich dabei äußerst unkooperativ zeigten. Alex blickte auf die Uhr. Für die Schule wurde es langsam knapp. Für die Praxis auch. Jetzt hatte Linus auch noch seine Brotdose fallen lassen und der garantiert biologisch-dynamische Inhalt kullerte in alle Richtungen auf den Asphalt. Für einen kurzen und nur für das geübte Auge wahrnehmbaren Moment ließ Sonja die Schultern sinken, während ihre Mimik zwischen Fassungslosigkeit, Wut und Verzweiflung changierte. Alex kannte diese Momente. Jede Mutter kannte sie. Man war froh, wenn einem keiner bei dieser Form der Niederlage zusah und wünschte sich ansonsten einfach nur ans andere Ende der Welt. Luftlinie und ohne Rückfahrkarte. Und Rückkehr erst zu einem Zeitpunkt, wenn die Kinder erwachsen wären und ihrerseits weit weg einer geregelten Beschäftigung nachgingen.

Statt in Sonjas großräumiger Familienkutsche Platz zu nehmen, in der sie bereits halb verschwunden war, sprang Linus' Schwester Lou wieder hinaus auf den Bürgersteig. Allerdings dachte sie nicht daran, beim Aufsammeln des Pausenbrots zu helfen, sondern ließ sich in aller Ruhe auf der Bordsteinkante nieder und kickte mit den Füßen, die trotz des schönen Wetters in weiß-gepunkteten lila Gummistiefeln steckten, nach Gurken- und Karottenscheiben. Mittlerweile waren sie garantiert unbiologisch-dynamisch mit Asphaltbröseln paniert und Linus als Pausensnack nicht mehr zuzumuten. Mit einem beherzten Sprung Richtung Straße konnte Sonja gerade noch verhindern, dass Linus unter Wutgeheul auf Lou losging. Dabei sah sie aus, als würde sie ihren Sprösslingen, politisch und pädagogisch vollkommen unkorrekt, am liebsten die gleiche Behandlung zuteilwerden lassen wie dem unschuldigen Gemüse.

Um Alex' Mundwinkel zuckte es, obwohl ihr nichts ferner lag als Schadenfreude. Wenigstens diese Phase hatte sie hinter sich, auch wenn es sich nach wie vor mühsam gestaltete, Tim und Elin so rechtzeitig Richtung Schule in Bewegung zu setzen, dass sie mit dem Klingeln der Schulglocke wenigstens am dortigen Fahrradständer angekommen waren. Alex mochte Sonja und beneidete sie kein bisschen darum, im Alter von gut vierzig noch mal Zwillinge bekommen zu haben. Last minute, sozusagen, und in vitro, wie Sonja ihr bei einer Tasse Tee in ihrer Küche offenbart hatte. „Wir haben einfach zu lange gewartet, weil es nie passte. Und dann war es fast zu spät."

Sonja war nur unwesentlich jünger als Alex, und ihr Nervenkostüm war schon ein wenig ausgeleiert gewesen, als Linus und Lou in ihr Leben traten – oder getreten worden waren. „Wie anstrengend", hatte Alex damals gedacht. Und wie unromantisch, wenn man seinen Kindern später nicht sagen konnte „Wir haben dich aus einem entzückenden kleinen Hotel in Frankreich mitgebracht" oder aus einem urigen Bed & Breakfast in Worthington St. Pemberley. Ein Campingplatz an der Ostsee oder der Rücksitz eines spießigen Golf tat es natürlich auch. Hauptsache, die Story war gut.

So wie die von Tim. Tim war in einem dünnwandigen Appartement in Champéry in den Schweizer Alpen gezeugt worden, akustisch begleitet von Manfred, einem ehemaligen Schiffszimmermann, der im Nebenzimmer schnarchte, dass die Wände wackelten. Das Spermium mit Tim drin hatte sich zum Glück nicht beirren lassen von dem Getöse und problemlos seinen Weg zum Ziel gefunden. Sechzehn Jahre später hatte sich ihr Sohn allerdings eher peinlich berührt gezeigt, als Michael und sie die Geschichte in leicht angesäuseltem Zustand zum Besten gegeben hatten.

Schon häufiger hatte Alex sich die Frage gestellt, ob sie es eigentlich in Ordnung fand, der Natur durch die Segnungen der Medizintechnik auf die Sprünge zu helfen: Samenbanken, Zeugung im Reagenzglas, das Einfrieren und wieder Auftauen von Embryos oder gar Leihmütter. Der letzte Schrei war laut Grit „Freeze your egg now and brew it later" – Social Freezing auf Neudeutsch, und mit „later" war in diesem Fall nach der Karriere gemeint. Ein Alex entfernt bekanntes Paar nannte sein *Baby on the rocks* ganz unprosaisch „Urmel aus dem Eis", weil es erst drei Jahre nach der Geburt seines Bruders aufgetaut und zwecks Ausbrütens an die von der Natur vorgesehene Stelle verbracht worden war. Aber was sollte man schon erwarten von einem C4-Professor für Biochemie und seiner stocknüchternen Biologengattin.

Doch mal ganz abgesehen von mangelnder Romantik: Gab es heutzutage etwas wie das Recht aufs Kind? Ein Kind mit allen Mitteln und um fast jeden Preis? Eher nicht, fand Alex, wenn sie ehrlich war, obwohl sie das Sonja gegenüber so nie gesagt hätte. Aber sie hatte ja auch gut reden mit ihren beiden, die auf natürlichem Wege entstanden waren. Elin allerdings schon deutlich trivialer als Tim, wie sie zugeben musste, nämlich im heimischen Ehebett in der Theobaldstraße 23 – nach dem sonntäglichen „Tatort".

Von einem metallenen Geräusch wurde Alex aus ihren Gedanken geschreckt. Flora Perlebergs Gartentor war aufgeschwungen und mit lautem „Klonk" zurück ins Schloss gefallen. Sonja schien Hilfe von unerwarteter Seite zu erhalten. Frau Perleberg hatte offenbar die familiäre Krisensituation erfasst und schritt energisch über die Straße. Sie drückte Lou einen kleinen Strauß Maiglöckchen aus ihrem Garten in die Hand und hielt Linus einen Apfel hin, den sie aus den Tiefen ihrer Kleidtasche hervorholte. „So", sagte sie und schenkte den beiden einen Blick aus ihren Vogelaugen, der keine Widerrede duldete. „Und nun steigt ihr zwei ins Auto und erklärt eurer Mutter, wie ihr am schnellsten zur Schule kommt."

Die Zwillinge waren so überrumpelt, dass sie verblüfft taten wie ihnen geheißen. Schlagartig verstummte Linus' Wutgeheul. Lou umklammerte die Maiglöckchen und wehrte sich nur deshalb halbherzig gegen die Attacke ihres Bruders, weil sie ihre Bewegung nicht mehr stoppen konnte. Ihre Mutter war mindestens ebenso verblüfft wie die beiden Streithähne und verkniff sich ein „die sind aber giftig" an die Adresse ihrer Nachbarin. Dankbar lächelte sie Flora an, sicher, dass es am Schultor gleich die nächste Szene geben würde, wenn sie gezwungen wäre, Lou die Maiglöckchen wieder zu entwinden. Aus Sicherheitsgründen natürlich.

„Das ist aber nett. Vielen Dank, Frau Perleberg."

„Keine Ursache. Und wenn Sie die beiden mal für eine Stunde loswerden wollen, können Sie sie gern rüberschicken."

„Mach ich, danke", erwiderte Sonja, erstaunt über das großzügige Angebot der sonst so zugeknöpften alten Dame. Und ebenso gewiss, dass sie es nicht annehmen würde.

Flora Perlebergs Gartenwildnis war sicher ein Paradies für kleine Kinder, Marder und Insekten, barg in den Augen einer Mutter und Arztgattin aber ebenso sicher jede Menge tödlicher Gefahren. Angefangen bei dem Maiglöckchenteppich, der sich über das gesamte Grundstück ausbreitete, über giftige Sträucher wie Goldregen und Eibe, nicht zu vergessen die drei Regentonnen, die deckellos an wenigstens zwei Hausecken standen und, wie sie von Alex wusste, schon so manches

Eichhörnchen das Leben gekostet hatten. Und dann noch die S-Bahnlinie, die das Grundstück nach hinten begrenzte, nachdem der dortige Zaun schon vor Jahren in sich zusammengefallen war.

Während Flora über die Straße trippelte, sprang Sonja in ihr Auto, hoffte, dass die Kinder sich angeschnallt hätten, und gab Gas.

Für Alex wurde es ebenfalls Zeit, sich fertig zu machen. Sie hatte um neun einen Termin mit einer Restaurantbesitzerin, die den Barbereich in ihrem Restaurant an der Elbe neu gestalten wollte. Es wäre toll, wenn sie diesen Auftrag an Land ziehen könnte. Mal was anderes als die ewigen Wintergärten oder Terrassen mit Lounge-Charakter, die jetzt alle haben wollten, auch wenn die Regenwahrscheinlichkeit hierzulande deutlich höher ausfiel als, zum Beispiel, in Venice Beach.

Alex beschloss, ihr Fahrrad oben an der Blankeneser Hauptstraße stehen zu lassen und bei dem schönen Wetter zu Fuß durchs Treppenviertel zur Elbe hinunterzugehen. Im Treppenviertel war immer schon 14 Tage früher Frühling als anderswo im Dorf, denn die Sonne hielt sich gern dort auf und die vielen Mauern entlang der Treppen speicherten ihre warmen Strahlen. Sogar Feigenbäume wuchsen in den kleinen Gärten, als stünden sie in Patras oder Bergamo und nicht in Blankenese; in Alex' eigenem Garten hätten sie keine Chance gehabt. Und apropos Feigen: Auf dem Rückweg würde sie schnell etwas Ungesundes, dafür aber Fertiges zu essen einkaufen und gut.

„Hallo!" Alex blickte sich um. „Hallo, Frau Sanders. Hier bin ich."

Mit zwei Tiefkühlpizzen unterm Arm scannte Alex die dichte Lorbeerhecke, die Flora Perlebergs Reich von ihrem im Verhältnis winzigen Eckgrundstück trennte. Bei den Mülltonnen, wo sie sich gelegentlich mit Frau Perleberg unterhielt, war niemand.

„Frau Sanders, hi-ier."

Alex war kurz davor, die Geduld zu verlieren, da sah sie in der Lücke zwischen einem Lorbeer und einer wild wuchernden Forsythie den Arm, der gut getarnt in einer grünen Strickjacke steckte und mit einem altmodischen Teppichklopfer über ihren Zaun wedelte.

„Ach, Sie sind's, Frau Stein. Hallo. Spielen Sie Verstecken heute oder gibt's jetzt noch nicht mal mehr Trampelpfade bei Ihnen da drüben?"

„Stimmt beides." Die etwa fünfundsechzigjährige Frau auf der anderen Seite des Zauns seufzte und lehnte ihren Teppichklopfer gegen den grünspaksigen Maschendraht. „Ich muss mal mit jemandem reden, aber dabei muss sie mich nicht unbedingt sehen." Mit vom täglichen Putzen geröteter Hand strich sie sich eine Strähne ihrer störrischen graubraunen Dauerwelle aus der Stirn und klemmte sie hinter dem Bügel der unvorteilhaft großen Kassenbrille fest.

„Was ist denn los? Hat sie wieder einen ihrer übleren Tage? Ich habe sie heute Morgen an der Straße gesehen. Da schien sie eigentlich ganz gut drauf."

„Ja, heute geht's. Sie hat sogar danke gesagt, weil ich ein paar Einkäufe für sie erledigt habe." Frau Stein zog ein zusammengeknülltes Tempotuch aus ihrer Jackentasche und putzte sich die Nase. „Ich weiß einfach nicht, was ich machen soll. Ich kenne sie nun schon so lange. Und ich habe immer Angst, ihr passiert was, wenn ich mich nicht um sie kümmere. Aber jetzt ... jetzt ... Ich glaube, ich kann das bald nicht mehr."

„Was ist denn passiert?"

„Gestern Abend, ich musste noch mal bei ihr vorbeischauen, weil ich mein Portemonnaie liegengelassen hatte, da kam ich gerade rechtzeitig, um sie vor einem Treppensturz zu bewahren. Sie wissen ja, dass ich einen Zweitschlüssel fürs Haus habe. Ich hatte ein paarmal geklingelt, und als sich nichts rührte, habe ich mich nach fünf Minuten selbst reingelassen. Sie stand mitten auf der Treppe nach oben und konnte nicht vorwärts und nicht rückwärts. Stocksteif stand sie da und schwankte wie eine Fichte im Sturm. Ich ging zu ihr, um ihr nach unten zu helfen, und da wehte mich eine Alkoholfahne an, als hätte sie mit einem Haufen Penner um die Wette gebechert."

„Hmm. Die Erbschlei... ehm, ihre Steuerberaterin war gestern am späten Nachmittag da", sagte Alex nachdenklich. „Mit ihrem Herzblatt."

„Das erklärt alles", sagte Frau Stein grimmig. „Ich bin dageblieben und hab ihr Kaffee eingeflößt, bis sie halbwegs wieder zu sich kam. Dann hab' ich sie zu Bett gebracht."

„Aber das können Sie ja nun nicht jeden Abend machen", sagte Alex. „Sie sind doch eigentlich da, um das Haus in Ordnung zu halten, oder?"

„Ja, aber ich kann sie doch nicht einfach diesen Geiern überlassen." Mit der flachen Hand schlug Frau Stein auf den oben abgerundeten Steinpfeiler, der den morschen Gartenzaun an Ort und Stelle hielt. „Heute Morgen haben die mich angerufen. Um acht Uhr. Sie wollten mir was vorschlagen."

„Aha. Da bin ich aber gespannt."

„Ja. Der Herr Rechtsanwalt hat mich vollgesäuselt. Sie würden sich ja solche Sorgen machen, er und seine Lebensgefährtin. Frau Perleberg würde immer hinfälliger und sie hätten Angst, sie könnte stürzen oder würde eines Tages das Haus anzünden mit ihrer ewigen Qualmerei."

„Früher wusste ich gar nicht, dass Frau Perleberg raucht", sagte Alex. „Erst seit sie alle zwei Stunden ihren Aschenbecher von innen gegen die Mülltonne knallt, kriege ich das mit."

„Sie raucht Kette", sagte Frau Stein empört. „Und warum? Weil diese Heuchler ihr das Zeug stangenweise mitbringen. Das grenzt schon an Körperverletzung. Aber absichtliche und nicht fahrlässige, wie sie in der Zeitung immer schreiben."

Verächtlich schnaubte sie durch die Nase. „Und wissen Sie, was der Kerl mir dann vorgeschlagen hat?"

Alex schüttelte den Kopf. Unter ihren Händen hatten sich Laufnasen auf den Tiefkühlpizzakartons gebildet, und vom Rand der Schachteln tropfte es auf ihre Wildlederpumps. Sie legte die glitschigen Dinger neben sich ins Gras.

„Ich soll bei ihr einziehen", sagte Frau Stein. „Damit sie beruhigt schlafen könnten. Sie würden mir auch helfen, die Wohnung in der oberen Etage zurechtzumachen und dafür sorgen, dass ich entsprechend bezahlt würde."

„Gar nicht dumm", sagte Alex. „Und wie praktisch für die Damen und Herren."

„Wie ich dann ruhig schlafen soll, ist denen völlig egal. Ich bin jetzt schon mit den Nerven am Ende, weil mich das alles so aufregt. Und dann soll ich noch da einziehen und aus nächster Nähe zusehen, wie sie sie um ihr Vermögen bringen? Die haben doch bloß Angst, dass sie die Bude abfackelt und das schöne Geld futsch ist, das sie erben wollen."

„Da könnte was dran sein." Den Gedanken, dass Flora Perleberg nachts im Bett Kette rauchte und womöglich dabei einschlief, fand allerdings auch Alex nicht gerade beruhigend. „Was sagt denn Frau Perleberg dazu, dass sie eine Untermieterin bekommen soll?"

„Die weiß noch nichts von ihrem Glück."

„Und was, glauben Sie, wird sie dazu sagen?"

„Ich denke, sie würde es gut finden, Gesellschaft zu haben. Sie ist zwar eine sehr unabhängige Person, aber sich immer nur mit dem Hund zu unterhalten, kann nicht wirklich befriedigend sein."

„Wenn man vom Teufel spricht." Mit zusammengekniffenen Augen beobachtete Alex Schmeling, Flora Perlebergs Cappuccino-blonden wadenhohen Vierbeiner, der unter dem Buschwerk hindurchgewackelt kam und den Teppichklopfer abschleckte, als sei es einer seiner fiesen Rindsknorpel. Den abschätzigen Kneifblick hatte Alex sich von Borste, Elins Kater, abgeschaut, der sich prinzipiell zu seinem maximalen Volumen aufplusterte, wenn er Intimfeind Schmeling zu Gesicht bekam. Und dazu einen steil aufgerichteten Schwanz zur Schau trug, dick wie eine Klobürste. Recht hatte er, fand Alex. Der Nachbarhund war keine Schönheit, und der Name passte geradezu kongenial. Flora Perlebergs arthritischer Mops war natürlich nach Max Schmeling benannt, dem legendären Boxweltmeister der Dreißiger Jahre im Schwergewicht. Das hatte sie ihr erklärt, kurz nachdem sie ins Nachbarhaus gezogen waren. „Den haben wir alle geliebt damals, den Max."

Eine gewisse Ähnlichkeit mit seinem berühmten Namenspaten war nicht zu leugnen. Schmeling sah aus, als sei er gegen eine Wand gelaufen. Aber nicht nur einmal, sondern immer wieder. Die Wand schien ihm standgehalten zu haben, was zu den flächendeckenden Kummerfalten geführt haben musste, die sein Gesicht in mehreren Wellen umrahmten. Der Ausdruck darin bewegte sich irgendwo zwischen Treudoofheit, Missmut und Lebensüberdruss. Dazu schaute er meist stur geradeaus. Nur ab und an riss er die Augen auf, nämlich dann, wenn ihm Borste über den Weg lief, wobei er regelmäßig den Kürzeren zog. Manchmal konnte er einem fast leidtun in seiner tapsigen Behäbigkeit, die dazu führte, dass Borste ihn immerzu provozierte in der arroganten Gewissheit, seinem wurstförmigen Nachbarn um Längen überlegen zu sein.

Als könne er Gedanken lesen, tauchte wie aus dem Nichts in diesem Augenblick der Sanders'sche Kater auf. In Catwalk-Manier spazierte er aufreizend gemächlich vor Schmeling auf und ab, wohlwissend, dass der Zaun zu engmaschig für Schmelings Körperfülle war und viel zu hoch für seine sportlichen Möglichkeiten. Kurzes Posing jeweils am Ende des imaginären Laufstegs, lässiges Entlangstreichen an Alex' nackter Wade, dann hatte er ihn so weit.

Der sonst so melancholische Schmeling rastete aus und sprang am Zaun hoch wie ein Irrer. In sein rasendes Gebell mischte sich Flora Perlebergs Gekreische, die ihrem Hund aus dem Haus zu Hilfe eilte. „Schmeling, wie oft soll ich dir das noch sagen: Dieses Borstentier ist kein Umgang für dich."

„Ich glaube, ich sollte Borste aus dem Verkehr ziehen, bevor Schmeling einen Herzschlag kriegt", rief Alex, klemmte sich den Kater unter den Arm und zerrte ihn mitsamt den beiden Pizzakartons mit sich fort.

„Versuchen Sie, sich nicht zu sehr aufzuregen, Frau Stein", rief sie Frau Stein noch zu. „Vielleicht findet sich ja bald eine Lösung."

Sie hatte da eine Idee.

VIER

„Und, wie ist dein Termin gelaufen?", fragte Michael, als sie abends bei einem Glas Wein auf dem Sofa saßen. Überrascht, dass er sich noch daran erinnerte, lächelte Alex ihn an.

„Sieht gut aus, denke ich. Sehr sympathische Frau, die weiß, was sie will. Die Wellenlänge stimmt jedenfalls. Und die Lage am Strandweg, nicht weit vom unteren Leuchtturm, auch. Aus dem geplanten Barbereich lässt sich richtig was machen. Ich denke da an einen Mix aus modern-funktional mit skurrilen Elementen rund um das Thema Elbe und Schifffahrt."

„Da kannst du ja direkt aus deinem häuslichen Fundus schöpfen." Michael warf einen Blick zu dem vielarmigen Weidenstrunk, den Alex vom Blankeneser Strand geborgen hatte und der jetzt den freien Platz neben dem Klavier beanspruchte. Alex hatte sich bei der Aktion mit ihrem Smart neben einer voll besetzten Restaurantterrasse im Elbsand festgefahren und war nur dank zweier untergelegter Fußmatten wieder freigekommen, bevor die Polizei sie erwischte; die war zweihundert Meter weiter zum Glück anderweitig beschäftigt gewesen. „Kommen da eigentlich immer noch diese schwarz-weiß karierten Käfer rausgehumpelt?"

„Quatsch." Alex gab ihm einen Knuff mit dem Ellbogen. „Die sind inzwischen alle tot. Den letzten habe ich vor zwei Jahren gesehen."

„Vielleicht siehst du bloß nicht mehr so gut, und die rotten sich in den Ritzen zwischen den Sofapolstern zusammen."

„Mach dir keine Sorgen. Sind ja keine Taranteln. Außerdem waren das höchstens zwölf insgesamt. Ich habe sie gezählt."

„Na, dann. Aber draußen steht noch jede Menge anderes Zeugs herum, das du am Elbufer aufgelesen hast." Michael deutete Richtung Holzstoß am Zaun zum Nachbargrundstück. „Den Rettungsring mit dem Teerrand da finde ich übrigens nicht so schön."

„Der bleibt nicht so, mit dem hab' ich noch was vor."

„Das sagst du immer, und dann landet der ganze Kram für Jahre im Garten. Oder müllt den Schuppen zu."

„Möchtest ab sofort du die Gartengestaltung übernehmen? Inklusive Rasen mähen und Hecke schneiden?" Alex blickte angestrengt, als habe eines ihrer Kinder einen unzumutbaren Wunsch geäußert.

„Nein, danke. Das ist deine Spielwiese."

„Na, also. Aber wenn tatsächlich das eine oder andere von meinen Fundstücken in die Bar passt und Frau Spreckelsen gefällt, dann bin ich bereit, es herauszurücken. Versprochen."

„Das ist doch schon mal was", sagte Michael, ohne sich allzu große Hoffnungen zu machen. „Ich drücke dir auf jeden Fall die Daumen für den Auftrag. Und du lädst mich auf einen Drink in die Bar ein, wenn's klappt. Dort werde ich dann deine Objekte gebührend bewundern und mich freuen, dass ich nicht mehr zu Hause darüber stolpern muss."

Alex war bereits dankbar für das Wort „Objekte". Sonst pflegte er ihre Fundstücke schlicht als Schrott zu bezeichnen. Oder Müll, wenn er schlecht gelaunt war. „Cheers", sagte sie und hob ihr Glas. „Und apropos Drink …", fügte sie rasch hinzu, als Michael seine Lesebrille aufsetzte und zur Zeitung griff. Obwohl sie wusste, dass das Thema ihren Mann mindestens ebenso nervte wie ihre Kinder, schilderte sie ihm die neuesten Entwicklungen jenseits des Zauns. Und obwohl ihr auch klar war, dass das für Michael eine Überdosis sein würde, erklärte sie ihm unmittelbar im Anschluss ihre jüngste Idee.

„Grit und Mira bei Frau Perleberg?" Michael ließ die Zeitung sinken und sah Alex über den Rand seiner türkisfarbenen Brille an, als sei sie nicht ganz bei Trost. „Das ist jetzt nicht dein Ernst, oder? Das gibt Mord und Totschlag. Drei Generationen unter einem Dach, und dann noch Exzentrikerinnen dieses Kalibers?" Er setzte seine Brille ab und wieder auf. „Von denen ist eine so starrköpfig wie die andere. Ich sehe dich schon als Dauerseelsorgerin im Einsatz, weil du das Ganze angezettelt hast. Oder als Bodyguard. Du hast Grit doch nicht schon davon erzählt, Alexandra, oder?"

Alex hörte deutlich das Ausrufezeichen am Ende des Satzes, das sich dreist als Fragezeichen tarnte. Alexandra! So nannte Irene sie. Die Kurzfassung Alex, die aus ihrer Schulzeit stammte, mochte ihre Mutter nicht leiden, weil sie in ihren Ohren zu männlich klang. Michael rief sie manchmal bei ihrem vollen Namen, um sie zu necken oder um seiner Stimme Nachdruck zu verleihen. Obwohl er ganz genau wusste, dass sie die Langfassung nicht ausstehen konnte. Wegen Irene, denn Alex' Gelassenheit dem Leben gegenüber erstreckte sich nicht auf den Umgang mit ihrer Mutter. Leider, denn in diesem Zusammenhang hätte sie sie am meisten gebraucht. Sie fühlte sich automatisch gerügt, wenn Michael sie so rief. Wie das kleine Mädchen, das mal wieder uneinsichtig war oder etwas falsch gemacht hatte.

Aber Alex hatte keine Lust mehr, sich gerügt zu fühlen. Selbst wenn sie etwas falsch gemacht hätte. Dafür war sie mit dreiundfünfzig definitiv zu alt. „Nein, habe ich nicht", erwiderte sie und biss innerlich die Zähne zusammen. Gleichzeitig ärgerte sie sich über ihren kindisch trotzigen Ton. „Grit weiß noch nichts davon. Ich wollte erst mit dir sprechen."

„Sehr gut", sagte Michael. „Und wenn du klug bist, dann belässt du es dabei."

Alex hielt sich für klug. Und sie beließ es nicht dabei. Von zwischenmenschlichen Beziehungen verstanden Männer nicht viel. Vor allem solche nicht, die eher auf digitale Prozesse spezialisiert und außerdem meistens nicht da waren. Eine Freundin in der Klemme plus die Aussicht auf angewandte Nachbarschaftshilfe, das versetzte quasi automatisch ihr Problemlöser-Gen in Schwingungen. Alex liebte es, diverse Fliegen mit einer Klappe zu schlagen und sich im Erfolgsfall zu fühlen wie das tapfere Schneiderlein.

Der kreative Bereich ihres Gehirns und der für Sozialkompetenz krempelten die Synapsen hoch und machten sich simultan an die Arbeit. Alex malte sich alles in den schönsten Farben aus. Es handelte sich hier um eine klassische Winwin-Situation. Dazu kamen noch wenigstens zwei weitere Wins, wenn man bedachte, dass ein positiver Nebeneffekt ihres Plans darin bestand, dass man Bonnie & Clydes kriminelle Energie unter Kontrolle behalten konnte. Zumindest würde man mitbekommen, was sie vorhatten und wie weit sie ihre Ziele bereits realisiert hatten. Darüber hinaus wäre die Feuergefahr im Nachbarhaus um wenigstens fünfzig Prozent reduziert. Grit war natürlich militante Nichtraucherin.

Beschwingt griff Alex zum Telefon. Wenig verschaffte ihr ein so umfassendes Gefühl der Befriedigung wie ein erfolgreich eingefädeltes Komplott. Zum Besten aller Beteiligten natürlich.

Das Komplott ging so: Mit Bedauern würde Frau Stein den Erbschleichern mitteilen, sie sehe sich außerstande, bei Frau Perleberg einzuziehen. Überhaupt fühle sie sich in letzter Zeit mit ihrer Aufgabe ziemlich überfordert. Zwar lebe sie nach ihrer Scheidung allein, aber sie habe noch zahlreiche Verpflichtungen gegenüber ihren Kindern und Enkeln. Doch könne sie für den Job eine Bekannte empfehlen, die bereit sei, sich um Frau Perleberg zu kümmern, unter der Bedingung, dass ihre zwölfjährige Tochter ebenfalls in der Villa wohnen könne. Die Bekannte sei eine zupackende Person und als ehemalige Krankenschwester kompetent im Umgang mit pflegebedürftigen Menschen. Dazu habe sie den großen Vorteil, dass sie kurzfristig bei Frau Perleberg einziehen und ihre Arbeit aufnehmen könne.

Die kompetente ehemalige Krankenschwester sollte niemand anderes sein als Alex' Freundin Grit. Dass sie wenigstens ebenso stur sein konnte wie Flora Perleberg und dazu ein überaus loses Mundwerk besaß, tat nichts zur Sache. Und dass es sich bei ihrem Töchterchen Mira um ein frühreifes Geschöpf mit einer Allergie gegen Hundehaare handelte, auch nicht.

„Und du glaubst, das wird funktionieren?", fragte Grit, als Alex ihr den Plan unterbreitete.

„Warum nicht? Die Frage ist nur, ob du willst."

„Und ob meine Tochter Lust auf eine WG hat, in der nicht nur ein depressiver Mops lebt, sondern auch eine Frau, die noch älter ist als ich."

„So schwierig?"

„Sie sagt jetzt schon ständig, Mama, du hast keine Ahnung. So etwas wie Großeltern ist sie außerdem nicht gewohnt, da die allesamt weit weg von hier leben und ihr Interesse an Enkelkindern sich in Grenzen hält. Vor allem an aufmüpfigen mit grünen Haarspitzen."

„Grüne Haarspitzen, echt? Seit wann?"

„Vorgestern. Letzte Woche waren sie noch blau."

Alex verkniff sich einen Kommentar. „Ich kann mir ehrlich gesagt nicht vorstellen, dass Frau Perleberg an einem Großmuttersyndrom leidet."

„Und ich bin mir nicht sicher, wessen Gesellschaft Mira vorziehen würde. Die von Flora Perleberg, Schmeling und mir. Oder die von ihrem Vater mit seiner neuen Flamme. In der Not frisst der Teufel Fliegen, sagst du ja selbst. Und verlieren will ich sie auf keinen Fall."

„Klar", sagte Alex. „Aber sie wird doch nicht ernsthaft in Erwägung ziehen, mit dieser lackierten blonden Tussi unter einem Dach zu leben. Nicht mal, um ihnen das Leben zur Hölle zu machen."

Grit schwieg.

„Gute Idee", sagte sie schließlich. „Das mit der Hölle. Vielleicht sollte ich das in Erwägung ziehen."

„Womöglich reichen da ja ein paar Wochenenden. Und die Sommerferien." Alex sah auf die Uhr. Höchste Zeit für ihren Schreibtisch. „Apropos Sommerferien, die Sache hat noch zwei Vorteile: Mira bräuchte nicht mal die Schule zu wechseln. Du bleibst hier im Viertel, zum Nulltarif, und wärest außerdem meine Nachbarin. Und deine Complete Body Workouts im Fitnessstudio kannst du abends abhalten."

„Hm", sagte Grit, „du meinst, wenn ich Flora gepampert und ins Bett gebracht und noch eine Runde La-Le-Lu gesungen habe. Also ehrlich gesagt, ich weiß nicht. Aber ich werde darüber nachdenken", fügte sie hinzu und legte auf.

Okay, dachte Alex, deren Euphorie schlagartig abgewürgt worden war. Etwas mehr Dankbarkeit hätte sie schon für angebracht gehalten. Mit gedämpfter Begeisterung und immer wieder abschweifenden Gedanken machte sie sich an die Planung für die Strandbar.

Sie halten mich für dement, die Schnepfen. Jedenfalls kommt es mir manchmal so vor. Die links von mir, Frau Sanders, tut zwar freundlich, wenn sie mit mir übers Wetter redet oder über meinen Garten, den sie so „lässig" findet „mit diesen hellblauen Scilla- und Veilchen-Teppichen im April und den wilden Gräsern, mit denen das Sonnenlicht Fangen spielt". Aber dabei sieht sie mich an, als ob sie nachzählte, wie viele kleine graue Zellen hinter meiner Stirn noch am Leben sind.

Alle, meine Liebe! Alle sind sie in regem Austausch, darauf kannst du dich verlassen. Den Floh, dass ich mich auf direktem Weg ins Alzheimer-Land befinde, muss dir die Stein ins Ohr gesetzt haben. Du glaubst, ich merke es nicht, wenn du mich behandelst wie eine harmlose alte Närrin. Aber Vorsicht! Weder bin ich harmlos, noch eine Närrin.

Unterschätzen darfst du mich allerdings gern.

Frau Sanders hält sich für subtil. Dabei ist sie bloß scharf auf den alten Plunder, der bei mir im Keller und unterm Dach rumgammelt, und denkt, in meiner geistigen Umnachtung fiele mir das nicht auf. Einmal stand eine ganze Menge davon bei mir im Vorgarten, als der alte Öltank rausflog und der Keller saniert wurde. Zuckersüß erkundigte sie sich nach dem ganzen Zeug, aber da hatte ich es schon einem der Handwerker versprochen. Hat sie gewurmt, dass sie zu spät war. Ihr schlecht kaschierter Geierblick hat sie verraten. Besonders die antiken Weinflaschen und den hellblauen Weichholzschrank mit Spiegeltür hätte sie gern an Land gezogen.

Die Schnepfe Nummer 2 von gegenüber kenne ich noch weniger. Die wohnen noch nicht so lange hier. Fährmann oder Führmann heißen sie. Aber immerhin bieten die ordentlich Theater. Jeden Morgen verfolge ich mit der Stoppuhr in der Hand, wie viele Minuten Madame diesmal benötigt, um ihre Bagage ins Auto zu bugsieren. Wenn das meine wären, mit mir würden die nicht so einen Tanz veranstalten. Frühstück auf die Straße geschmissen? Na und! Geht's eben ohne in die Schule. Der Regenmantel ist doof? Tja, dann muss die Süße wohl nass werden.

Der Gatte hat nix zu tun mit dem allmorgendlichen Zirkus. Macht sich, elegant mit Doktorköfferchen bewaffnet, ohne Stress vom Acker. Bei schönem Wetter lässt er zuvor in aller Ruhe das Dach von seinem BMW-Cabrio herunter und sonnt sich in seiner eigenen Ausstrahlung, die er für überwältigend hält. Ihr stinkt das alles gewaltig, der Groll sitzt ganz dicht unter der Oberfläche, und neulich hatte ich das Vergnügen, mitansehen zu dürfen, wie es geradezu dampfte aus ihren Augen vor Wut. Bin gespannt, ob ihr was einfällt dagegen und ob ich's mitkriege, wenn's da drüben knallt.

Wahrscheinlich reden sie über mich, sie und die Schnepfe Nummer 1. Darüber, ob ich einfach nur plemplem bin oder tatsächlich dement. Manchmal wünschte ich, es wäre so, meine Erinnerungen wären verschüttet und lägen in Trümmern wie damals Hamburg. Begraben unter dem, was nachgewachsen ist. Bloß: Es ist nichts nachgewachsen bei mir. Jedenfalls nichts, was der Rede wert wäre.

Womöglich mache ich mir sowieso völlig falsche Vorstellungen vom Dementsein. Ist es nicht so, dass einem zunächst die Dinge des täglichen Lebens abhandenkommen, und ganz zum Schluss erst erwischt es, wenn überhaupt, den Bodensatz, das was sich in der Vergangenheit eingeprägt hat bis zur Unauslöschlichkeit? Was Sediment geworden ist? Ich gedenke, lange tot zu sein, wenn es so weit ist. Bis dahin bin ich froh, etwas zu haben in meinem Leben, das sich überhaupt zu vergessen lohnt. Und das habe ich.*

Was glauben meine Nachbarinnen denn? Dass man kein Leben hatte, bloß weil man alt ist? Von Anfang an Distel war, ein stacheliges vertrocknetes Etwas, das die eigene Blüte verpasst hat und nur aus Versehen noch am Leben ist? Hinter Glas, gleich einer in Armagnac eingelegten Backpflaume? Die würden sich wundern, die Damen. Und was ich für Blüten hatte, üppig und farbenfroh und voller Saft; davon können diese beiden Gänseblümchen bloß träumen. Eine Orchidee war ich. Im Schrebergarten.

Es ist bloß die Hülle, die verwittert und erst Falten, dann Furchen und Risse bekommt. Und sicher, auch die Seele kriegt ihr Fett weg unterwegs, holt sich Kratzer und Wunden und trägt ihre Schwielen, nach außen unsichtbar, wie Orden verliehen vom Leben selbst. Aber der Kern ist unverwüstlich. Das ist das eigentliche Drama des Alterns, dass er nicht mehr zu seiner schrumpeligen Hülle passt, sondern irgendwann darin herumkullert wie das eingetrocknete Fleisch einer auf ewig ungeöffnet daliegenden Kokosnuss. Der Wesenskern bleibt intakt, und wenn man Pech hat, bleibt er für immer: siebzehn.

Nach drei Tagen, in denen sie nichts von Grit gehört hatte, wurde Alex unruhig. Schließlich hielt sie es nicht mehr aus und zog bei einem Himbeertörtchen und zwei Ed-von-Schleck für die Zwillinge Sonja ins Vertrauen.

„Interessant", sagte Sonja mit leisem Neid in der Stimme. „Vielleicht sollte ich mir den Job an Land ziehen. Dann hätte ich meine Kinder aus nächster Nähe im Auge. Und könnte sie per Fernbedienung erziehen."

„Ich glaube nicht, dass Flora Perleberg wesentlich einfacher zu handeln ist als Linus und Lou. Für so was braucht man Nerven aus Stahl wie die von Grit. Und eine robuste Natur.

Außerdem bist du zu Hause unabkömmlich. Und in Andreas' Praxis sowieso."

„Ach was." Sonja versenkte ihre Kuchengabel in dem sechs Zentimeter hohen Sahnetörtchen. „Du glaubst ja nicht, wie mir der Laden auf den Keks geht. Mensch, ich war mal Journalistin, aber bis vor Kurzem musste ich mich mit dem Kassieren von Praxisgebühren amüsieren und schlage mich am Telefon mit Kassenpatienten herum, die darüber meckern, dass sie erst in zwei Monaten einen Termin für ihre marode Gallenblase kriegen."

„Ist ja auch ein Skandal", bemerkte Alex.

„Dass gut ausgebildete Frauen mit einem IQ bei hundertdreißig Hiwi-Jobs machen, sobald sie Kinder haben, das ist ein Skandal, wenn du mich fragst. Falls sie überhaupt einen finden."

„Ich hoffe, die Generation nach uns ist da schlauer als wir."

„Bei denen wird's noch schlimmer. Die haben gar nicht erst die Wahl. Entweder haben die Männer von vornherein keinen Bock auf Kinder, oder sie verdienen nicht genug, um sie zu ernähren."

Autsch! Alex bemühte sich, das Gespräch in ruhigere Fahrwasser zu steuern. „Warum versuchst du nicht, wieder in deinen Beruf einzusteigen. Das müsste sich doch auch halbtags realisieren lassen."

„Halbtags! Du träumst. Ich hab's ja versucht, eineinhalb Jahre nachdem die Zwillinge da waren. Sobald dir mehr als zweimal der Babysitter ausfällt, weil er dringend in Urlaub muss oder zum Friseur, geht das Mobbing in der Redaktion los. Die jungen Praktikantinnen und Volontärinnen lauern nur auf deinen Job und können's gar nicht abwarten, dir ihre langen cellulitefreien Beine in den Weg zu stellen. Und dich nebenbei und ganz aus Versehen beim Chefredakteur anzuschwärzen. ‚Tut mir echt leid, Herr Dr. Wegemann, bedauerlicherweise konnte ich den Abgabetermin für die Windpark-

Reportage nicht einhalten, weil der Sohn meiner Co-Autorin wichtiger ... also, er kriegt gerade seinen ersten Backenzahn ... Sie verstehen schon ...' Dazu das anzüglichste Smile, das du dir vorstellen kannst. Mir kommt's heute noch hoch, wenn ich dran denke." Sonja hatte sich in Rage geredet, ihr Gesicht war rot wie die Himbeeren auf ihrem Törtchen. „Recherche vor Ort ist auch so gut wie unmöglich. Wenn dein Interviewpartner nur dann Zeit hat, wenn du beim Kinderturnen sein musst oder dir im Konservatorium in Sülldorf den Hintern platt sitzt, während sie dort versuchen, deinen Sprösslingen den unfallfreien Umgang mit einer Geige oder Triangel beizubringen, dann hast du keine Chance."

„Was müssen auch Sechsjährige schon Geige lernen", wagte Alex zu bemerken, doch Sonja überging ihren Einwand. Ungehalten schob sie sich die dunkelblonden Haare hinter die Ohren, was ihr nicht zu Gesicht stand.

„Nach einem halben Jahr hab' ich aufgegeben." Sonjas Himbeertörtchen sah jetzt aus wie nach einem besonders blutigen Mafia-Attentat.

„Klingt wirklich ätzend." Irgendwie lief das Gespräch ein bisschen aus dem Ruder, fand Alex. „Hast du schon mal über die freiberufliche Schiene nachgedacht? Eine bissige Kolumne in einer Frauenzeitschrift, ‚Daddy go home' oder so was. Oder ein Buch. Buch machen doch alle heute."

„Als No-Name kommst du da nicht rein. Unter Promi läuft nix. Wenn du Veronica Ferres heißt oder Victoria Beckham, dann kannst du schreiben, was und worüber du willst, falls du des Schreibens mächtig bist. Und wenn nicht, auch kein Problem, wozu gibt es schließlich Ghostwriter. Die Verlage reißen sich um diese Leute und überreden sie mit Geld, selbst wenn die eigentlich gar nicht wollen. Die Rechnung geht für die Verlage trotzdem auf, schließlich kriegen sie die PR inklusive, wenn Vroni oder Victoria dann bei „3 nach 9" oder in der „NDR-Talkshow" ihr Werk in die Kamera halten."

Alex wand sich auf ihrem Stuhl. Es sah aus, als würden sie das Problem heute nicht lösen. „Und was sagst du nun zu meiner Idee mit Frau Perleberg?", lenkte sie das Gespräch brachial in die ursprüngliche Richtung.

„Frau Perleberg, ach ja." Mit unübersehbarer Anstrengung beamte Sonja sich zu ihrem Ausgangsthema zurück. „Interessantes Projekt. Und was sagt deine Freundin Grit dazu?"

„Gar nichts bis jetzt. Dabei finde ich, sie könnte es durchaus probieren, solange ihr nichts Besseres über den Weg läuft. Fürs Erste wäre sie alle ihre Probleme auf einen Schlag los. Bis auf das mit ihrem Ex natürlich."

„Mamaaaa!!! Mahain Ed-vom-Slääck ..."

„Oh", sagte Alex, „großes Malheur."

Sonja fuhr herum. „Du sagst es."

Durch die Terrassentür stolperte Lou mit einem Gemisch aus rosa Eiscreme und salzigen Tränen im wutverzerrten Gesichtchen, das normalerweise das eines pausbäckigen Engels war. „Linus, ... der Wi ... der Wichser ... ha... hat einfach abgebissen ..."

„Dann beiß doch einfach an seinem ab", sagte Sonja, ohne näher auf das W-Wort einzugehen.

„Dass iss ahalle", heulte Lou.

„Komm, Lou, du kannst was von meinem Sahnetörtchen abhaben", versuchte Alex die Krise zu entschärfen.

„Ich will aber kein Sahanetöhö ... hörtchen." Mit der Hand verschmierte Lou das Stillleben in ihrem Gesicht zu einem veritablen Miró. „Ich wihill mein Ed-vom-Släck. Und ich will, dass du Linus ha-aust."

„Hier wird nicht gehauen", sagte Sonja und stieß ihre Gabel mit solcher Inbrunst in den Rest der Masse auf ihrem Teller, dass bei Alex Zweifel an ihren Worten aufkamen. „Und wenn ich in diesem Haus noch einmal das Wort ‚Wichser' hören muss, dann wandere ich aus nach Australien. Das gilt übrigens auch für den Garten."

„Nein, Mama, du sohollst hierbleiben."

„Tja, okay, also dann geh ich wohl schon mal vor." Alex machte Anstalten, sich zu erheben. „Nach Australien."

„Tut mir leid, Alex, mir fehlt gerade ein wenig die Konzentration für dein Perleberg-Problem. Aber vielleicht kannst du mir den Platz neben dir im Flieger freihalten."

Sonja hatte sich ihre Papierserviette geschnappt und fuhrwerkte damit ihrer Tochter im Gesicht herum, was deren Gejaule zum molto furioso steigerte.

„Alles klar, wir sehen uns am Gate", grinste Alex. Bis es ihr gelang, das Gartentor von außen zu schließen, hatte auch Linus akustisch ins Geschehen eingegriffen und brüllte wie am Spieß.

Vor ihrem geistigen Auge sah Alex, wie Sonja noch am selben Abend mit gepacktem Samsonite und zu allem bereit in ihrer Küche stand.

FÜNF

Eine ganze Woche lang ließ Grit Alex zappeln. Alex hatte das Projekt im Stillen schon ad acta gelegt und war mit dem Einholen von Handwerkerangeboten für die Bar beschäftigt, als das Telefon klingelte. „Ich mach's", lautete Grits kurzes Statement zum Thema. „Ich werde deine Nachbarin, wenn's klappt."

„Super!"

Zur Belohnung für ihre großartige Idee und weil sie nun doch ein klitzekleines Unwohlsein befiel, was sie niemals zugegeben hätte, überließ Alex die Handwerker sich selbst und lud sich auf einen Bummel ins Dorf ein, so pflegten die Blankeneser die Gegend um ihren Markt mitsamt der Haupteinkaufsstraße zu nennen. Und zu zwei Kugeln Mokkaeis mit Sahne. Im italienischen Eiscafé am Marktplatz beherrschten sie noch die Kunst des Sahnemachens; so etwas wie Sprühsahne kam ihnen nicht auf die wackeligen Bistrotische. Es war Freitag, einer der vier Markttage, und es würde reges Treiben herrschen auf dem großen Platz bei der Kirche, deren Glockengeläut sonntagmorgens so lauschig durchs geöffnete Schlafzimmerfenster wehte, wenn Michael und sie sich ein ausgedehntes Käffchen im Bett gönnten.

Vor siebzehn Jahren, als sie hergezogen waren, hatte sie Bedenken gehabt – und die gleichen Vorurteile wie alle anderen, wenn sie den Namen ihres Wohnorts hörten: Blankenese. Hilfe, blaue Lode, Perlenkette ... hatte sie gedacht, und dass sie in diese Umgebung kein bisschen passen würde, wo die Leute sonnabends angeblich im Daimler mit Chauffeur zum Markt fuhren, um ein Sträußchen Petersilie zu erwerben. So bizarr war es dann doch nicht geworden. Zwar wurde man im Gespräch, zumal mit langjährigen älteren Anwohnern, gern auffällig unauffällig auf Herz und Nieren geprüft, um zu erfahren, aus welchem „Stall" man kam. Doch wie überall zeigte sich, dass die Leute mit dem meisten Geld es am wenigsten herzeigen mussten. Damals jedenfalls. Heute kamen ihr zuweilen Zweifel an dieser Erkenntnis.

Genüsslich löffelte Alex ihr Eis und beobachtete die Passanten mit und ohne Labrador oder Golden Retriever, den aktuell angesagten Hunderassen der gehobenen Mittelklasse. Ein paar Kleinigkeiten würde sie auch gleich noch vom Markt holen. Vor allem die dicke Scheibe Prager Schinken vom „Käseonkel" durfte sie nicht vergessen. Die hätte womöglich eine beruhigende Wirkung auf Michael, wenn er beim Abendessen von seinen beiden neuen Nachbarinnen erfuhr. Und sie würde auf einen Plausch bei ihrem Lieblingsstand vorbeischauen, dem netten Antiquar in der nordwestlichen Ecke des Markts, der sie immer an die Pariser „Bouquinistes" entlang der Seine erinnerte. Nicht nur ganz besondere Literatur- und Bildbandschätze hatte er im Angebot, sondern auch Kunst. Mit etwas Glück stolperte man unversehens über eine George-Grosz-Lithographie oder einen knallbunten Keith Haring.

Diesmal entdeckte Alex ein leinengebundenes Büchlein mit Cocktailrezepten und Anekdoten aus der berühmten „Bar Hemingway" des Pariser Ritz. Das wäre was für Michael, falls der Prager Schinken zur Beruhigung nicht reichen würde. Und wenn er so richtig unmöglich reagierte, würde sie es eben Frau Spreckelsen zur Einweihung ihrer Elb-Bar schenken.

Wenige Tage später nahm das konspirative Geschehen nebenan seinen Lauf.

Für den kommenden Mittwochnachmittag hatte Frau Stein einen Termin mit den Erbschleichern vereinbart, damit ihre dynamische „Bekannte" sich vorstellen konnte. Um zehn Uhr in Barbara Avidus' Stadtbüro. Grit hatte sich für diesen Anlass in ihre engste knallrote Jeans gezwängt und trug dazu weiße Leder-Chucks, eine ebenso lässige wie offensichtlich teure weiße Hemdbluse und, um deutlich zu machen, wen Herr und Frau Erbschleicher vor sich hatten, ihre Armbanduhr von Cartier, ein Geschenk ihres Noch-Ehemanns aus besseren Zeiten. Kurz: Grit war die personifizierte Provokation.

Das Ergebnis war entsprechend: Antipathie auf den ersten Blick und auf beiden Seiten. „Und Sie fühlen sich den Anforderungen bei der Betreuung eines alten Menschen gewachsen?", fragte Barbara Avidus, alias Bonnie, nachdem sie sich von Grits Auftritt erholt hatte. Mit einer Mischung aus Neugier, Zweifeln und kaum verhohlener Abneigung musterte sie Grit von oben bis unten.

„Würde ich mich sonst vorstellen", erwiderte Grit forsch in der Attitüde einer Frau, die es weder nötig hatte, sich Fragen dieser Art gefallen zu lassen, noch sich überhaupt auf eine wie auch immer geartete bezahlte Tätigkeit einzulassen. Dass das Gegenteil der Fall war, ging diese Babs Gierig in ihrem zu engen und zu hellgrünen Kostüm, in dem sie aussah wie eine blasse Made kurz vorm Erstickungstod, nichts an. Ebenso wenig wie ihren Berlusconi, der Zigarillo rauchend an der Fensterbank lehnte.

„Sicher nicht." Es war Barbara Avidus anzusehen, dass Grits Antwort ihr nicht gefiel. Mit einiger Anstrengung rang sie sich ein zuckersüßes Lächeln ab, das umgehend zu Eis gefror. „Und Sie wären auch bereit, in die Villa von Frau Perleberg mit einzuziehen und sie rund um die Uhr zu versorgen?"

„Durchaus. Allerdings nicht ohne meine Tochter." Grit schlug ihre roten Beine in umgekehrter Anordnung übereinander.

„Ja, dieses Handicap hat Frau Stein schon angesprochen. Aber das lässt sich bestimmt regeln, die Villa ist schließlich groß genug." Wieder das Lächeln zwischen gefletschten Zähnen. Grit musste an eine lüstern ihr Opfer umkreisende Hyäne denken, die kühl Plus und Minus gegeneinander abwog.

Okay, diese Grit Lindner wäre nicht so leicht zu steuern wie die harmlose Frau Stein. Und ihre alberne hochgezogene Augenbraue à la Anne Will ging ihr gewaltig auf die Nerven. Doch wenn die Dame glaubte, sie würde auf ihre gehobene Mittelstandsattitüde hereinfallen, dann hatte sie sich getäuscht. Schließlich war sie alleinerziehend und ihr finanzielles Polster garantiert weniger dick, als sie vorgab. Diese Sorte Kontrahentin pflegte Barbara Avidus zum Frühstück zu verspeisen, Cartier am Handgelenk inklusive.

„Den Begriff Handicap kenne ich eigentlich nur vom Golf", unterbrach Grit ihre Berechnungen in der Gewissheit, dass ihre Chancen auf den Job damit gen Null tendierten. Aber das war ihr egal.

„Sie golfen auch? Wie nett", war alles, was Barbara Avidus dazu zu sagen hatte. Sie kalkulierte im Rahmen eines völlig anderen Koordinatensystems. Gegen Grit Lindner sprach zwar eine ganze Menge, nicht zuletzt diese knallenge rote Hose und die minderjährige Tochter, die hoffentlich nicht nach ihrer Mutter geriet. Aber ein gewichtiges Argument auf der Plusseite ließ die Waagschale dennoch zu ihren Gunsten herabsinken: Grit Lindner wäre sofort verfügbar und sie selbst die Sorge um ihr künftiges Erbe auf einen Schlag los. Das gab aus Barbara Avidus' Sicht den Ausschlag.

„Das nehme ich an", sagte Grit mitten in ihre Bilanz hinein, von der sie noch nicht wusste, dass sie zu ihren Gunsten ausgefallen war, „dass in der Villa Platz genug ist. Frau Stein hat sie mir von außen gezeigt." Innerlich kochte sie, und es war ein Glück, dass sie physisch nicht in der Lage war, auch noch Feuer zu speien. Es widerstrebte ihr zutiefst, ihre Tochter als Problem, respektive Handicap behandelt zu wissen. Ausgerechnet von diesem Möchtegern-Alpha-Weib. Dieses Recht hatten, wenn überhaupt, nur die Eltern. Sie biss die Zähne zusammen. „Aber Frau Perleberg müsste natürlich auch einverstanden sein. Mit mir und mit Mira."

„Da sehe ich überhaupt keine Schwierigkeiten. Sie wird es ganz reizend finden, jugendliche Gesellschaft zu haben, was meinst du, Robert?" Wider Erwarten brachte Barbara Avidus einen Anflug von Herzlichkeit zustande, der allerdings nur zu höchstens zwanzig Prozent Grit gewidmet war.

„Auf jeden Fall." Um einen seriösen Gesichtsausdruck bemüht, stippte Berlusconi den Aschewurm seines Zigarillos in den hässlichen Porzellanaschenbecher auf der Fensterbank, während er gleichzeitig versuchte, Löcher in Grits Jeans zu starren. „Und so charmante dazu", gockelte er, was bei der Steuerberaterin ein kurzes Stirnrunzeln hervorrief.

„Ja, dann ...", Grit schenkte beiden ein entwaffnendes Lächeln.

„Dann müssten wir nur noch das Finanzielle regeln." Barbara Avidus zog Schreiber und Papier zu sich heran, „aber auch da sehe ich gar kein Problem."

Grit sah auch keines. Zwar war sie sich nicht ganz so sicher, was ihr künftiger Schützling Flora Perleberg zu ihr als neuer Babysitterin sagen würde, doch für Floras sogenannte Freundin schien dieser Punkt eher nebensächlich. Hauptsache, Barbara hatte alles unter Kontrolle und das Problem Floralein vom Hals. Villa gesichert und weniger eigene Verbindlichkeiten, das war ihr die Sache offensichtlich wert. Dafür würde sie im Zweifelsfall auch Floras kurzfristigen Unmut in Kauf nehmen. Die würde sich schon wieder einkriegen. Und was Grits Forderungen anging: Die interessierten sie herzlich wenig. Die Kosten für ihre Aufpasserin würden selbstverständlich von Frau Perlebergs Konto abgebucht. Mit Knauserigkeiten war unter diesen Umständen nicht zu rechnen.

Was soll's, sagte sich Grit ihrerseits. Ich werde schon mit Flora klarkommen. Jedenfalls besser als mit diesen beiden hier. Aber die können mir ja künftig egal sein. Bis zur Unterschrift unter den Arbeitsvertrag galt es allerdings, diese Einstellung tunlichst zu verbergen.

Grit war eine miserable Schauspielerin, und so hielt Alex bis zum letzten Augenblick die Luft an. „Du siehst aus, als wolltest du den Job nicht wirklich haben", sagte sie mit Blick auf Grits Outfit, als diese nach dem Gespräch mit den Erbschleichern „auf einen Minztee" bei ihr hereinplatzte.

„Die Frage stell' ich mir auch dauernd", erwiderte Grit. „Ob ich mir wirklich zwischen einer steinalten Exzentrikerin und einer habgierigen Matrone samt lüsternem Lover die Nerven ruinieren will."

„Ach was", grinste Alex. „Die drei steckst du doch spielend in die Tasche. Und deine Schiffstaue von Nerven würde ich mir gern mal einen Tag lang ausleihen. Oder auch zwei."

Alex hätte sich keine Sorgen um Grits Contenance machen müssen. Um den Eindruck, den sie auf ihre Nachbarin machen würde, auch nicht. Die erste Begegnung zwischen Grit, Mira und Flora Perleberg ließ sich überraschend positiv an, nicht zuletzt dank Mira, die Floras ausladenden Sonnenhut mit den beiden zerfledderten künstlichen Blaumeisen obendrauf bewunderte und mit ein paar zerkrümelten Pferdeleckerlis aus ihrer Hosentasche nicht nur Schmelings Herz sofort gewann. Die Erbschleicher hatten den Kennenlerntermin organisiert und sich vom Acker gemacht, sobald sie schätzten, dass die Sache lief. Frau Stein hatte den schwarzen Eisentisch hinter dem Haus gedeckt, und Alex hörte die drei im Garten plaudern, während Mira sich von Schmeling das Grundstück zeigen ließ.

„Mama, da gibt es sogar einen Tennisplatz." Miras grünstichige Haare, an denen Frau Perleberg keinerlei Anstoß genommen hatte, waren voller Birkenpollen, als sie wieder auftauchte. An der Kapuze ihrer Jacke hatte sich eine Brombeerranke verfangen, die sich auch unter Grits Bemühungen hartnäckig weigerte, die Kapuze loszulassen. „Der sieht aus, als würde er zum Schloss von Dornröschen gehören. Total mit Brombeergestrüpp zugewachsen. Wird Zeit, dass da mal 'n Prinz vorbeikommt. Ich hab' die Tür alleine nicht aufgekriegt."

„Mir war gar nicht bekannt, dass Dornröschen Tennis gespielt hat", sagte Grit, während Flora Perlebergs Reaktion auf Miras Mitteilung überaus seltsam war.

„Ich spiele nicht mehr Tennis", sagte sie, während ihre Vogelaugen sich mit dem Ausdruck eines Falken auf Beutejagd in die von Mira bohrten. „Und damit das ein für alle Male klar ist, junge Dame: du auch nicht. Das Gelände um den Tennisplatz ist strikt verboten. Für alle außer Schmeling und mich. Das gilt auch für Prinzen jeglicher Herkunft."

„Warum?", fragte Mira mit entwaffnender Zutraulichkeit, doch sie erhielt keine Antwort. Mit größtmöglicher Grandezza hatte sich Flora Perleberg erhoben und bohrte ihren schwarzen Gehstock mit dem altmodisch geschwungenen silbernen Griff in die Grasnarbe. „Wir gehen nach drinnen, Schmeling", erklärte sie schroff. „Ich glaube, es ist ein Gewitter im Anzug."

„Hä? Gewitter?" Mira blickte nach oben. „Der Himmel ist doch knallblau."

Frau Stein kniff die Lippen zusammen und seufzte nur.

„Was war das denn?" Grit sah der alten Dame nach, wie sie, Schmeling vor sich her scheuchend, mit kerzengerade durchgedrücktem Rücken die geschwungene Treppe zur Terrasse hinaufschritt. „Kommt das öfters vor?"

„Nur wenn jemand vom Tennisplatz spricht. Oder von seiner näheren Umgebung. Warum, weiß der Himmel. Vielleicht hat sie schlechte Erinnerungen daran."

„Gibt es sonst noch irgendwelche Dinge, die man besser nicht erwähnt?", fragte Grit.

„Ungefähr dreitausend. Aber das werden Sie schon selbst herausfinden."

An Frau Steins zufriedenem Gesichtsausdruck ließ sich die Erleichterung darüber ablesen, dass das in Zukunft nicht mehr ihr Problem sein würde. Nur Schmeling stellte sie auf ihre letzten Tage bei seinem Frauchen noch einmal auf eine harte Probe. Seine Begegnung mit Miras Pferdeleckerlis hatte ein unschönes Nachspiel in Gestalt eines besonders hartnäckigen Durchfalls. Dessen unappetitliche Folgen bekam Frau Stein nicht nur zu riechen.

Zwei Wochen später zogen Grit und Mira in die oberste Etage der ebenso imposanten wie heruntergekommenen Perleberg'schen Villa. Mit Alex' Unterstützung und ohne dass die Erbschleicher von Grits Komplizenschaft mit ihr erfuhren, richteten sie die drei für sie vorgesehenen Zimmer her. Eines von ihnen hatte einen wunderbar sonnigen Glaserker zum Garten hin, dessen amerikanische Fenster sich teilweise nach oben schieben ließen, sodass man sich fühlte wie auf einem besonders geschützten Balkon.

Auf den überwiegenden Teil des ehelichen Mobiliars hatte Grit bei ihrem Umzug verzichtet. Sie hegte nicht die Absicht, sich den Neuanfang mit Altlasten in Form von Uwes pompösen Couchgarnituren und dergleichen vermiesen zu lassen. Sollte sich doch künftig seine blondgesträhnte Thusnelda darauf wälzen. Lediglich Mira hatte ihren kompletten Besitzstand mitgenommen, der sich optisch gerade in einer Übergangsphase von Rosa und Pink zu Tiefschwarz befand. Mira wurde demnächst dreizehn.

„So so", sagte Flora Perleberg, nachdem sie sich die Mühe gemacht hatte, die zahlreichen durchgetretenen Treppenstufen zu erklimmen und die neuen Räume im Obergeschoss zu besichtigen. Der Gesamteindruck erschien ihr doch recht karg. „Bisschen leer, oder?"

„Ich habe gerne Licht und Luft um mich herum", sagte Grit. „Und Platz."

„Aber doch nicht so viel Luft", widersprach Flora und spendierte für den Glaserker eine schnörkelige Korbliege mit ausziehbarem Fußteil, die noch aus Kolonialzeiten zu stammen schien und Reste eines aquagrünen Anstrichs aufwies. Zehn Jahre lang war sie nicht mehr aus ihrer Kellerecke herausgekommen, da der Aufwand, sie in den Garten zu befördern, in keinem Verhältnis zu der Zeit stand, die Flora darin zu verbringen gedachte. Neben der Liege fand sich noch ein monströser schwarz gerahmter Spiegel mit geschliffenen Kanten, dessen zahlreiche blinde Flecken das eigene Konterfei nur verschwommen wiedergaben, dafür aber das Grün der hohen Buchen im Garten umso verwunschener ins Zimmer holten.

„Spieglein, Spieglein an der Wand …", bemerkte Grit düster.

„Unsinn", sagte Alex neidisch, als sie mit zwei Saristoffen als Überwurf für das flache Sofa ohne Rücklehne ankam, das die kurze Seite des Erkers von einer Wand zur anderen ausfüllte. „Diese Liege ist ein Traum. Shabby Chic pur. Dafür zahlst du beim Antiquitätenhändler ein Vermögen. Und den Spiegel könnte ich dir glatt klauen."

„Der ist ziemlich mit Blindheit geschlagen, findest du nicht?" Mit dem Zeigefinger strich Grit über die dekorativ verschwommenen Stellen und pustete anschließend eine dicke Staubflocke in die Luft.

„Das ist doch gerade der Witz daran. In unserem Alter kann man schließlich froh sein, wenn man die eigenen Falten nicht allzu klar erkennt."

„Ich persönlich stelle mich lieber der Realität und beuge vor. Und was dein Shabby-Chic-Teil angeht, kann ich bloß hoffen, es kracht nicht direkt unter mir zusammen", war Grits undankbarer Kommentar.

SECHS

„Das ging ja wirklich äußerst flott mit Frau Perlebergs neuer Assistentin." Barfuß, in kurzer Gartenhose und Schlabber-T-Shirt saß Sonja auf der Terrassentreppe, neben sich den Stapel Wohnzeitschriften, den sie von Alex ausleihen wollte. Ihr zu Füßen räkelte sich Borste in der Sonne und ließ sich hingebungsvoll das dicke schwarze Fell kraulen.

„Stimmt. Mama ist ganz in ihrem Element." Verschwitzt und rot im Gesicht kam Elin vom nachmittäglichen Sportunterricht nach Hause, drängelte sich an Sonja und dem Schöner-Wohnen-Elle-Déco-Landlust-Mix vorbei und warf ihre Sporttasche schwungvoll Richtung Wohnzimmer. „Nicht nur beim Einrichten. Sie spinnt Intrigen, und diesmal hat sie sich selbst übertroffen."

„Intrigen, Quatsch", entrüstete sich Alex. „Was wollt ihr eigentlich? Man sollte mir einen Preis für das gelungene Konzept eines kreativen generationenübergreifenden Wohnprojekts verleihen. Mira und Grit kriegen ein spektakuläres Dach über dem Kopf nebst einem gesicherten Einkommen, und Frau Perleberg hat angenehme Gesellschaft und ist bestens versorgt. Das ist keine Intrige, sondern praktizierte Nächstenliebe, und ganz nebenbei müssen wir uns keine Gedanken mehr über lichterloh brennende Häuser in der Nachbarschaft machen."

„Angenehme Gesellschaft?" Elin zog die Nase kraus. „Mama, du träumst. Mira ist ein Biest. Meistens jedenfalls. Weißt du noch, wie sie damals meine Lieblingspuppe mit deinem roten Lippenstift angemalt hat? Sah aus, als hätte ein Vampir zugebissen. Und die Erbschleicher hast du wohl auch vergessen." Sie grinste breit. „Die kriegen eine Extraportion Nächstenliebe ab, ob sie wollen oder nicht, was? Ist denen eigentlich klar, dass du die Nummer mit Grit eingefädelt hast?"

„Keine Ahnung", knurrte Alex. „Will ich auch gar nicht wissen."

„Ich habe mir noch nie Gedanken über brennende Nachbarhäuser gemacht." Unbemerkt von Frau, Tochter und Nachbarin hatte ein Taxi vorm weißen Gartentor gehalten und überraschend einen Michael ausgespuckt, dem im subtropischen Hamburger Klima auf der Stelle der Schweiß ausbrach. Michael parkte seinen silbermetallic-farbenen Rollkoffer samt Notebook, Jackett und Trench am Fuß der Treppe zur Terrasse und nahm dynamisch die vier Steinstufen nach oben. Empört über die Störung streckte Borste sich zu voller Länge, bedachte ihn mit einem arrogant-genervten Gesichtsausdruck und stolzierte mit erhobenem Schwanz Richtung Schatten davon.

„Du bist ja auch selten da", erwiderte Alex lakonisch.

„Aber heute bin ich da. Nette Begrüßung übrigens." Michael beugte sich zu einem flüchtigen Kuss zu ihr hinunter. „Ich habe einen früheren Flug bekommen. Hallo, Sonja, wo hast du denn deine Trabanten gelassen?"

„Meine Taranteln, meinst du? Die kreisen heute um die Venus", sagte Sonja. „Sind mit Oma und Opa im Schwimmbad, weil's so heiß ist."

„Da geh ich jetzt auch hin", erklärte Elin. „Ich bin völlig fertig. Die Schneider hat uns gerade fünftausend Meter laufen lassen. Drei Tage vor Ferienanfang. Was soll das? Bringt doch null."

„Wer weiß." Tim lehnte sich übers Balkongeländer vor seinem Zimmer und schüttelte eine Ladung Elbsand aus seiner Sporttasche auf den Rasen. „Soll gegen Babyspeck helfen, hab' ich gelesen."

Bis auf „Vollhorst" ignorierte seine Schwester ihn. „Hallo, Papa. Bist du auch mal wieder im Lande?"

„Wurde auch Zeit nach einer Woche Moskau, finde ich."

„Vor allem, wo es hier so interessante Entwicklungen gibt." Sonja zog den Bauch ein, so gut es ging, und strich ihr Ringelhemd glatt.

„Ja, ja, ich merke schon ... Du hast es also tatsächlich geschafft, Grit diesen Floh ins Ohr zu setzen." Michael blickte Alex an. „Und Frau Perleberg einen renitenten Fast-Teenie ins Nest. Begonnen hat das Projekt auch bereits, wie ich sehe." Vor Flora Perlebergs Hecke parkte mit heruntergelassenem Dach Grits Mini, auf dessen Rücksitz zwei erschöpfte Bananenstauden darauf warteten, ins Haus gelassen zu werden.

„Ist doch spannend, oder?"

„Na, hoffentlich nicht zu sehr. Wie du weißt, halte ich diese Versuchsanordnung für gewagt. Um nicht zu sagen, für ziemlich alarmierend."

Alex kniff die Lippen zusammen. Keine Frage, Michael war nicht nur skeptisch. Er war stocksauer. „Ganz zu schweigen von Bonnie & Clyde oder wie du die zu nennen pflegst", legte er nach. „Ich verspüre nicht die geringste Lust, mich mit diesen zwielichtigen Gestalten anzulegen."

„Nun fang doch nicht schon wieder damit an", seufzte Alex. „Mit denen werden Grit und ich schon fertig."

„Dein Wort in Gottes Ohr. Puh, ist das eine Hitze hier. Habt ihr noch irgendwo ein kühles Bier für mich?" Damit verschwand er Richtung Kühlschrank.

„Ich geh dann auch mal wieder", sagte Sonja und raffte ihren Zeitschriftenstapel zusammen. „Ich muss die Ruhe noch ein wenig genießen, bevor die Zwillis aus dem Schwimmbad zurückkommen. Schönen Abend noch euch beiden."

Ein ironisches Lächeln legte sich um ihre Lippen, sodass sie aussahen wie ein in Klammern gesetztes Wort. „Und ich drück dir die Daumen für dein Trio Infernale nebenan."

„Fängst du auch noch damit an!", erwiderte Alex mit dem zart-bissigen Unterton, mit dem sie sich sonst gegen die Attacken ihrer Mutter wappnete. „Der Erfolg des Modells wird mir recht geben. Ihr werdet schon sehen."

„Schon klar. Und sie lebten glücklich bis an ihr Lebensende", grinste Sonja. „Aber erst mal bin ich gespannt auf Kapitel zwei."

„Happy End, definitiv", beharrte Alex. Sie mochte nicht zugeben, dass ihr selbst ein wenig mulmig war angesichts ihres soziologischen Experiments mit drei Unbekannten. Beziehungsweise nur allzu Bekannten. In der Theorie ließ sich die Sache in den schönsten Farben ausmalen. Ob die Kohabitation auch in der Praxis funktionieren und ihre riskante Gleichung aufgehen würde – mal sehen. Vielleicht sollte sie zur Abkühlung für erhitzte Gemüter für alle Fälle einen Feuerlöscher bereithalten.

Angst vor der eigenen Courage, würde ihre Mutter das nennen. Gelegentlich hatte Irene einfach recht.

Udo – der mit dem Frotteebademantel, nicht der mit dem Hut – hatte womöglich doch die richtige Einstellung. Mit 66 Jahren, da fängt das Leben an ... Was für eine alberne Liedzeile, habe ich gedacht, als ich sie zum ersten Mal im Radio hörte. Da bist du doch längst jenseits von Gut und Böse. Zumindest aus männlicher Perspektive betrachtet. Aber im Gegenteil. Nachdem es jahrzehntelang geklemmt hatte und seine Scheiben schon ganz blind waren vom Schmierfilm des Lebens, ging das Fenster bei mir überraschend wieder auf. Es kam noch einmal Farbe in mein Dasein, als ich 66 war, und zwar ganz ohne dass ich persönlich zum Fensterleder gegriffen hätte.

Zu verdanken habe ich es Schmeling III, Schmelings Vorvorgänger. Er war es, der sozusagen die Scheiben eingeschlagen hat und mich mit Konrad Kleinschmidt bekannt machte.

Zwanzig Jahre muss das jetzt her sein, und ich muss immer noch lachen, wenn ich an die näheren Umstände denke. Bis dahin war's ein eher mieser Tag gewesen. Weil mir am Vormittag die Neue von Wim, meinem Ehemaligen, über den Weg gelaufen war; heißt Perleberg, genau wie ich, und ich frage mich immer noch, ob das wirklich nötig war. Nicht dass ich ihn ihr nicht gönne, meinen Ehemaligen mitsamt seinem brandenburgischen Namen. Aber mussten sie gerade mal einen Stadtteil weiter ziehen, sodass man sich auch dann noch begegnet, wenn Wim längst tot ist?

Beim abendlichen Spaziergang im Park hatte ich einen ziemlichen Sturmschritt drauf. Zu stürmisch für Schmeling. Ein Mops will locker traben oder schlendern; nicht rennen und dabei alle vier Stummelbeine gleichzeitig in der Luft haben. Abrupt trat Schmeling auf die Bremse und dann in Streik. Neben einem Herrn im englischen Jackett mit Lederflicken auf den Ellbogen, den er durch zweimaliges Umrunden mit seiner Leine fesselte, um ihm, nachdem er nicht rechtzeitig aus der unwürdigen Situation herauskam, verzweifelt an die Hose zu pinkeln. Blöder Hund! Ich war gezwungen, mich wortreich zu entschuldigen und dabei vor Konrad in die Knie zu gehen, um die Strippe samt Mops wieder abzuwickeln. Um Verzeihung zu bitten ist nicht meine Stärke. Konrad muss das sehr schnell erkannt haben.

„*Gehen Sie immer auf diese Weise auf Männerfang?*", *sagte er von oben herab, während Schmeling und ich um seine Beine krochen in dem Bemühen, ihn dabei nicht zu Fall zu bringen.*

„*Nein.*" *Mitten in der Bewegung hielt ich inne.* „*Normalerweise sage ich ,fass', wenn mir einer gefällt.*"

„*Ach, dann gefalle ich Ihnen also nicht und das hier war ein Versehen?*"
„*Wie bitte?*"
„*Sie haben nicht ,fass' gesagt.*"

Bevor ich antworten konnte, riss Schmeling an seiner Leine und Konrad taumelte neben mir ins Gras, wobei sein linker Ellbogen in einer weiteren hündischen Hinterlassenschaft landete. Deren Urheber war zum Glück nicht mein Hund.

„*Nun, in Frankreich sagt man, es bringt Glück, in einen Hundehaufen zu treten*", *sagte Konrad, ohne eine Miene zu verziehen.* „*Wie viel Glück muss dann erst so ein Ellbogen bringen.*"

Herausfordernd blickte ich Konrad in die lachfaltenumkränzten blauen Augen, um zu prüfen, ob er das aushalten würde. Er hielt es aus.

„Fass, Schmeling!", sagte ich. Doch Schmeling tat nichts dergleichen, und so war es Konrad, der die Gelegenheit beim Schopfe packte ...

Mit Konrad und Schmeling wurde es auch später nicht der Beginn einer wunderbaren Freundschaft, mit Konrad und mir schon. Schmeling war eifersüchtig wie ein jugendlicher Liebhaber, und sobald Konrad alle zwei, drei Tage mit der obligatorischen Kuchentüte an meiner Gartentür auftauchte, kläffte er die Gegend voll, bis die Nachbarn begannen, sich zu beschweren.

So ganz taufrisch war Konrad selbstredend nicht; was hätte ich auch mit so einem Jüngling anfangen sollen. Aber er war groß und stattlich, wie man zu meiner Zeit sagte. Mit seinem Pfeffer-und-Salz-Schnauz, dem immer etwas ironischen Blick und den vielen Lachfalten um die Augen wirkte er wie einer dieser Offiziere höheren Dienstgrads aus einem englischen Kriegsfilm. Die „Brücke am River Kwai" oder so.

Konrad war verheiratet, was mir sehr zupass kam. Ich glaube, einen Dauergefährten, vierundzwanzig Stunden rund um die Uhr, hätte ich nicht mehr ertragen. Aber wenn er mit seinem alten englischen Cabrio vor der Tür stand, um mich zu einer Spritztour abzuholen, fühlte ich mich wieder wie dreißig.

Die Sanders haben Konrad noch kennengelernt. Drei Jahre nachdem er in mein Leben getaumelt war, hielten sie Einzug im Eckhaus nebenan, ungefähr zeitgleich mit Schmelings Nachfolger Karl. Karl wie Lagerfeld, weil Karls Augen von dunklem Fell umschattet waren, sodass er aussah, als trüge er eine Sonnenbrille wie der bezopfte Modeschöpfer aus Hamburg.

Erst war ich froh über den Wachwechsel in meiner unmittelbaren Nachbarschaft, denn die Vorbesitzer des Hauses hatten ebenso wenig Stil wie Selbstzweifel gehabt und waren drauf und dran, das hübsche kleine Haus zu Tode zu renovieren. Tote Augen, mahagonigerahmt, statt Sprossenfenster in der Fassade. Spießerkacheln in Küche, Badezimmer und Klo. Und currybrauner Teppichboden in der gesamten unteren Etage und im Treppenhaus. Meine Güte, wer verlegt denn Auslegeware auf alten Pitchpinedielen? Außerdem hatten die Kowalskis nach ein paar Jahren begonnen, derart lautstark und ausdauernd zu streiten, dass ich Wort für Wort mithören konnte, ohne mich anzustrengen. Ich bin sicher, der scheußlich durchfallfarbene Teppichboden war verantwortlich für die dauerhaft miese Stimmung an Bord. Der hätte mich auch fertig gemacht. Selbst mit einem wie Cary Grant an meiner Seite, dem der Nachbar mit seiner Plauze und seiner polternden Art selbstredend nicht das Wasser reichen konnte.

Irgendwann fing ich an, mich per Radio Vatikan gegen die fortgesetzten Streitereien zu wehren. Allmorgendlich stellte ich den heiligen Singsang auf maximale Lautstärke, ließ das Fenster zu den Nachbarn offen und ging in meinen Garten oder einkaufen. Es dauerte, bis diese Ignoranten mein subtiles SOS zu deuten wussten. Nach ungefähr zwei Monaten fiel ihnen auf, dass meine Geduld am Ende und ich nicht gewillt war, weiter ihren Auseinandersetzungen zu lauschen. Sie stritten leiser, aber nur kurzfristig. Nach sechs Jahren zog sie endlich die Reißleine, und die beiden trennten sich. Ich möchte wetten, die Einschaltquoten von Radio Vatikan sind zu diesem Zeitpunkt drastisch gesunken.

Nach den Kowalskis also die Sanders. Die warfen als Erstes den furchtbaren Teppichboden raus – ich sah einen großen Haufen davon auf dem Rasen liegen – und sind immer noch zusammen. Peu à peu haben sie das Haus in seinen ursprünglichen Zustand von 1924 zurückversetzt und sogar die Fensterläden angebracht, die es zwar laut Bauzeichnung, nie aber in Wirklichkeit besessen hat.

Sie war hochschwanger damals und, kaum eingezogen, begannen sie, sich rasant zu vermehren. Erst kam dieser Bengel, Tim, glaube ich, dann Tochter Elin sowie mehrere Generationen Tanzmäuse und Kaninchen. Seit ungefähr zehn Jahren sind sie komplett, jedenfalls hoffe ich das. Denn nachdem Mäuse und Kaninchen das Zeitliche gesegnet hatten – allesamt mit eigenem Grabstein –, zog Borste bei ihnen ein, das pechschwarze Katervieh, das meinen Schmeling zur Raserei bringt. Eines Tages wird er ihn zum Herzinfarkt treiben, dessen bin ich mir sicher. Einmal habe ich mir Borste vorgeknöpft und ihn hinter den Ohren am Fell gepackt. Ich bin regelrecht zurückgezuckt. Der Kerl fühlt sich kein bisschen an wie eine Katze. Eher wie ein Stachelschwein. Sein Fell ist dick und borstig und hätte auch einem Waschbären zu Gesicht gestanden.

„Eine Fellmutation", erklärte mir Frau Sanders später. „Daher auch der Name. Borste. Mir ist mittlerweile gar nicht mehr bewusst, dass andere Katzen sich völlig anders anfühlen."

Im Großen und Ganzen komme ich klar mit den Sanders. Wieder, muss ich sagen, denn einmal herrschte für eine Weile totale Funkstille. Ich hatte an einem späten Samstagnachmittag meinen Plattenweg gekärchert. Der Briefträger hatte sich beschwert, er würde sich eines Tages bei Regenwetter den Hals brechen auf den glitschigen Dingern. Nicht, dass ich viel Post kriege, aber ich hatte selbst keine Lust, auf dem Weg zur Mülltonne mit Oberschenkelhalsbruch im Spital zu landen. Da kam Herr Sanders rüber, wahrscheinlich hatte seine Teure ihn vorgeschickt, weil sie selbst zu feige war.

„Liebe Frau Perleberg", schleimte er rum, „Sie haben doch die gesamte Woche über Zeit, geräuschintensive Gartenarbeiten vorzunehmen. Da wäre es schön, wenn sie am Samstagabend darauf verzichten könnten. Wir würden nämlich gern den ersten Spargel der Saison draußen auf der Terrasse genießen."

Genießen! Den ersten Spargel der Saison! Und dazu dieses alberne „geräuschintensiv"!

„Drinnen schmeckt er genauso", habe ich ihm geantwortet. „Oder auch nicht. Je nachdem. Außerdem habe ich das Recht, bis sieben Uhr abends so viel Krach zu machen, wie ich will. Und noch ist es keine sieben." Kopfschüttelnd ist er abgezogen, als sei ich eine unzurechnungsfähige Alte, der mit Vernunft nicht beizukommen ist.

Was bilden die sich ein? Ich habe den Kärcher wieder angeschaltet. Bis Viertel nach sieben. Danach war fast ein Jahr lang Sendepause. Na ja, hat mich nicht weiter gestört.

Die von der anderen Seite ist auch ein Fall für sich. Sie schmeißt gern ihre gefräßigen Schnecken in meinen Garten, wenn sie glaubt, ich sehe es nicht. Ich weiß es aber, weil ich mal eine abgekriegt habe. „Klack", sagte es, als sie auf dem silbernen Griff meines Gehstocks aufschlug, was sie vermutlich ihr Haus kostete. Einmal habe ich die Schneckenwerferin zur Rede gestellt. „Ich züchte meine eigenen Schnecken", habe ich zu ihr gesagt. „Ich brauche Ihre nicht."

„Oh, das tut mir leid", hat sie mit knallrotem Kopf gestammelt. „Eine schlechte Angewohnheit von mir. Ist nicht persönlich gemeint."

„Aber ich meine es persönlich", erklärte ich.

„Ich habe nur die mit Haus geworfen", sagte sie, als würde das die Sache besser machen. „Die anderen fliegen nicht so gut."

Immerhin ehrlich, dachte ich. Und: Aber klar fliegen sie, die nackten. Man muss sie nur in die Luft werfen und dann eine gut gezielte Vorhand mit der Handschaufel oder meinem alten Tennisschläger hinterher, und schon gehen die ab wie Schmidts Katze. Gern retour, direkt ins nachbarliche Salatbeet.

So tauschen wir unsere Schnecken, das heißt sie traut sich nicht mehr. Ich schon. Mit Trivialitäten wie einem schlechten Gewissen halte ich mich nicht auf. Für dergleichen hätte ich ganz andere Gründe.

SIEBEN

Vor zehn Jahren ist Konrad gestorben, ganz plötzlich. Herzinfarkt und Schluss. Aus. Ende. Ausgerechnet mein Haus musste er sich dafür aussuchen, was in seinem privaten Umfeld mit Sicherheit peinliche Fragen aufwarf. Um es ganz deutlich zu sagen: Viagra hatte damit nichts zu tun, und diesmal habe ich die Sanitäter gerufen. Man wird ja nicht jünger, und so groß ist mein Garten nun auch nicht.

Aber: doch. Schon. Ich habe um ihn getrauert. Schließlich hatte ich mich an seine Gesellschaft, die nichts von mir forderte, und an seinen Witz sehr gewöhnt. Aber kein Vergleich zu damals, als ich nicht wusste, ob ich jemals wieder einen Sinn in meinem Leben würde finden können.

Es war in der Zeit nach Konrads Tod, als ich Barbara auch privat näher kennenlernte. Seit Jahren schon regelte sie meinen Steuerkram und war nach der Scheidung von ihrem Mann ebenso allein wie ich. Wir haben uns angefreundet, obwohl sie fünfundzwanzig, dreißig Jahre jünger ist als ich, und öfters gemeinsam etwas unternommen. Noch als sie ihren Robert traf und ich es schweren Herzens aufgegeben hatte, selbst Auto zu fahren, kamen sie oft am Wochenende vorbei und ich hatte das Vergnügen, auf meine alten Tage Porsche zu fahren, bei offenem Verdeck.

Allerdings ist mein Vertrauen in die beiden in letzter Zeit ein wenig erschüttert worden.

Barbara stellt mir die Stunden, die sie mit mir verbringt, als Arbeitszeit in Rechnung. Zu einem Stundensatz, der jeden Notar neidisch machen würde. Durch einen blöden Zufall ist mir das aufgefallen, aber bislang habe ich sie nicht zur Rede gestellt. Noch denke ich nur darüber nach. Doch jeder Tag, den ich es nicht tue und „unausgesprochen" verstreichen lasse, entfernt mich ein Stück mehr von ihr und macht mich skeptischer. Ich ziehe meine Barrikaden hoch. Kein gutes Gefühl. Gar kein gutes Gefühl, und vor diesem Hintergrund frage ich mich auch, was es mit ihrer neuesten Idee auf sich hat. Dieser Babysitterin mit ihrem grünhaarigen Früchtchen von einer Tochter ...

Schon einmal hat mich Barbaras Verhalten, gelinde gesagt, irritiert. Eineinhalb Jahre ist das her. Alle wollten nur „mein Bestes" damals, und das ist offenbar mein Geld. Zu diesem Schluss musste ich kommen, denn mehrere sehr unschöne Szenen spielten sich in diesem Zusammenhang ab. Ich hatte irgendwann – aus heutiger Sicht frage ich mich, ob nicht vielleicht zu früh – mein Testament zu Barbaras Gunsten gemacht. Verwandte, die mir nahestehen würden, habe ich ja nicht mehr, jedenfalls keine, die mit mir zu tun haben wollten. Und mit denen ich zu tun haben wollte. War ja immer das schwarze Schaf der Familie gewesen. Das kohlpechrabenschwarze Schaf.

Bis, ja, bis der vermeintliche Zeitpunkt meines Ablebens näher rückte. Da wurde ich plötzlich in der Wolle gefärbt: blütenweiß, wie mit Sanso gewaschen. Von überall kamen sie aus ihren Löchern gekrochen. Am unverfrorensten die aus Bremerhaven.

„Wir wollten mal wieder nach dir sehen", erklärten sie ganz selbstverständlich, als sie an einem nieseligen Herbstwochenende gleich zu viert anrückten.

„Tatsächlich", erwiderte ich, wobei ich aufpassen musste, dass mir die rechte Augenbraue nicht unters Haar rutschte. Besonders das „mal wieder" hat mich erheitert. Ich konnte mich nicht erinnern, sie je bei mir gesehen zu haben, seit meine beiden Eltern tot waren. Diese Verwandtschaft war mir so fern, dass ich sie fast ausschließlich von dem Stammbaum kannte, mit dem mein Vater sich die Zeit vertrieb, nachdem er mit knapp siebzig seinen Laden dichtgemacht hatte. Wozu eigentlich? – das habe ich nie begriffen. Im Stammbaum bin ich der tote Ast. Nach mir kommt auf dieser Linie nichts mehr. Sackgasse. Dead end.

Gut so.

Bei meinem Neffen Detlev, dem Enkelsohn von Vaters Bruder, hatte der Stammbaum allerdings auch bloß ein jämmerliches Zweiglein ausgetrieben. Daniel hieß der Sprössling. Mit seinem schütteren Haar und dem käsigen Teint, dem nicht mal die Bremerhavener Seeluft auf die Sprünge zu helfen vermochte, sah er aus, als wolle er gleich wieder verschrumpeln oder beim nächsten Windhauch vom Baum gerissen werden. Er war inzwischen auch schon in den Dreißigern.

Wie die Geier über dem Aas kreisten sie über meinem Grundstück, der feiste Detlev mit seiner Madame, dem Sohnemann und der künftigen Schwiegertochter. Der junge Mann mit der aufstrebenden Karriere im Hamburger Reedereiwesen bemühte sich, nicht allzu interessiert zu gucken, aber aus den Augenwinkeln sah ich, wie er an einem der Fensterrahmen rüttelte, als er glaubte, ich kriege es nicht mit. Seine manikürte Braut indessen prüfte ganz ungeniert die Qualität der Pitchpinedielen, indem sie zwischen zweien davon hin und her wippte. „Keine Sorge", sagte ich, „die sind fest wie Beton. Und Holzbock wohnt auch keiner drin." Ich wäre im Boden versunken vor Scham, hätte man mich bei dergleichen ertappt. Die junge Dame zuckte nicht mit der Wimper. Heiraten wolle man demnächst, teilten sie freudestrahlend mit. Es war keine Nachtigall, die ich trapsen hörte. Es war eine ganze Geflügelfarm ...

Kaum eine Woche später sahen Detlev und Gattin schon wieder nach mir. Unangemeldet standen sie am Donnerstagnachmittag auf der Matte, und ich sah mich gezwungen, Tacheles zu reden. Als die Sippe mitkriegte, dass sie zu spät dran und das Haus bereits weg war – den Rest, also die Mietshäuser an der Palmaille, im Eppendorfer Weg und am Altonaer Bahnhof gedachte ich dem World Wildlife Fund zu vermachen –, war Schluss mit dem zivilisierten Benehmen. Erst probierten sie es noch mit Engelszungen, von wegen „enge Verwandtschaft" und „im Sinne meiner Eltern selig", doch als sie damit auf Granit bissen, ließen sie alle Hoffnungen fahren und alle Hemmungen fallen. Worte wie „amtlich" und „Zurechnungsfähigkeit" fielen ungeniert in meinem Beisein. Ich habe sie vor die Tür gesetzt.

Am Montag darauf, als ich mich wieder beruhigt hatte, geriet ich für einen Augenblick doch ins Schleudern. Blut ist dicker als Wasser, heißt es so treffend wie unappetitlich. Es rumorte in mir. Ich habe den Fehler gemacht, mit Frau Stein über meine Zweifel zu sprechen, und irgendwie kriegte es dann Barbara mit. Sie hatte wohl gerochen, dass ich an etwas herumkaute.

Liebe Güte, war das ein Drama. Zwei Stunden lag sie mir in den Ohren, redete auf mich ein, als würde sie dafür bezahlt. Meine Verwandten seien bloß Erbschleicher, nie hätten sie sich für mich interes-

siert – ganz im Gegensatz zu ihr, die nur mein Bestes wolle, fast jedes Wochenende da sei, Ausflüge mit mir unternehme und sich sogar um meinen Garten kümmere. Ich wusste gar nicht mehr, wo mir der Kopf stand. Als ich irgendwann den Satz fallen ließ, alle wollten nur mein Bestes und meinten damit wohl mein Geld, fing sie gar an zu heulen. Und warf sich am Ende vor mir auf die Knie. Seither weiß ich, woher dieser Ausdruck kommt: jemanden beknien.

Eine Woche lang war ich ziemlich neben der Spur und habe es Frau Stein erzählt. Sonst hatte ich ja niemanden. Dann habe ich einfach alles gelassen, wie es war. Barbara hatte ja recht. Sie und Robert waren die Einzigen, die sich um mich kümmerten. Bis auf Frau Stein, und die wird dafür bezahlt. Sollten sie doch was abhaben vom Kuchen. Das letzte Hemd hat keine Taschen. Hat schon meine Mutter gesagt, allerdings erst ganz am Ende.

Dass Barbara sich die Zeit, die sie mit mir verbrachte, als Arbeitszeit anrechnete, wusste ich da noch nicht. Testamentarisch hatte ich sogar festgelegt, dass ich für sie die Erbschaftssteuer übernehmen würde und bereits ein entsprechendes Sonderkonto eingerichtet. Da wir nicht verwandt sind, würde die ganz schön happig ausfallen; gut sechsstellig angesichts der Lage meines Hauses. Aber wer hätte darüber besser Bescheid gewusst als meine Steuerberaterin mit ihrer gutgehenden Kanzlei.

Tja, und nun also meine erste WG. Scheint, als würde bei mir mit 86 wider Erwarten noch einmal ein neues Kapitel anbrechen. Mit Männern hat es diesmal nichts zu tun. Damit bin ich ein für alle Male durch.

Obwohl, man soll ja nie „nie" sagen.

Das neue Kapitel kam ganz ohne mein Zutun, abgesehen von zunehmender Gebrechlichkeit. Ich selbst spüre davon kaum etwas und fühle mich wie immer. Eher bilden andere sich ein, eine solche bei mir zu erkennen. Das Kapitel heißt Grit und Mira Lindner und ist offenbar den sachkundigen Umgang mit Windeln gewöhnt. Dabei benötige ich keine und gedenke, es bis auf Weiteres dabei zu belassen. Die zwei sind Barbaras Idee. Sie meinte, die Stein habe angekündigt, sich künftig lieber um ihre zahlreichen Enkel kümmern zu wollen, und sie komme auch *mit den vielen Treppen bei mir und dem Riesenhaus nicht mehr gut zurecht. Die vielen Treppen, dass ich nicht lache! Ich bin zwanzig Jahre älter als die Stein, und die Treppen halten mich fit. Fit, na ja. Kein Vergleich natürlich zu meinen Ballettzeiten. Aber immerhin beweglich. Turnen bis zur Urne, sage ich immer zu Frau Stein. Wieso sagt die mir eigentlich nicht selbst, dass sie wegwill? Traut sich wohl nicht. Dabei ist sie doch sonst kein Hasenfuß.*

Das alles kommt ein bisschen plötzlich für meinen Geschmack, aber wenigstens findet es in meinen eigenen vier Wänden statt und nicht im Altersheim. Darüber kann man heutzutage schon froh sein. Es ist wohl mein Geld, das mich vor diesem Schicksal bewahren wird. Barbara versucht, mir die Sache schmackhaft zu machen. Ich solle doch unser künftiges Zusammenleben unter einem Dach – unter meinem Dach! – einfach betrachten wie eine Wohngemeinschaft, meint sie; das klinge doch geradezu modern. Nun ...

Meine künftige WG besteht also aus einer frisch getrennten ehemaligen Krankenschwester mit Haaren auf den Zähnen und ihrer zwölfjährigen Tochter. Bei der befinden sich die Haare auf dem Kopf, vorerst, aber dafür sind sie giftgrün. Tja, und die beiden ältesten Mitglieder unserer Vierer-Gang sind natürlich Schmeling und ich. Sollten die beiden Damen glauben, ich gebe ab sofort die sockenstrickende Oma, die einmal in der Woche Königsberger Klopse kocht: Das wird nichts. Nicht mein Revier.

Frau Sanders tut einstweilen so, als sei das Ganze eine zeitgemäße Variante von Schöner Wohnen. Warten wir es ab. Sie und diese Grit scheinen sich zu kennen. Komischer Zufall, oder?

„Möge das Verhängnis seinen Lauf nehmen", sagte Michael, als Alex sich am Abend über Grits Undankbarkeit angesichts ihrer komfortablen neuen Bleibe beklagte. „Aber lass mich bitte aus dem Spiel, sollte dir das Projekt irgendwann um die Ohren fliegen."

„Vermächtnis", gab Alex zurück. „Vermächtnis, nicht Verhängnis. Und fliegen wird da gar nichts."

Es sah danach aus, als sollte sie recht behalten. An den folgenden Tagen konnte sie beobachten, wie Grit und Flora Perleberg morgens munter in Grits Mini stiegen, das Dach herunterließen und zum Einkaufen davonbrausten, Flora im langen Blümchenkleid mit Spitzenkragen und einer leuchtend blauen Strasslibelle im Haar. Die Libelle funkelte in der Sonne und war das Einzige, das zu fliegen schien; fast war Alex ein wenig neidisch. Grit schien deutlich mehr Spaß am Leben zu haben als sie selbst, egal, was darin gerade schieflief. Wie machte sie das bloß? Selbst Flora und ihre grünäugige Libelle schauten weniger angriffslustig aus der Wäsche als gewöhnlich.

Den gleichen Eindruck hatte Barbara Avidus. Im ersten Monat nach Grits Einzug bei Flora tätigte sie noch ein paar Kontrollanrufe in „ihrer" Villa-to-be, um zu hören, ob die Dinge sich in ihrem Sinne entwickelten. Entweder flötete Grit in den Hörer, alles sei bestens, oder Flora selbst beruhigte sie mit den Worten: „Mein neues Kindermädchen ist gar nicht so übel wie ich dachte. Sogar den Rasen mäht sie. Und Schmeling frisst ihr aus der Hand." Flora auch, wie es schien. Ihre Sätze jedenfalls hätten bei Barbara tiefste Besorgnis auslösen und auf der Stelle die Alarmglocken schrillen lassen müssen, doch sie zog es vor, sich taub zu stellen. Sollte diese Grit in ihrer roten Hose doch Schmeling becircen oder sich mit der Sense durch Floras Biotop ackern, bis sie darin den Golfschläger schwingen konnte, an dessen Existenz sie nicht glaubte. Für sie selbst galt: Ein Nachmittag weniger in Floras Wildnis und mit ihrem röchelnden Vierbeiner war ein Nachmittag mehr mit oder ohne Robert auf einem perfekt getrimmten Golfrasen. Was sollte schon passieren, die Villa hatte sie schließlich mit Brief und Siegel in der Tasche.

Es war ja nun auch nicht so, dass sie auf Floras alten Kasten angewiesen gewesen wäre. Bereits in den vergangenen Jahren hatte sie eine solide Grundlage erwirtschaftet; nicht zuletzt dank der alten und ebenfalls alleinstehenden Frau

Breuninger selig. Für deren Haus in Volksdorf hatte sie seinerzeit ein hübsches Sümmchen bekommen. Und bei dieser Klientin hatte sie nicht einmal besonders lange warten müssen. Sie selbst war damals jung genug gewesen, dass sich die Anschaffung einer Zehn-Meter-Yacht lohnte, nebst der eines cremefarbenen Steinway, an dem sich Tochter Susanna regelmäßig die Finger verknotete. Eine akustische Wohltat war das nie, doch allein die kultivierte Ausstrahlung des Instruments war die Sache wert. Es machte sich einfach großartig in ihrem geräumigen Townhouse auf zwei Ebenen. Auch die Rendite machte sich hervorragend im Portfolio und in der Konversation mit betuchten Klienten, doch in der zweiten Saison nach der Trennung von Susannas Vater hatte sie die Motoryacht verkauft; es war einfach zu mühsam gewesen, sich um alles selbst zu kümmern, zumal sie das Schiff alleine nicht sicher beherrschte.

Kurz: Auch wenn sie selbst Floras Villa in den Elbvororten nicht nötig hatte, der Ausblick auf ein komfortables finanzielles Polster war ungemein beruhigend. Schließlich wollte man auch seinem Nachwuchs in naher Zukunft eine standesgemäße Bleibe ermöglichen. Oder zumindest den finanziellen Grundstein dafür legen. Wie praktisch, dass jetzt andere für eine Weile auf den Grundstein aufpassten, während sie sich eine Flora-Pause gönnte. Die hatte sie wirklich nötig, denn es war durchaus zeitraubend und nicht immer ein Vergnügen gewesen, Floras Domizil an Land zu ziehen. Etwas Dolce Vita hatte sie sich absolut verdient. Sogar eine ausgedehntere Pause würde sie sich dank der positiven Entwicklungen nun leisten können.

Nachdem Barbara sich davon überzeugt hatte, dass in der Theobaldstraße 23 alles lief wie am Schnürchen, packte sie Ende Juli die Koffer: dreieinhalb Wochen Capri mit ihrem Robert.

Herrlich!

ACHT

Die Herrlichkeit hatte ihren Preis, wie sich herausstellen sollte. Barbara Avidus hatte gedacht, sie hätte alles im Griff. Und sie könne warten, bis die Villa ihr wie eine reife Pflaume in den Schoß plumpsen würde. Aber dem war nicht so.

Die dreieinhalb Wochen plus der einen, die Barbara sich nach der Rückkehr zum Ankommen genehmigte, entpuppten sich als der pure Leichtsinn. Sie genügten Grit und Alex, um nicht nur den Hausstand von Barbaras Klientin auf Vordermann zu bringen, sondern auch deren verkümmerte Antennen wieder empfänglich zu machen für zwischenmenschliche Signale und Kontakte. In den ersten beiden Wochen ihres neuen Wohngemeinschaftslebens hatte Flora sich skeptisch bis reserviert gegeben und bisweilen reichlich störrisch, doch Zentimeter für Zentimeter ließ sie ihre inneren Zugbrücken herunter und andere vorsichtig einen Fuß hineinsetzen in ihre Burg. Zunächst einmal bloß bis in die Küche.

Als Alex mit einem Strauß Malven und Akeleien zu Grits Einzug an der Tür klingelte sowie einem rosa Alpenveilchen im Topf für deren Vermieterin, zuckte sie fast zurück vor dem Anblick. Dabei war sie vorgewarnt. „Warst du mal in Frau Perlebergs Küche?", hatte Grit kurz nach ihrem Einzug gefragt. „Ich bin mir noch nicht sicher, was ich schlimmer finde: den räudigen Kaktus oder die nikotinimprägnierten Wände. Und ob ich diese Tristesse aushalte auf die Dauer."

Die Küche der alten Villa war ebenso sparsam eingerichtet wie die von Alex, strahlte jedoch weder Behaglichkeit aus noch deren Modernität. Eher die Verlassenheit und Kärglichkeit eines Ortes, an dem sich selten mehr als eine Person aufhielt. Und wenn, dann um eine lieblose Mahlzeit einzunehmen, womöglich im Stehen. Die Einrichtung stammte aus den Fünfziger Jahren, dem Zeitpunkt der letzten Neuerungen. Sie stand in deprimierendem Kontrast zum exaltierten und farbenfrohen Kleidungsstil ihrer Bewohnerin, sodass selbst diese blass darin wirkte. Eine Perle, deren Perlmuttschicht am Abblättern war. Vorherrschender Farbton in der Küche war „Eierschale" mit einem Stich ins Gelbliche, besonders an den Wänden, denen Flora Perlebergs Nikotinsucht farblich den Rest gegeben hatte. Ein abgewetztes Küchenbüffet nebst Tisch und Stuhl mit korkartiger Linoleumoberfläche waren die einzigen Möbel im Raum. Auf einem Hocker aus der gleichen Serie lehnte in prekärem Zustand ein mehrarmiger Kaktus an der Wand, dessen Stacheln von gräulichem Gewölle umhüllt waren. Ein ganzes Geschwader Stubenfliegen war jämmerlich darin verendet. Einziger Farbklecks im Raum war ein monströser bordeauxroter Aschenbecher aus schwerem böhmischen Kristall, der einen Hügel Zigarettenstummel beherbergte. Darüber hinaus gab es nur einen vorsintflutlich anmutenden Spülstein mit reichlich Sprüngen in der beigen Glasur und abgestoßenen Kanten sowie, als Zugeständnis ans 21. Jahrhundert, Herd und Kühlschrank. Lediglich die schwarzweißen Bodenfliesen konnte man als ästhetischen Lichtblick gelten lassen.

„Ich weiß, hier hätte man mal was tun können", sagte Flora Perleberg, als sie den Ausdruck im Gesicht ihrer Nachbarin bemerkte. „Sind Sie nicht Innenarchitektin? Vielleicht fällt Ihnen was ein, was nicht allzu aufwendig ist." Sie griff nach dem Aschenbecher. „Alpenveilchen mag ich übrigens nicht leiden", setzte sie hinzu. „Sie können Ihres gleich wieder mitnehmen."

„Den Kaktus auch", sagte Grit, während sie auf einem Tablett ein paar Kekse und After Eight-Schokotäfelchen für Alex anrichtete und für sich selbst einen Teller mit Obst. „Diese toten Fliegen machen mich echt fertig."

„Der Kaktus bleibt", sagte Flora, packte energisch ihren Gehstock und den exzentrisch geformten Aschenbecher und verließ ohne ein weiteres Wort den Raum Richtung Mülltonne.

„Meine Güte, der ist ihr wohl noch heiliger als der Tennisplatz." Grit nahm Alex die Blumen ab und ließ Wasser in ein hohes Glasgefäß laufen. „Obwohl er bald aus den Latschen kippt, wenn sich keiner um ihn kümmert. Was meinst du, Alex? Aktion Schöner Wohnen?" Alex betrachtete das verschmähte Alpenveilchen, das sie noch immer in der Hand hielt, während durch die offene Haustür das obligatorische Klong-Klong an der Mülltonne ertönte.

„Hm. Nach der Nummer mit ihm hier verspüre ich herzlich wenig Lust dazu", entgegnete sie.

Eine Woche später waren Küche und Kaktus kaum wiederzuerkennen. Drei der Wände waren frisch geweißt, die vierte gab sich kapriziös in samtigem Aubergine. Anstelle der nikotingelben Vorhänge hingen hölzerne Ikea-Jalousien vor der Sprossentür zum Garten, und die alten Küchenmöbel, ergänzt durch drei weitere Stühle aus dem Keller, leuchteten in sonnigstem Türkis. Unter größeren Vorsichtsmaßnahmen hatten Grit, Alex und Mira den Kaktus umgetopft, mit spezieller Kaktuserde versorgt und mit der Pinzette die toten Fliegen herausgezupft.

In einem unbeobachteten Augenblick während Floras Mittagsschlaf hatte Grit ihn sogar abgeduscht und gekämmt in der Hoffnung, dass er die Prozedur überstehen würde. In seinem neuen, schwarzglänzenden Übertopf sah er vor der auberginefarbenen Wand geradezu stylisch aus und fast wieder wie ein Lebewesen.

Sein Anblick war es, der Flora das erste Lächeln entlockte, seit Grit und Mira Lindner bei ihr eingezogen waren. „Ich hoffe, er kann ihn sehen – von oben", sagte sie, als sie erstmals seit einer Woche wieder in ihrer Küche stand.

„Wer?", fragte Mira.

„Der ihn mir geschenkt hat", erwiderte Flora. „Vor vielen Jahren, kurz nach dem Krieg."

„Was, so alt ist der?" Mira riss die Augen auf.

„Ich bin deutlich älter, mein liebes Kind. Aber wir sind eine zähe Sorte, der Kaktus und ich. Sind beide noch da, auch wenn ich schrumpfe, während er noch immer wächst. Er war nicht größer als mein Daumen, als er bei mir einzog." Anerkennend blickte sie sich in der Küche um. „Gefällt mir", nickte sie. „Ich hatte recht: Es hat bloß ein bisschen Farbe gebraucht."

„Na ja", Grit betrachtete ihre Fingernägel, unter deren Rändern Spuren von Türkis und Kaktuserde saßen. „Und einiges an Arbeit und Zeit."

„Die habe ich", erwiderte Flora und sah plötzlich sehr munter aus. „Ich finde, wir sollten ihn feiern, meinen neuen Küchen-Salon, was meinen Sie? Wollen Sie bitte Frau Sanders für morgen Nachmittag zum Kaffee einladen? Sie soll gern ihre Tochter mitbringen, damit Mira Gesellschaft hat. Ach ja, und besorgen Sie doch bitte zwei Flaschen Mumm extra dry."

„Sind die Erbschleicher auch eingeladen?", wollte Alex wissen, als Grit sie später anrief. „In dem Fall habe ich nämlich morgen um halb vier einen Friseurtermin."

„Keine Panik", beruhigte Grit sie. „Wir sind unter uns. Ich habe das Gefühl, Frau Perleberg legt derzeit selbst keinen allzu großen Wert auf Besuch von den beiden. Aber magst du vielleicht Elin mitbringen? Sie ist ausdrücklich eingeladen."

Dass Elin Lust haben würde, Mira Gesellschaft zu leisten, wagte Grit zu bezweifeln, war aber erleichtert, als zur verabredeten Zeit Alex in Begleitung ihrer Tochter durchs Gartentor trat. Sie bat die beiden auf die überdachte Veranda an der Südseite des Hauses, wo auf weißem Damast die Kaffeetafel für fünf Personen gedeckt war, flankiert von einem eleganten Servierwagen mit Lübecker Marzipantorte und Erdbeerschnitten. Neben der Torte thronte ein Original-Jugendstil-

Sektkühler, bis zum Rand mit Eiswürfeln gefüllt und einer geöffneten Flasche Mumm. Mit dem Mumm hatte Flora Perleberg schon einmal angefangen.

„Nehmen Sie Platz", sagte sie, eine kristallene Sektflöte in der Hand; es klang eher nach Befehl als nach freundlicher Aufforderung. Mira kicherte, denn Elin hätte am liebsten auf dem Absatz kehrtgemacht, das sah sie ihr an. Widerwillig ließ sie sich auf einem der filigranen Korbstühle nieder, so weit von der Gastgeberin entfernt wie möglich. Diese trug zur Feier des Tages einen Bolero aus rosa Marabu, dessen zarte Federchen sich beim winzigsten Lufthauch bewegten. Sollte überraschend ein Sommersturm über die Kaffeetafel hinwegfegen, würde er wohl mitsamt seiner Trägerin bei der ersten Böe davonfliegen.

„Vielen Dank für die nette Einladung, Frau Perleberg." Alex deponierte ihren zweiten Versuch eines Mitbringsels neben Floras Gedeck. „Der ist für Sie. Statt Alpenveilchen." Es wurde still am Tisch; irritiert hielt Grit in ihrer Bewegung inne. Auch dieser zweite Versuch von Alex hatte durchaus das Potenzial, nach hinten loszugehen. Flora stellte ihre Sektflöte ab und starrte das Geschenk an, das keck vor ihrem Teller sein Stachelhaupt in die Höhe reckte: ein kleiner knubbeliger Kaktus in Zellophan.

Ein Déjà-vu.

In Floras Gesicht zuckte es, und fast war zu hören, wie das Eis britzelte und schließlich brach. „Wer weiß", sagte sie. „Vielleicht kriege ich wenigstens den zum Blühen auf meine alten Tage." Vorsichtig atmete Grit aus.

„Sie dürfen ihn bloß nicht zu viel gießen." Es war Mira, die die angespannte Stimmung zum Verschwinden brachte. „Kakteen mögen das nicht."

„Wie gut, dass du dich mit Stachelviechern auskennst, Mira. Weil du selbst ein bisschen stachelig bist vielleicht? So wie ich?" Flora schenkte ihrer jüngsten Mitbewohnerin ein

Lächeln. „Vielleicht sollte ich dich zur Kaktusbeauftragten machen in diesem Haus. Immerhin sind wir jetzt schon zu viert."

„Okay." Mira griff nach der Sektflasche im Kühler und reichte sie Grit. „Dann fangen wir mit den zweibeinigen Kaktussis an. Die sehen aus, als hätten sie richtig Durst."

„Zum Wohl, meine Damen." Flora Perleberg hob feierlich ihr Glas, nachdem Grit allen eingeschenkt hatte. Sogar Mira und Elin bekamen einen Schluck Sekt ab. „Auf die neue Küche und auf blühende Landschaften im Kakteenwald."

Als ihre Nachbarinnen sich gegen Abend verabschiedeten, überreichte sie Alex einen Umschlag mit fünf Hundert-Euro-Scheinen darin. „Dafür, dass Sie wieder Farbe in mein Leben gebracht haben. Und frische Stacheln."

„Aber …", Alex schwankte zwischen Überraschung, Freude und Abwehr. „Das war ich ja nicht allein. Frau Lindner hat auch …"

„Papperlapapp", schnitt Flora ihr das Wort ab. „Das regle ich anderweitig."

Seit diesem Nachmittag taute Flora zusehends auf. Wenn auch in einem Tempo, als hätte sie noch hundert Jahre Zeit. Mit Mira kam sie bestens aus, nachdem sie ihre gemeinsame Ader für bösartige Scherze entdeckt hatten. Mit den alten Maxplay-Schlägern aus dem Keller übten sie regelmäßig Schneckenpost ins Gemüsebeet auf der anderen Seite des Zauns. „An deiner Vorhand könntest du noch etwas arbeiten", pflegte Flora zu sagen, wenn wieder einer von Miras Volleys am Ahorn landete und die behauste Schnecke im eigenen Gestrüpp. So schnell, wie er weggefressen wurde, konnte die Nachbarin trotzdem ihren Hochbeetsalat nicht nachpflanzen.

Selbst Elin streckte vorsichtig die Fühler nach nebenan aus und wagte sich immer häufiger auf das befriedete nachbarliche Terrain. An manchen Tagen verbrachte sie mehr Zeit nebenan als zuhause und erledigte mitunter auch ihre Hausaufgaben dort. Falls sie sie erledigte. Ihr Zorn über Flora, weil sie ihr vor vier Monaten die Geburtstagsparty verdorben hatte, war verraucht und gegenseitigem Respekt gewichen.

Elin schätzte Floras Eigensinn mittlerweile sehr und übte sich darin, ihren eigenen zu kultivieren. Eine bessere Lehrerin in diesem Fach hätte sie nicht finden können. Über die Geschichte mit der Party waren sie locker hinweggegangen. Um Verzeihung bitten war nicht Floras Spezialität. Achselzuckend hatte sie eingeräumt, es sei damals keine so gute Idee von ihr gewesen, um 22 Uhr wegen Lärmbelästigung die Polizei zu rufen. „Ich hatte wohl einen schlechten Tag", hatte sie Elin erklärt, was diese lässig abtat mit „kein Problem, Frau Perleberg. Die Party war eh scheiße. Florian, der Arsch, ist nicht gekommen."

„Kannst du dich bitte etwas gemäßigter ausdrücken, liebe Tochter! Du bist hier nicht in deinem Klassenzimmer." Alex kam mit einem Stapel pflaumenfarbener Kissenbezüge für die Küchenstühle dazu und hatte den letzten Satz mitbekommen. „Und wer ist überhaupt Florian? Der Niedliche mit dem Oberlippenflaum?"

„Mammaaa! Hör auf, mich zu stalken", war die Antwort. „Reicht schon, wenn mein Bruderherz das tut."

Schleichend erweiterte und verjüngte sich Flora Perlebergs Hausstand, als sei es ein vollkommen natürlicher Vorgang. Da keine der Damen ein aktives Liebesleben pflegte, war Schmeling das einzige männliche Lebewesen, und das bekam dem Zusammenleben bestens. Schmeling war es auch, der dafür sorgte, dass Floras Wohngemeinschaft sich um ein weiteres Mitglied vergrößerte.

„Frau Perleberg, dieser Hundekorb ist einfach widerlich", rief Grit eines Morgens entnervt Richtung Veranda, wo Flora mit einer Zigarettenspitze in der Hand das Hamburger Abendblatt studierte, Qualmwölkchen in die Luft pustete und verächtliche Kommentare abgab. Schmeling, der zu ihren Füßen lümmelte, kannte das und reagierte nicht weiter darauf. Bis Grit an der Verandatür erschien und mit Schwung das fleckige, ehemals kornblumenblaue Polster aus seinem Korb nach draußen kickte. Wie in den Boden gerammt stand Schmeling übergangslos auf allen vier Pfoten und bellte Grit an, als wünschte er ihr mindestens die Staupe an den Hals. „Das Ding ist zerschlissen und überall liegen die grauen Flusen herum, die Schmeling durchs Haus schleppt. Selbst oben in meiner Wohnung habe ich die schon gefunden."

„Ihm gefällt's", erwiderte Flora. „Und Sie hören ja, dass er kein neues möchte."

„Aber ich möchte ein neues", erklärte Grit, „heute Nachmittag gehen wir los und kaufen eines."

„Dieser Flegel von einem Opernintendanten hat sich mal wieder eine Peinlichkeit erlaubt", sagte Flora und ließ einen Aschewurm zu Boden segeln. „Haben Sie das gelesen?" Vom Thema ablenken war ihre Art, nicht offiziell ein Wortgefecht zu verlieren. Nach dem 4-Uhr-Tee machten sie sich zu dritt auf den Weg in die kleine Tierbedarfshandlung drei Straßen weiter.

„Oh, un carlin, qu'est-ce qu'il est mignon – ist derr aberr süß", rief die zierliche, dunkel gelockte Verkäuferin. Sie kam hinter dem Verkaufstresen hervor und bückte sich, um Schmeling zu streicheln.

„Ich heiße nicht Karin", erwiderte Flora.

„Carlin 'eißt Mops in meinerr Sprachö", erklärte die junge Frau. Floras Blick durchbohrte sie, insbesondere ihre leuchtend grünen Augen mit den dichten langen Wimpern. Die Verkäuferin überstand das Blickduell mit Bravour. „Wie kann isch Ihnen 'elfen?", fragte sie zuckersüß, wobei sie bis in die Fingerspitzen unerschütterliches Selbstbewusstsein ausstrahlte.

Grit sah, wie ihre rechte Augenbraue zuckte, und musste sich zusammenreißen, um nicht laut loszulachen. Flora zeigte auf den Weidekorb, den Grit sich unter den Arm geklemmt hatte. „Schmeling braucht ein neues Polster dafür", sagte sie, „am besten abwaschbar."

„Werrh?"

„Mein Carlin, der Hund." Flora durchbohrte die junge Frau noch immer mit den Augen. Die Verkäuferin verzog das Gesicht.

„Abwaschbarrh ist nischt gut fürr Ihrre 'und", sagte sie. „Nähmen Sie lieberr eine Polsterr für die Waschmaschine. Ist 'ygienischerrh und mehrr gemütlisch für Schmelingk." Herausfordernd blickte sie Flora an. „Isch zeige Ihnen gern ein paarr Modele aus dem Lagerr." Ohne eine Antwort abzuwarten, drehte sie sich um und verschwand durch die offenstehende Tür in ihrem Rücken.

„Was machen Sie hier?", fragte Flora sie zu Grits Erstaunen, als sie bepackt mit einer Ladung Polster zurückkam und die sperrigen Teile auf dem Verkaufstresen ausbreitete.

„Nun, isch arrbeitö. Was darran ist ungewöhnlisch?"

„Nichts natürlich", sagte Flora, deutete auf ein schwarzbraun kariertes Kissen und beeilte sich, ihr Portemonnaie aus der voluminösen Handtasche hervorzuholen.

„Das da nehme ich. Und wenn Sie nicht hier arbeiten?", setzte sie hinzu, ohne aufzublicken. Nun hielt die junge Frau doch verblüfft in ihrer Bewegung inne.

„Warrum interressierrt Sie das?", fragte sie zurück.

„Weil Sie nicht den Eindruck machen, als würden Sie das hier hauptberuflich tun. Außerdem habe ich Sie noch nie hier gesehen."

„Gut möglich. Isch 'abe erst vor zähn Tagen angefangen. Isch bin eine Austauschstudentin aus Lyon."

„Ah", machte Flora nur, hielt ihr ein paar Geldscheine hin, nahm die Tragetasche mit dem Hundepolster entgegen und reichte sie an Grit weiter. „Dann wünsche ich Ihnen eine schöne Zeit in Hamburg." Das Hamburg sprach sie französisch aus.

Mit Schmeling an der Leine und ihrem Gehstock in der anderen Hand stolzierte sie zur Tür hinaus, die Grit ihr aufhielt. Grit lächelte der Verkäuferin zu und zuckte ebenso überrascht mit den Schultern wie diese, als sie Flora hinterherblickte.

Was war das eben gerade?, hätte Grit Flora gern gefragt, sobald sie draußen waren, aber sie traute sich nicht. „Ach, schauen Sie mal, Frau Perleberg", sagte sie stattdessen, als sie den mit himmelblauen Buchstaben bedruckten Zettel im Schaufenster neben der Glastür entdeckte. „Claire heißt Ihre Austauschstudentin. Und sie sucht ein Zimmer hier im Stadtteil."

„Sie ist nicht *meine* Austauschstudentin", gab Flora unwirsch zurück. „Komm jetzt, Schmeling. Wir gehen nach Hause. Und du musst nicht gerade hier vor die Tür schietern."

NEUN

Als eine Woche später Barbara Avidus bestens gelaunt, ungesund gerötet und mit einem läppischen 300 ml-Fläschchen Limoncello als Mitbringsel für Flora vorbeischaute – für Grit, die im Bikini ihre goldbraunen Beine auf der Gartenliege ausstreckte, hatte sie ein Stirnrunzeln –, war ganz frisch Claire eingezogen. Floras WG war komplett.

„Ach, weißt du, Barbara", erklärte Flora knapp, „Mademoiselle Masson wohnte in einer echten Bruchbude. Souterrain mit gesprungenen Fliesen auf dem Boden und Schimmel an der Außenwand." Sie rückte den Seidenturban im Paisley-Muster gerade, der ihr das Aussehen einer Stummfilmdiva der Zwanziger Jahre verlieh, und verzog das Gesicht, als habe sie den Schimmelgeruch in der Nase. „So etwas ist einer jungen Frau aus dem Land von Chanel No. 5 nicht zuzumuten. Und überhaupt, wo bleibt da die Gastfreundschaft."

Dass Flora etwas mit Gastfreundschaft am Hut hätte, war Barbara Avidus neu. Auch dachte sie bei französischen Düften nicht zwingend an Chanel & Co. Am Vorabend erst war Robert mit einem bretonischen Käse aus dem Feinkostladen erschienen, den sie umgehend nach draußen in die Mülltonne hatte befördern müssen.

„Nun, Flora, es ist dein Haus", sagte sie so verkniffen, dass ihr das aufgesetzte Lächeln zur Grimasse verrutschte. „Wenn du es zu einer Filiale der UNO oder der Heilsarmee umfunktionieren möchtest, nur zu." Ihre Urlaubsstimmung hatte sich schlagartig verflüchtigt.

Entglitt ihr etwas? Von weiteren Hausbewohnern war nie die Rede gewesen. Und was hatte die Umgestaltung der Küche zu bedeuten, die sich in ihren Augen nicht mehr lohnte? War Floras Haus zur neuen Lifestyle-Spielwiese ihrer Nachbarin geworden oder zu der von Grit Lindner? Überhaupt: diese mondäne dunkellila Wand in der Küche! Was sollte das? Auch wenn sie zugeben musste, dass sie perfekt zu Flora Perlebergs Erscheinung passte.

War da irgendwas im Schwange, oder sah sie Gespenster?

Claire blieb. Sie senkte das Durchschnittsalter in der Theobaldstraße 23 noch einmal drastisch. Als sie Floras Haus mit seiner verwunschenen Ausstrahlung zum ersten Mal gesehen hatte, hatte sie nicht lange gezögert. Sie bezog ein geräumiges Zimmer in der zweiten Etage mit Blick Richtung Bahnlinie und wurde unwissentlich zur einzigen Bewohnerin, die sich dem dornenumrankten Tennisplatz nähern durfte, ohne auf der Stelle rüde zurückgewiesen zu werden.

Neulich, ganz früh morgens, habe ich sie da stehen sehen. Von meinem Schlafzimmerfenster aus. Die Vögel krakeelten schon in allen Ecken, und tief im Osten zeigte sich der erste grünlich-violette Schimmer des anbrechenden Tages. Sie trug ihr Nachthemd, mit einem dünnen Wolljäckchen darüber. Eine Hand am morschen Maschendrahtzaun, drückte sie mit der anderen die verrostete Klinke zum Tennisplatz herunter. Und zuckte zurück, als die Tür in den Angeln kreischte wie ein Tier auf der Schlachtbank, weil sie seit Jahren nicht mehr geöffnet worden war.

Was wollte sie da? Um diese Uhrzeit? Schlafwandlerisch schien sie genau diesen Ort gefunden zu haben. Oder der Ort sie, als habe er sie magisch angezogen. Schlief sie vielleicht wirklich? Lebe ich etwa mit einer Schlafwandlerin unter einem Dach? Das fehlte mir gerade noch: ein wandelnder Geist im Haus, der sich in die letzten Winkel verläuft. Noch einer.

Aber selbst schuld. Mein Entschluss, ihr ein Zimmer bei mir anzubieten und diesen vor Zeugen laut zu äußern, war für mich selbst überraschend gekommen. So überraschend, dass ich nicht mehr zurückkonnte. Nicht vor mir, nicht vor meinem „Kindermädchen" Grit Lindner, vor der ich keinesfalls als wankelmütige, unzurechnungsfähige Alte dastehen wollte. Und vor allem nicht vor Claire.

Meinem Ansehen in der Nachbarschaft tut die vermeintliche Großzügigkeit gut. Selbst die hysterische Zwillingsmutter von gegenüber lächelt mir neuerdings zu, wenn sie mich sieht. Kürzlich durften ihre zwei Augensterne sogar zu mir rüberkommen. Trotz Giftpflanzen in meinem Garten, Dornengestrüpp, zugewuchertem Teich und deckelloser Regentonnen. Frau Lindner – im Stillen nenne ich sie „die Linde" – hatte mich darauf aufmerksam gemacht, das alles seien Gefahrenquellen für kleine Kinder. Eine Bedrohung für Leib und Leben.

Gefahrenquellen! Dass ich nicht lache. In meiner Jugend haben Kinder ganz andere Gefahren überlebt. Meistens jedenfalls. Nur den kleinen Hans-Herbert vom anderen Ende der Straße hat es erwischt. Beim Ausbuddeln eines Granatsplitters, heiß begehrtes Souvenir in jenen Tagen, war er auf eine scharfe Handgranate getreten. Bumm! Es blieb nicht viel von Hanni, wie die Kinder aus der Nachbarschaft ihn nannten. Von da an war ihnen das Spielen auf den Trümmerhaufen streng untersagt. Das war es auch vorher, doch wo sollten sie sonst hin? Außer den Trümmerhaufen, aus denen das Unkraut sprießte, gab es keine Orte zum Spielen. Ungefähr eine Woche lang haben sie das Verbot mehr oder weniger beherzigt, danach war alles wie zuvor. Von morgens bis abends turnten sie in ihren kratzigen Pullovern aus aufgeribbelten Mehlsäcken und ihren Schuhen mit Sohlen aus Pappe oder, wenn sie Glück hatten, alten Autoreifen über Dreck und Geröll. Und im Zweifelsfall über Handgranaten.

Ihre Eltern, sofern sie noch welche hatten, hatten keine Zeit, ständig hinter ihnen her zu sein. Sie waren mit Aufräumen beschäftigt und damit, wenigstens eine warme Mahlzeit am Tag auf den Tisch zu kriegen. Wobei auch ein Tisch keine Selbstverständlichkeit war in jenen Tagen. In großen Trauben hingen die Menschen an den Vorortzügen und saßen auf deren Dächern, um irgendwo am Stadtrand Kartoffeln oder eine Stange Lauch zu ergattern. Noch heute sehe ich sie vor mir, die überfüllten, von Dampfloks gezogenen Waggons, wie sie hinter meinem Grundstück vorbeistampfen. Dort, wo heute im 20-Minuten-Takt die S-Bahn fährt. Nun ja, lange her ...

Auf die Regentonnen haben wir ein paar dicke Bohlen aus dem Schuppen gelegt, und nach der Schule durften Linus und Lou mich unerwartet besuchen. Weil ihre Mutter auf dem Markt die biologisch-dynamischen Tomaten für die Spaghettisauce vergessen hatte und schnell ohne die beiden Klötzchen am Bein loswollte. Und weil jetzt hinreichend Personal im Haus ist, um auf mich und die beiden aufzupassen.

„Duu, Frau Perleberg ..." Mit einem Ast stocherte Linus in meinem Winzteich herum und schreckte einen kleinen Frosch von seinem Sonnenbad auf einem Stein auf.

„Ja?"

„Heute lag ein Kondom auf unserem Schulhof. Genau vor der Kletterwand", teilte Linus mir mit.

„Linus, das ist jetzt ...", fuhr die Linde ihn an, die dabeistand, sicherheitshalber.

„Und das war auch noch benutzt", fiel Lou ein, halb empört, halb gespannt auf meine Reaktion.

„Oh Mann, Lou!"

Keine Ahnung, warum die Linde so scheinheilig um meine Moral besorgt tat. Hält die mich für die Jungfrau Maria mit ihrer unbefleckten Empfängnis, für die ich die Ärmste seit jeher bedauert habe? Fast wäre sie geplatzt vor Lachen, das sah ich an ihren zusammengepressten Lippen.

„Na, unbenutzt bringt's ja auch nichts", erklärte ich, was mir weitere Punkte in der Nachbarschaft einbrachte. Der Spruch wurde offenbar zum Hit des Tages, und auch im Ansehen der Linde bin ich um ein paar Stufen nach oben geklettert. Denken die Leute, man lebt hinterm Mond, bloß weil man über achtzig ist? Und man hätte keine Ahnung mehr von den Dingen des Lebens? Ich habe mehr Ahnung als die alle zusammen ...

Wenn's nach mir geht, können Linus und Lou ruhig öfters rüberkommen. So erheiternde Gespräche wie mit den beiden habe ich lange nicht gehabt. Nicht, seit Konrad tot ist. Bei ihm brauchte ich kein Blatt vor den Mund zu nehmen, und er schätzte meine bissigen Kommentare sehr, auch wenn er nicht alle meine Geheimnisse kannte. Oft saßen wir am hölzernen Kiosk auf dem Blankeneser Bulln, unserem Anleger für die Elbfähren, und lästerten genüsslich über die Leute an den Holztischen. Wir freuten uns jedes Mal diebisch, wenn die resolute Betreiberin des „Ponton op'n Bulln" eine der touristischen Nervensägen oder einen heimischen Großschwätzer mit ihrer Hamburger Schnauze in die Schranken wies. Und wir liebten es, wenn die Riesenwellen der großen Elbpötte den Ponton unterspülten und ihn zum Schwanken brachten. Ein Gefühl wie auf hoher See. Da konnte uns jedes Kreuzfahrtschiff mit seiner aufdringlichen Bemalung gestohlen bleiben.

Bevor Konrad sich in mein Leben verhedderte, war es ziemlich einsam um mich gewesen. Nicht, dass ich nichts zu tun gehabt hätte. Die Pflege und Versorgung meiner alten Eltern nahm meine gesamte Energie in Anspruch. Ohne dass ich viel dafür zurückbekommen hätte. Außer Geld. Mit meinem Vater konnte ich reden. Nie fiel er aus der Rolle, blieb immer sachlich, auch wenn ihm sicher so manches nicht behagte. Meine Mutter dagegen hat mir mein „Techtelmechtel" nach dem Krieg – „in der schlechten Zeit", wie sie es nannte – ihr Leben lang nicht verziehen. Und sie machte keinen Hehl daraus. Dabei war ihre „schlechte Zeit" meine beste. Bis heute. Ich war jung. Ich hatte diesen elenden Krieg hinter mir. Ich wollte leben.

Techtelmechtel – was für ein Witz von einem Wort. Und welche Beleidigung meiner Gefühle. Zu einer Lächerlichkeit hatte Mutter sie geschrumpft, einer Winzigkeit. Nicht der Rede wert. Ein Geplänkel oder weniger als das: Einbildung. Auch noch, als es vorbei war. Die Details hat sie nie erfahren, niemand hat sie je erfahren, doch die Genugtuung in ihren Augen und ihre Selbstzufriedenheit, nachdem sie bemerkte, dass ich wieder allein war, werde ich nicht vergessen. Werde ich ihr nicht vergessen. Nie wieder habe ich einen Mann so geliebt wie ihn. Meine, unsere Gefühle hatten diese Geringschätzung nicht verdient. Sie stand Mutter nicht zu. Sie hingegen fühlte sich bestätigt. Er war weg, und sie hatte recht behalten mit ihrem Urteil: „Du wirst schon sehen, was du davon hast."

Was sie mir damals alles an den Kopf warf, möchte ich nicht einmal in Gedanken wiederholen. „Siegerflittchen" war eine ihrer harmloseren Entgleisungen. Aber auch von unseren heimischen Kriegshelden wäre ihr keiner recht gewesen für mich. Außer vielleicht Dr. Jürgensen, ihr späterer Hausarzt mit den graumelierten Schläfen, von dem sie schwärmte wie ein verliebter Backfisch. Wie warme Semmeln hat sie ihn mir angepriesen. Aber er ist ohne mich glücklich geworden, soviel ich weiß. Und ich unglücklich, auch ohne dass er seinen persönlichen Beitrag dazu geleistet hätte.

Als ich im März 1957 Wilhelm Perleberg heiratete, mit knapp 31, kurz bevor ich in Mutters Augen zur Peinlichkeit geworden wäre, die keinen mehr abkriegt, war sie einerseits beruhigt, andererseits unzufrieden mit meiner Wahl, die nicht wirklich eine war. Männer waren Mangelware nach dem Krieg, ebenso wie in ihrer eigenen Jugend nach dem ersten. Im Grunde teilten wir die gleiche Erfahrung, und sie hätte wissen müssen, dass sie einfach nur Glück gehabt hatte mit meinem Vater, der 1918 ohne tiefe Wunden in der Seele aus dem Krieg herausgekommen war. Als Verwalter auf einem Rittergut bei Kolberg, zuständig für die Materialbeschaffung von Bettwäsche bis Ackergerät, hatte Gustav Jahn an der pommerschen Küste eine ruhige Kugel geschoben. Nur im Februar 1919 war es noch einmal kurz hektisch geworden, als der Sitz der Obersten Heeresleitung unter Hindenburg nach Kolberg verlegt wurde, bevor sie sich endgültig auflöste.

Nach Hamburg war Gustav Jahn dann mitten in der Hyperinflation geraten, 1923, als selbst die Häuser aus Dreck und mit Dreckgeld gebaut wurden. Daran hatte er nicht schlecht verdient – mit Materialbeschaffung kannte er sich aus –, und so war ihm, dem besseren Buchhalter aus dem See-und Solebad Kolberg, bald nicht nur die höhere Tochter Edda von Clausen in den Schoß gefallen wie eine reife Birne, sondern auch zwei, drei mehrstöckige Mietshäuser im Eppendorfer Weg und an der Palmaille.

Mir selbst war mein Wim fast von Anfang an gleichgültig, was er nicht verdient hatte. Niemand hat das verdient. Warum ich ihn trotzdem heiratete, habe ich selbst nicht verstanden. Um Mutter zum Schweigen zu bringen? Um den anderen zu vergessen, den mir niemand zurückgeben konnte? Hatte ich auf Kinder gehofft, die mich beschäftigen und mit ihrer Existenz lebenslänglich betäuben würden, oder we-

nigstens für die ersten zwanzig Jahre? Ich denke nicht darüber nach. Habe ich nie.

Mutter dagegen konnte auch Jahre nach meiner Scheidung von Wim nicht aufhören, bei jeder Gelegenheit bösartige Kommentare über ihn fallenzulassen. Von Anfang an hatte sie ihn mit schnippischen Bemerkungen und stets hochgezogener Augenbraue bedacht. „Du kommst aus einem guten Stall, du hättest was Besseres haben können als diesen kleinen Versicherungsvertreter mit seinem Embonpoint." Embonpoint. Wenn ich dieses Wort nur denke, wird mir übel. Der ganze mütterliche Dünkel drückt sich darin aus.

Ja, gut, Wim hatte etwas Bauch, schon als ich ihn kennenlernte. Na und? Mutter selbst war nicht gerade eine Gazelle, vor allem nicht in ihren späteren Jahren. Und von wegen guter Stall und höhere Tochter, für die sie mich nach wie vor hielt: Damit war nichts mehr nach dem Krieg. Der Goldstandard galt nicht mehr, weder in der Wirtschaft noch bei der gesellschaftlichen Einstufung junger Frauen. In den Ställen lebten vielerorts Menschen statt Schweine, und so manche höhere Tochter, vor allem die aus dem Osten, hatte sich in die unwirtlichen Niederungen der Gesellschaft herablassen müssen, wenn nicht noch tiefer.

Von Niederungen konnte bei mir angesichts meiner Blankeneser Villa keine Rede sein. Wim hat nie erfahren, wie das Haus an mich gekommen war – oder ich an das Haus. Alter Familienbesitz, habe ich ihm erzählt, ein Erbonkel, nie kennengelernt. Hätte Wim die Wahrheit gekannt, er wäre wohl nicht zu mir in die Theobaldstraße gezogen. Als respektables Familienerbstück jedoch war nichts gegen eine gute Adresse in den Elbvororten einzuwenden.

Ausnahmsweise hatte Mutter nichts über den wahren Sachverhalt verlauten lassen und die Charade mitgespielt. Alles andere wäre in ihren Augen unmöglich gewesen. Und schließlich wolle sie „mein Glück in letzter Minute" – so hat sie sich tatsächlich ausgedrückt – nicht gefährden. Von den Nachbarn hatte ich nichts zu befürchten. Bis auf „guten Tag" und „guten Weg" hatten wir keinen Kontakt zu ihnen. Manch einer hatte seinen auf mehr als fragwürdige Art erworbenen Besitz oh-

nehin bald nach dem Krieg räumen müssen, und die neuen Bewohner kannten meine Vergangenheit nicht.

Vor dem Umstand, dass „der kleine Versicherungsvertreter" innerhalb kürzester Zeit seine eigene Versicherungsagentur aufbaute und dank des Wirtschaftswunders zu einem erfolgreichen Unternehmen machte, konnte später nicht einmal eine ehemalige von Clausen dauerhaft die Augen verschließen. Zumal ihr Schwiegersohn sie äußerst großzügig zu ihrem Geburtstag und zu Weihnachten bedachte.

Natürlich war er ein Langweiler. Und ein Spießer. Vielleicht habe ich ihn deshalb gewählt. Weil mir mit ihm nichts Aufregendes mehr im Leben passieren konnte. Weder im Positiven noch im Negativen. Meiner Ehe auch nicht, außer der Scheidung, und die war mir gleichgültig. Im Prinzip hatte ich sie bei der Hochzeit schon einkalkuliert.

Zu keinem Zeitpunkt habe ich es als Verlust empfunden, dass Wim es nach ein paar Jahren vorzog, eine andere mit dem Namen Perleberg zu beehren. Ich glaube, sie wohnt immer noch zwei Dörfer weiter, falls ihr Zusammenleben mit ihm sie nicht bereits vor Ödnis ins Grab gebracht hat. Das Einzige, was von Wim bei mir hängen blieb, war ein vierstöckiges Wohnhaus am Altonaer Bahnhof, dessen im Krieg abhandengekommenes Dach nie ersetzt wurde und das seit damals durch ein ebenso unschönes wie unpassendes Flachdach zwischen seinen Nachbarn hervorsticht; eine hässliche Zahnlücke zwischen einer Reihe perfekter Implantate.

Für Mutter stellte auch ich eine solche Zahnlücke dar, die Scheidung betrachtete sie als Katastrophe. Ein gesellschaftlicher Makel, der allenfalls durch eine weitere Eheschließung ausgemerzt werden konnte.

In den miefigen Fünfziger Jahren war Scheidung keine Option, weder für eine Frau der gehobenen Mittelschicht, noch eine Etage darunter. Unmittelbar nach dem Krieg war sie gang und gäbe. Tausend Ehen sollen wöchentlich in Hamburg geschieden worden sein, habe ich später irgendwo gelesen, ein gutes Drittel davon Kriegsehen. Kein Wunder. Viele waren während eines Soldatenurlaubs in aller Eile geschlossen worden, in einem kurzen Augenblick der Verliebtheit und nicht zuletzt wegen des Familiengelds, das es dafür gab. Als die Männer zurückkehrten, wenn sie es taten, waren sie zu Fremden geworden, die sich oftmals nicht mehr zurechtfanden. Und die Frauen waren hart geworden von den Entbehrungen des Krieges. Oder sie hatten sich aus purer Not mit anderen eingelassen. Die räumliche Enge der Verhältnisse tat ein Übriges, nichts passte mehr zusammen.

Das Scheitern meiner Ehe kreidete Mutter natürlich mir persönlich an, nicht dem Krieg. „Mit dir hält es wohl keiner aus", änderte sie die Vorhaltungen, als ihr zu Wim keine Schmähungen mehr einfielen. Tja, vielleicht hätte sie einfach mehr Töchter bekommen sollen. Die Chancen auf einen angemessenen Lebenswandel nebst geeignetem Schwiegersohn hätten sich deutlich verbessert. Doch ich blieb ihr einziges Pferd im Stall. Immerhin. Ich selbst hatte später gar keines.

Ist womöglich besser so. Wer weiß, was für eine Mutter ich abgegeben hätte. Eine frustrierte Frau, die ihre Defekte und Unzulänglichkeiten an die eigenen Kinder weitergibt? Und später womöglich eine zickige Alte zwischen Einmischung und Gleichgültigkeit?

Die zickige Alte bin ich auch so geworden, gar nicht mal ungern, aber mangels Kinder belästige ich niemanden damit. Eher belästigen anderer Leute Kinder mich.

„Was hatten Sie vorgestern in aller Frühe bei meinem Tennisplatz zu suchen?" Claire trank in der Küche im Stehen ihren Milchkaffee aus einer Schale und zuckte zusammen, als Schmelings Pfoten in Zeitlupe über die Fliesen kratzten und hinter ihm die forschende Stimme seines Frauchens ertönte. „Sind Sie Schlafwandlerin und geistern nachts durch mein Haus und den Garten?"

„Mais, non." Claire lachte. „Isch liebe nur der frühe Morgenlischt und schaue ihm gern zu, wenn er kommt. Ich war früh wach an diese Tag."

„Es", sagte Flora.

„Comment ... Wie bitte?"

„Wenn *es* kommt, heißt es. Morgenlicht ist ein Neutrum."

„Ah oui, bien sûr, danke dass Sie misch korrigieren. Die

meisten Menschen tun es nischt, weil sie nischt un'öflisch sein möschten."

„In dieser Kategorie denke ich nicht", erwiderte Flora. Fasziniert beobachtete sie, wie Claire ihren Kaffee mit beiden Händen an den Mund führte. „Kann ich meinen Kaffee auch so bekommen, in einer Schale? Ist lange her, dass ich ihn so getrunken habe." Claire suchte eine zweite hellblaue Schale aus dem 50er-Jahre-Küchenschrank und goss die dampfende braune Flüssigkeit hinein, während Flora sich auf einem der neu lackierten Küchenstühle niederließ.

„Möschten Sie ihn mit Milsch und Zucker?"

„Nein, schwarz."

„Wo ist Frau Lindner 'eute Morgen? Isch 'abe sie noch nischt gesehen."

„Rennt den Elbhang rauf und runter, durch die Lindenallee im Hirschpark bis zum Fähranleger Teufelsbrück und zurück. Das tut sie jeden zweiten Tag, warum auch immer. Und Mira ist bereits in der Schule, wie man sieht." Flora warf einen Blick auf die eierschalenfarbene Küchenuhr über dem Schrank. „Oder auf dem Weg dahin." Es war fünf nach acht. Lange konnte Mira noch nicht los sein. Ihre Frühstücksspuren in Form der ohne Deckel herumstehenden Butter sowie eines größeren Haufens Krümel auf dem Küchentisch waren unverkennbar. Sie war wohl mal wieder spät dran gewesen. Vielleicht ging ihre pragmatische Mutter morgens in aller Frühe laufen, um sich nervenaufreibende Auseinandersetzungen über Miras Interpretation der Uhrzeit zu ersparen. Wenigstens montags, mittwochs und freitags. Flora deckte die Butter zu und wischte die Krümel in ihre hohle Hand.

„Eine anstrengende Alter", sagte Claire.

„Woher wollen Sie das wissen? Sie haben keine Kinder. Oder vielleicht doch? Zuhause in Frankreich?"

„Das weiß isch von mir selbst, natürrlisch", antwortete

Claire und überging die indiskrete Bemerkung ihrer Vermieterin. „Ist noch nischt so lange 'er."

„Das stimmt", stellte Flora fest. „Sie sind ja noch ein Küken. Un poussin", ergänzte sie, als Claire fragend schaute. „Wie alt sind Sie eigentlich?"

„Fünfundzwanzig Jahre. Wo'er kennen Sie eine so ungewöhnlische Wort in meinerr Sprache?", fragte sie zurück.

„Oh, mein Französisch. Ist ziemlich eingerostet. Il a mis de rouille." Flora zögerte, bevor sie weitersprach. „Ich hatte mal einen französischen Freund, und wir hielten Hühner damals. Eines entwischte und brütete heimlich. Plötzlich lief eine ganze Schar Küken durch den Garten und wir mussten sie rasch in den Stall bringen, damit der Bussard oder der Marder sie nicht holte."

„Bussard?"

„La buse." Claire nestelte ein kleines Notizbuch aus ihrer Jackentasche und notierte die beiden neuen Vokabeln. Flora musste lächeln. „So habe ich das damals auch gemacht."

„Wie lange ist das 'err?"

„Jahrzehnte." Flora winkte ab. „Ist schon fast nicht mehr wahr."

„Ah, bon", erwiderte Claire, stellte ihre Trinkschale in die Spüle und wandte sich zum Gehen. „Isch muss los. Sonst ist meine Lieblinksplatz in der Bibliothèque besetzt. Isch recherchiere für meine Masterarbeit."

„Worüber schreiben Sie?", fragte Flora.

„Glücklisch mit dem Feind. Eine Geschichte der Fraternisation nach dem Zweiten Weltkrieg."

Flora stutzte einen Moment. „Fraternisierung ist der deutsche Begriff. Fraternisation ist Französisch."

„Natürrlisch", erwiderte Claire. „Aber das Résultat ist das Gleiche." Sie verschluckte das zweite t von Resultat. Mit leuchtend rotem Lippenstift zog sie vor der Glasscheibe des Küchenschranks die Lippen nach, schnappte sich die Tasche mit ihren Unterlagen und warf Flora ein knappes „Bonne journée, Madame Perlöberg" hin.

Flora blieb allein in ihrer türkisfarbenen Küche zurück und fragte sich, wie die Kleine so abgeklärt über die Zeit nach dem Krieg sprechen konnte. Als hätte sie sie selbst erlebt. Dabei war sie nicht einmal in Abrahams Wurstkessel gewesen damals, nicht ein Hauch von einer Idee.

Nachdenklich erhob sie sich, warf Miras Krümel, die sie noch immer in der Hand hielt, ins Spülbecken und machte sich auf den Weg nach oben. Sie wollte wenigstens angekleidet sein, wenn Grit Lindner zurückkam.

ZEHN

Alex war damit beschäftigt, die beiden verstopften Gullys an der Straßenecke vor ihrem Grundstück freizukratzen. Der frühmorgendliche Wolkenbruch hatte eine kompakte Masse aus Sand, Zweigen und Blättern hinterlassen, die das Regenwasser zu einem kleinen See anstaute. In Gummistiefeln stand sie bis zu den Knöcheln in der Riesenpfütze, als Sonja in ihrer Müllhalde von einem Volvo-Kombi um die Ecke röhrte. Sie fuhr Alex fast den Besen ab und kam fünf Meter weiter am Straßenrand abrupt zum Stehen. „Puh, das war knapp. Sorry, Alex." Sonja stieg aus und entschuldigte sich. Außerdem plagte sie die Neugier bezüglich der Vorgänge im Haus gegenüber.

„Sie hat jetzt eine französische Austauschstudentin bei sich wohnen", erklärte Alex die neuerlichen Veränderungen in der Villa Flora, wie sie ihr Nachbarhaus gern bezeichnete. „Claire Masson."

„Ja, ich habe gesehen, wie sie einzog, mit einer Ladung voller Zeugs und einem abenteuerlichen Hütchen auf dem Kopf. Wie kam das denn so plötzlich?"

„Keine Ahnung, war wohl ein spontaner Anfall von Sympathie. Und von Großherzigkeit. Hätte ich ihr nicht zugetraut, aber Platz hat sie ja genug."

„Das kann man wohl sagen."

„Grit ist jedenfalls begeistert. Für sie fühlt sich das Arrangement jetzt weniger wie Seniorenwohnanlage an, mehr wie WG."

„Wär' mir auch lieber", sagte Sonja, „wobei ich persönlich manchmal gern Kindergarten gegen Seniorenwohnheim tauschen würde. Linus und Lou haben mir heute Morgen den letzten Nerv geraubt mit ihrem Gezeter."

„Wir haben unseren Kindern seinerzeit mit Benimmkursen im Vier Jahreszeiten gedroht." Alex musste lachen in der Erinnerung daran. „Hat aber nur sehr kurzfristig gewirkt."

„Das glaubst du." Halb barfuß, halb in Chucks und mit offenem Eastpak schlurfte Elin durch die Gartentür. „Ich mach' heute noch einen Bogen um das Ding, wenn ich da längs komme."

„Wie, du kommst da längs? Wieso treibst du dich in der Gegend um das Vier Jahreszeiten herum?"

Elin verdrehte die Augen. „Ciao, Mama, muss los. Wir schreiben Mathe in der dritten Stunde."

„Dann brich dir bis dahin nicht den Hals mit deinen offenen Schnürsenkeln." Elin witschte an ihrer Mutter vorbei, ohne sich noch einmal umzudrehen, hob nur lässig den rechten Arm zum Gruß.

„Hm, da kommt wohl noch einiges auf mich zu." Sonja blickte Elin hinterher und schob ihre divenhafte Sonnenbrille ins dünne Haar.

„Du sagst es." Mit der Fußspitze kickte Alex eine Zigarettenkippe Richtung Gully. „Ich fürchte, aus dem Gröbsten bist du erst raus, wenn du Enkel hast."

„Na, super. Zu dem Zeitpunkt bin ich reif fürs Seniorenheim. Oder ich zieh auch rüber zu Frau Perleberg. Die neue WG scheint ein Jungbrunnen für sie zu sein. Könnte ich auch gebrauchen. Bestimmt wird sie 105."

„Gut möglich." Alex warf ihren Besen in die Hecke und wischte sich über die Stirn. „Sie ist viel zugänglicher geworden. Und von wegen dement: Ich kann davon keine Spur entdecken. Grit auch nicht. Keine Ahnung, was die Erbschleicher der guten Frau Stein da erzählt haben."

„Kommt die eigentlich noch, oder hat sie ganz bei Frau Perleberg aufgehört?"

„Sie kommt alle vierzehn Tage zum Saubermachen, den Rest erledigt Grit. Du weißt ja, sie hat Energie für drei."

„Hat sie." Sonja seufzte. Beim Gedanken an Grit sank ihr

eigener Energiepegel gleich spürbar. Sie ging um ihr Auto herum zur Fahrerseite. „Ich muss weiter, Alex. Hab' noch ein paar Sachen zu erledigen, bevor meine zwei mir wieder mein letztes bisschen Schwung rauben."

Als der Motor aufjaulte, griff Alex erneut zum Besen. Dass wenigstens Sonja konstant unter ihrem eigenen Zufriedenheitslevel blieb, befriedigte sie irgendwie.

Wenig später wurde ihr innerer Frieden allerdings empfindlich gestört. Schuld daran war sie selbst.

Nach einer kurzen Lauf- und Gymnastikeinheit auf ihrem Trampolin hatte sie sich an den Schreibtisch gesetzt, um nachzusehen, wer von ihren Nachbarn in der Straße neuerdings sein Haus hatte verpixeln lassen, damit nicht Hinz und Kunz via Google Street View Einblick hinter die hohen Hecken nehmen konnten. Und über die immer martialischer werdenden dunklen Metallzäune. Die allgemeine Aufregung war gerade groß. Allerorten empörte man sich über mangelnden Datenschutz und die Verletzung der Privatsphäre, die Kriminellen Tür und Tor öffnen würden, und zwar virtuell ebenso wie analog. Gleichzeitig stellten die Kinder der Empörten, ebenso unbekümmert wie naiv, ihre intimsten Gedanken und Erfahrungen für alle Welt sichtbar ins Netz; unvorteilhafte Bilder von alkoholischen Exzessen inklusive.

Michael und Alex hatten nichts dergleichen unternommen. Es war ihnen egal, ob man ihr Haus im Internet sehen konnte. Von der Straße aus konnte man das schließlich auch jederzeit, von zwei Seiten sogar, da sie an einer Ecke wohnten. Die aktuelle Hysterie um das Thema würde sich sicherlich bald legen.

Alex gab ihre eigene Adresse als Suchbegriff in die Browserzeile ein. Das Ergebnis entsprach exakt dem, was sie erwartet hatte: Rundum waren sämtliche Häuser unkenntlich gemacht worden und verschwammen hinter einer Art Internetnebel. Wie die Gesichter von mutmaßlichen Verbrechern in den Abendnachrichten. Ihr eigenes Haus, das kleinste in der Straße, war bestens zu erkennen mitsamt seinen grünen Fensterläden, den sandverklebten weißen Streben des Gartentors und sogar ihrem schwarzen Smart vorm Grundstück. Das einzige andere Gebäude, das sich nicht hinter einem Haufen Nebel verbarg, war das von Flora Perleberg. Zusammen bildeten sie eine Insel der Unerschrockenen im Pixelmeer der Angsthasen.

Virtuell fuhr Alex ein wenig die Straße auf und ab. Als sie genug hatte und das Fenster auf dem Bildschirm schloss, entdeckte sie etwas, das ihren Adrenalinspiegel nach oben schießen ließ. In Zusammenhang mit ihrer Adresse war eine Immoscout-Anzeige mit verschwommenem Foto aufgeploppt: „Von privat: 1800 m² Villengrundstück in den Elbvororten zu verkaufen. Alter Baumbestand, Adresslage. Abrissgenehmigung für das bestehende Gebäude aus dem Jahr 1909 liegt vor. Machen Sie mir gern ein Angebot."

Besagte Adresse in Adresslage war Theobaldstraße 23, die Villa Flora. Alex lehnte sich im Sessel zurück, sie musste einmal tief durchatmen. Ihr vorderer Kortex produzierte ein ganzes Bündel beunruhigender Assoziationen gleichzeitig, in Multicolor und mit Starbesetzung: Hinter dieser Anzeige konnte nur Barbara Avidus stecken, die schon einmal sondierte, in welchem finanziellen Rahmen sich ihre zu erwartende Erbschaft bewegen würde. Wie kaltblütig konnte man sein? Dass die künftige Erblasserin fröhlich auf ihrem Villengrundstück lebte und soeben ihre erste WG gegründet hatte, spielte offenbar keine Rolle.

Alex brauchte dringend ein Glas Wasser.

Abrissgenehmigung?! Welcher Wahnsinnige konnte überhaupt daran denken, dieses einmalige Haus abzureißen! Und wie raffiniert die Anzeige formuliert war: „Machen Sie mir ein Angebot". Zweifellos bedeutete es: unbedingt 7-stellig, Endsumme nach oben offen. Und versuchen Sie nicht, mich für dumm zu verkaufen. Mit den Quadratmeterpreisen in der Gegend bin ich bestens vertraut.

Frau Avidus plante, den Grund und Boden ihrer Klientin meistbietend zu verhökern. Ohne einen Makler einzuschalten, damit der Erlös zu hundert Prozent auf ihrem eigenen Konto landen würde. Und ohne ihre Klientin zu fragen. Zweifellos hatte Flora Perleberg nicht die geringste Ahnung von diesem Coup.

Den Rest des Tages konnte Alex kaum einen klaren Gedanken fassen. Sie hatte Mühe, das Durcheinander in ihrem Kopf vor Tim und Elin zu verbergen und zog es vor, ihnen so wenig wie möglich zu begegnen.

Am Abend präsentierte sie ihre Entdeckung mitsamt den daraus resultierenden Erkenntnissen Michael. „Oh, da ist jemand seiner Zeit weit voraus", bemerkte er süffisant, ohne sich groß aufzuregen. „Ich habe dir ja gesagt, lass die Finger von diesen Leuten. Deren Gerissenheit und vor allem ihrer kriminellen Energie und Skrupellosigkeit bist du nicht gewachsen."

„Das wollen wir erstmal sehen!" Alex nahm den Mund voller als beabsichtigt. Die Gelassenheit ihres Ehemannes brachte sie auf die Palme. „Wie kannst du die Segel streichen wollen, bevor du sie überhaupt hochgezogen hast?"

„Alex, ich weiß einfach, wann ich verloren habe. Und du solltest es auch langsam begreifen."

„Du findest also nicht, dass wir unsere Nachbarin darüber aufklären sollten, dass ihr Haus zum Verkauf steht."

„Ganz genau. Ich finde nicht, dass wir uns da einmischen sollten." Alex schnaubte.

„Ich geh laufen", verkündete sie.

„Ich hatte übrigens recht", erklärte sie Grit einen Tag später, als sie ihr bei einem Espresso auf ihrer Terrasse die ausgedruckte Anzeige vorlegte. „Die heilige Barbara muss Floras

Haus bereits in der Tasche haben, sonst würde sie sich nicht so weit aus dem Fenster lehnen."

„Alle Achtung", sagte Grit, nachdem sie die Annonce überflogen hatte. „Da verliert jemand keine Zeit. Wieso hat sie es plötzlich so eilig?"

„Vielleicht macht sie sich Sorgen, dass ihr die Felle davonschwimmen. Jetzt, wo Floras WG größer wird und die Hausherrin selbst immer lebendiger."

„Einen Riecher für Konkurrenz hat sie jedenfalls. Frau Perleberg scheint an dieser Studentin echt einen Narren gefressen zu haben. Sie hat ihr einen ihrer Fascinators geschenkt, weil er so fantastisch zu ihrem Haar passt. Von anno 1942, das Teil, wenn du mich fragst. Mehltau-Lila."

„Fesszinäiter?" Grit hatte das Wort englisch ausgesprochen. „Was ist das denn?" In modischen Dingen war Alex nicht allzu bewandert.

„Guckst du dir etwa keine royalen Hochzeiten oder Beerdigungen im Fernsehen an?" Typisch, schien Grits Gesichtsausdruck zu sagen. „Ich amüsiere mich dabei immer königlich."

Alex verzog das Gesicht. „Also, dieses Fesszi-dingens ..."

„... ist ein Kopfschmuck, der nur als Hingucker dient. Schleifen, Federn, Tupfentüll. Nur Tüdelkram. Hat nicht wirklich was mit Hut zu tun."

„Und wo trägt man so was? Beim Pferderennen? British Day im Polo Club? Oder muss Claire dafür einen Prinzen heiraten?"

Der British Day in Hamburg war eine dreitägige Traditionsveranstaltung, die alljährlich im August ein ganz eigenes Publikum anzog. Alex war einmal dort gewesen. Auf dem Programm standen rustikale britische Gebräuche wie Gummistiefelweitwurf, Cricket und Ponyreiten. Auf dem Flottbeker Club-Gelände konnte man an zahlreichen Ständen klassische Gutsherrenart erwerben wie die typischen Wachsjakken und -hüte. Den krönenden Abschluss des Events bildete ein Picknick auf dem grünen Rasen à la Downton Abbey. Nur voller.

Der anglophile Hamburger – insbesondere der aus den Elbvororten – rückte nicht nur per Bollerwagen mit einem vollständigen Menü an, sondern rüstete sich standesgemäß aus, vom filigranen Messerbänkchen bis zum mehrarmigen Silberleuchter. Dazu spielte ein Londoner Sinfonie-Orchester Gassenhauer aus dem internationalen Klassik-Repertoire, zum Abschluss gekrönt vom hymnischen „Rule, Britannia!" und „Land of Hope and Glory", die das deutsche Publikum begeistert mitsang. Entgegen Alex' Erwartung war es ein großes Vergnügen gewesen.

„Ich glaube, mit Prinzen hat Claire nichts am Hut", riss Grit sie aus ihren Gedanken. „Und vom British Day hat sie noch nie gehört. Sie hat das Ding gleich aufgesetzt und ist den ganzen Tag damit herumgelaufen. Flora war begeistert."

Alex wurde ungeduldig. „Okay, und was sagst du nun zu dem Schachzug von Barbara Avidus?"

„Darf die das eigentlich?", fragte Grit zurück. „Noch gehört ihr die Villa nicht."

„Als Privatanzeige kann sie in die Zeitung setzen oder auf Immoscout schalten, was sie will. Die Eigentumsverhältnisse kontrolliert kein Mensch."

„Das bedeutet, du als direkt betroffene Nachbarin kannst da nichts überprüfen und einsehen?"

„Das kann ich erst, wenn ein konkreter Bauantrag bei der Baubehörde vorliegt."

„Dann ist es womöglich zu spät und der Abrissbagger rollt schon an." Grit nahm sich ein winziges Stück Mandelgebäck.

„Du sagst es." Alex stand auf und begann mit der Espressotasse in der Hand auf ihrer Terrasse herumzutigern.

„Hmm, wir sollten wohl anderweitig aktiv werden. Ich könnte die liebe Barbara über den Haufen fahren", schlug Grit vor.

„Gute Idee", knurrte Alex, „aber ich wette mit dir um eine Flasche Aperol, dass ihre Tochter und ihr Sohn bereits als Erbberechtigte eingetragen sind."

„Jetzt siehst du aber wirklich Gespenster." Grit lachte. „Wette angenommen."

„Was meinst du, sollte man Frau Perleberg informieren? Darüber, dass ihre gute Freundin Barbara dabei ist, das Haus unter ihrem knochigen Hintern weg zu verkaufen?" Alex ließ nicht locker. „Du könntest zum Beispiel behaupten, auf der Suche nach einer Wohnung für ... für einen Freund, seist du auf die Anzeige gestoßen. Und dich dann dummstellen und fragen, ob sie denn ausziehen wolle. Schließlich müsstest du dich in dem Fall selbst um eine neue Bleibe kümmern."

„Das ist mir ehrlich gesagt zu blöd", erwiderte Grit. „Außerdem: Wir wissen nicht, was für einen Deal Frau Perleberg mit ihrer Steuerberaterin hat. Vielleicht hat sie selbst sie beauftragt."

„Das macht doch keinen Sinn. Dann hätte sie dich, Mira und Claire nicht erst einziehen lassen."

„Na ja, so ein Hausverkauf braucht Zeit. Der geht nicht von jetzt auf gleich über die Bühne. Und garantiert wollte Barbara ihre Mandantin und Erblasserin unter Kontrolle haben, bis es so weit ist. Damit nicht in letzter Minute was schiefgeht. Warum fragst du sie nicht einfach?"

„Wen? Frau Perleberg? Ich möchte keinesfalls in den Ruch kommen, selbst scharf zu sein auf die Hütte, mal ganz abgesehen davon, dass ich sie mir nicht leisten könnte. Nicht mal den Tennisplatz." Alex setzte sich. „Ich könnte höchstens behaupten, jemand habe mich auf die Anzeige angesprochen."

„Das durchschaut sie sofort", Grit winkte ab. „Sie ist zwar alt, deine reizende Nachbarin, aber nicht blöd."

„Oder", Alex' Gesicht hellte sich auf, „ich mache Barbara Avidus auf ihre Anzeige hin ein Angebot. Anonym oder unter falschem Namen."

Steht ihr gut, mein Haarschmuck. Die Linde hat ein bisschen merkwürdig geguckt, als ich ihn am Sonntag Claire schenkte. Ob sie neidisch ist? Dabei würde er in ihrem Haar gar keinen Sinn machen. In den kurzen grauen Stoppeln findet nicht mal eine Büroklammer Halt. Und wo hätte sie ihn tragen wollen? Bei ihren Gymnastikkursen am Abend? In der Elbphilharmonie jedenfalls nicht, falls die jemals fertig wird. Sie sieht mir nicht aus wie jemand, der klassische Konzerte schätzt.

Zu meiner Zeit gehörte klassische Musik zur Grundbildung einer höheren Tochter. Mit acht Jahren habe ich zusammen mit meinen Eltern mein erstes Konzert in der Musikhalle besucht. Mit achtundvierzig ließ Mutter mich noch immer nicht aus ihren Klauen. Sie wollte über mich herrschen bis zum Schluss.

Dass ich mich an ihrem Lebensende um sie kümmern würde, war für sie eine Selbstverständlichkeit. Auch wenn sie dafür in meine „Lasterhöhle" ziehen musste, die zu betreten sie sich fast dreißig Jahre lang geweigert hatte. Es blieb ihr nichts anderes übrig, denn die Alternative, zurückgehen in die elterliche Wohnung im Jungfrauenthal in Harvestehude, kam für mich nicht infrage. Nicht einmal übergangsweise. Ich war fast fünfzig. Alt genug. Und diesmal setzte ich mich durch. Ich wollte Herrin im Haus bleiben, und wenn ich schon ihren Launen ausgesetzt sein würde und mich herumschicken lassen sollte wie ein Lakai, dann wenigstens in meinen eigenen vier Wänden.

Zu Anfang bin ich noch zwischen Harvestehude und Blankenese hin und her gependelt. Als mir die langen Wege zu viel wurden, zogen sie und Vater bei mir in die oberste Etage, in die Räume, die jetzt die Linde und Mira bewohnen. Platzmäßig bedeutete es keine Einschränkung für mich, das Haus ist groß genug. Der Raum, den sie in meinem Leben einnahmen, war allerdings beträchtlich. Mein Leben war nicht groß genug. Im Gegenteil, es wurde immer kleiner. Als würde jemand unsichtbare Mauern um es herum bauen, die mir immer weniger Luft zum Atmen ließen.

„Pflora!", schrie Mutter ungeniert durchs ganze Haus, wenn ich nicht rasch genug herbeieilte, weil sie mir mitteilen wollte, dass die Alpen- und die Usambaraveilchen auf der Stelle gegossen werden müs-

sten. „Pflora, wo steckst du schon wieder?" Wie ich dieses *Pfff* hasste! Zeitlebens hat sie meinen Namen nicht richtig ausgesprochen, nicht erst seit sie ein Gebiss trug. Ausgespuckt hat sie ihn. Sobald ich mit der Messingkanne anrückte, um ihr Fensterbankgemüse zu wässern, nahm sie sie mir aus der Hand. Ich machte es nicht richtig. *Sooo* machte man das. Als hätten die vergangenen vierzig Jahre nicht stattgefunden. Als sei ich wieder acht Jahre alt und müsse mit strenger Hand erzogen werden.

Doch es nützte ihr nichts. Sie konnte meine selbstbestimmten Jahre nach dem Krieg nicht ungeschehen machen. Nicht einmal mit ihrer wütenden Entschlossenheit ließen sie sich ausradieren.

Mutters Tod im September 1976 bedeutete in jeder Hinsicht eine Erleichterung. Schon frühzeitig hatte sie kundgetan, dass sie nicht bei mir um die Ecke in Blankenese beerdigt werden wollte. Eine Edda von Clausen legte Wert darauf, auf dem Nienstedtener Friedhof zu liegen zu kommen. Mit seinen hohen Rhododendronhecken zur Elbchaussee hin machte er mehr her als der von Blankenese. Zudem befand man sich in besserer Gesellschaft. Vom Reeder bis zum Freiherrn, vom Kaffeeröster bis zum ehemaligen Reichskanzler. Ordnung musste sein – auch unter der Erde. Am Sülldorfer Kirchenweg in Blankenese hatten schließlich nur ein popeliger Ortsvorsteher und die betrogene erste Frau von Gerhart Hauptmann, Marie, die letzte Ruhe gefunden. Dass Tante Antonie in Nienstedten ihr Grab hatte, war in diesem Zusammenhang nicht ausschlaggebend.

Wenn das Thema zur Sprache kam, hatte ich Mutter damit aufgezogen, in meinem Garten sei auch genug Platz. Natürlich erntete ich jedes Mal einen vernichtenden Blick. Dabei ahnte sie nicht entfernt, dass sie in meiner Gartenwildnis weder allein sein würde, noch in schlechter Gesellschaft.

Die zwei Jahre, die mir nach ihrem Tod mit meinem Vater blieben, waren sehr viel einfacher. Im Gegensatz zu Mutter war er ein mit sich und seinem Leben zufriedener Mensch, der seine Unzulänglichkeiten und Versäumnisse nicht jemand anderem ankreiden musste. Dass seit 1970 mit der Anerkennung der Oder-Neiße-Linie seine hinterpommersche Heimat perdu war, zumindest für die Deutschen und diesmal wohl endgültig, bekümmerte ihn wenig. Das Wichtigste, sein Geld, hatte er retten können, da er rechtzeitig nach Hamburg gekommen war, in den Zwanziger Jahren schon, drei Jahre vor meiner Geburt. Den elenden und oft tödlichen Treck Richtung Westen ab Januar 1945 durfte er aus unserer großbürgerlichen Wohnung im Jungfrauenthal verfolgen. Beziehungsweise aus Tante Antonies Haus in Nienstedten.

Noch immer bin ich ihm dankbar für das, was er im Krieg für seine leichtsinnige Tochter getan hatte. Wäre es aufgeflogen, hätte es ihn an den Galgen bringen können oder vor ein Erschießungskommando. Und besagte Tochter bis zum Sankt-Nimmerleins-Tag ins Lager. Bis zu seinem letzten Atemzug habe ich ihn in meinem Haus gepflegt, und nie wieder haben wir darüber gesprochen.

Außer dem Hausarzt sah ich kaum jemanden damals und wurde zur Einsiedlerin. Meine Gesellschaft in diesen Jahren bestand in einer Abfolge verschiedener Möpse, deren jüngster Vertreter der derzeitige Schmeling ist. Für einen Mann an meiner Seite hatte ich keinen Raum, nicht einen Zentimeter. Eigentlich wollte ich auch keinen mehr. Die Spaziergänge an der Elbe mit den Schmelings waren die einzige Zeit am Tag, die ich für mich hatte. Und die leeren Nächte.

Beides brauchte ich für mich allein.

ELF

Weder Alex noch Grit hatten die Immoscout-Anzeige gegenüber Flora Perleberg erwähnt. Besonders Alex fiel es schwer, sich zurückzuhalten. Linus war es, der sich schließlich persönlich nach Floras Umzugsplänen erkundigte. Sie hatte ihn und seine Schwester zum Pflücken der Walderdbeeren eingeladen, die ganz hinten auf ihrem Grundstück, an der Böschung zur S-Bahn, in großen Büscheln wuchsen. „Warum willst du dein Haus verkaufen, Frau Perleberg?", fragte er ohne Umschweife. „Ziehst du jetzt ins Alte Heim?"

„Wie kommst du denn auf die Idee, kleiner Mann?"

„Mama hat das gesagt", sprang Lou ihm bei und reichte Flora das Körbchen mit den Walderdbeeren, die sie gesammelt hatten. Flora war stehen geblieben.

„Und woher will deine Mama das wissen?", fragte sie. „Ich glaube nicht, dass ich mit ihr darüber gesprochen habe."

„Aus dem Internetz." Lou bückte sich nach einer Erdbeere. „Beim Abendessen gestern hat sie Papa davon erzählt."

„Nun, da hat sie sicher etwas falsch verstanden. Ich kann mich nicht erinnern, dem Internetz etwas dergleichen mitgeteilt zu haben."

„Sie hat aber gesagt, da steht, dein Haus soll abgerissen werden und wir sollen dir Geld anbieten." Treuherzig blickte Linus sie an. „Hast du keins mehr, Frau Perleberg? Bist du jetzt ganz arm?"

Flora umklammerte das Erdbeerkörbchen etwas fester. „Mach dir keine Sorgen, Linus. Das Futter für Schmeling kann ich noch bezahlen und meines auch. Wenn ihr mögt, essen wir jetzt erst einmal Walderdbeeren mit Schlagsahne." Das ließen die beiden sich nicht zweimal sagen und rannten voraus. Flora schritt ihnen hinterher, begleitet von einem Gedanken, der wie eine lästige Wespe die Verfolgung aufnahm und sich nicht verscheuchen ließ. Sie hackte ihren Gehstock in den Boden, als säße der Feind tief in der Erde.

Beim Kaffeetrinken sah Grit ihr an, dass etwas in ihr rumorte. Sie fragte nicht nach. Es war grundsätzlich besser, wenn Flora Perlebergs Gedanken sich von allein den Weg an die Oberfläche bahnten, das hatte sie inzwischen gelernt. Außerdem beackerte sie gerade ihr eigenes Minenfeld. Die Minen darin hatte Miras Vater Udo gelegt. Ohne es mit ihr zu besprechen, hatte er Mira zum dreizehnten Geburtstag ein eigenes Notebook versprochen. Mira war begeistert und redete von nichts anderem. Am Wochenende wollte sie mit ihm los, eines aussuchen. Grit fand das Geschenk komplett überzogen. Zudem kam es drei Jahre zu früh. Was bitte wollte eine gerade 13-Jährige mit einem Notebook? Sie war eben erst dem Schnuller entwachsen! „Wie kannst du das so eigenmächtig entscheiden?", hatte sie Udo am Telefon in seinem Büro angefaucht. Es war ihr egal, ob irgendwer mithörte.

„Na, du sprichst ja nicht mehr mit mir", erwiderte er mit einer albern jovialen Lache, als sei sie ein kleines Mädchen.

Also war er nicht allein im Büro.

„Es gibt so was wie E-Mail."

„Die Zeit, auf eine Antwort von dir zu warten, hatte ich nicht. Wie du weißt, ist Miras Geburtstag übermorgen."

„Schön, dass du dich überhaupt daran erinnerst, dass du eine Tochter hast. Und sogar an ihren Geburtstermin."

„Ich bin gerade in einer Besprechung, Grit", sagte Udo. „Können wir das Gespräch auf später vertagen? Danke dir." Er klickte sie weg. Grit kochte. Es war so typisch für ihn: Gutschein, und fertig. Mit diesem verdammten Notebook wollte er sich garantiert nur einschleimen bei seiner Tochter.

„Wenigstens kommt er nicht mit einer Barbiepuppe", sagte Alex, als Grit ihr davon erzählte.

„Die hat er jetzt selbst auf dem Sofa", zischte Grit. „Mit Blondmähne, Silikonbusen und allem Drum und Dran. Wahrscheinlich kann sie ohne High Heels gar nicht stehen."

„Vielleicht bräuchtest du auch mal wieder einen Ken."

„Mit Silikonschwanz, oder was?"

„So was kriegst du auch ohne Ken dran. Nein, ich meine einen richtigen Mann: intelligent, nicht unsportlich, einer, der dich zum Lachen bringt und kochen kann."

„Und wo finde ich den auf die Schnelle? An der Supermarkttheke? Ach bitte, packen Sie mir doch den da ein. Ja, gern mit etwas Chili und gut abgehangen. Und schneiden Sie bitte den Fettrand am Bauch vorher ab. Ich bitte dich, Alex!"

„Ich back dir einen", sagte Alex. „Schön braun gebrannt und knusprig mit himmelblauen Zuckeraugen."

„Den kannst du selber essen. Kalorien sind nicht mein Fall. Und das mit dem Backen hat schon meine Mutter versucht. Sie hat sich jedes Mal die Zähne dran ausgebissen."

Alex wechselte das Thema. „Hast du eigentlich deine Mitbewohnerin schon auf die Anzeige angesprochen?"

„Hab' ich nicht. Sie ist komisch drauf zurzeit. An irgendetwas kaut sie rum."

„Dann Mahlzeit alle zusammen. Man sieht sich, Grit."

Es stimmte. Flora Perleberg kaute herum, und zwar an zwei Problemen gleichzeitig. Das erste, ein Geburtstagsgeschenk für Mira, ließ sich verhältnismäßig einfach lösen. Das zweite verlangte strategische Planung. Und einen Komplizen. Sie musste in dieses Internet, und zwar ohne Grit Lindner zu fragen oder gar Barbara. Die Rettung kam aus einer völlig unerwarteten Ecke.

Dem Himmel sei Dank für diesen Udo. Die Linde kocht. Vor Wut über ihren selbstherrlichen Gatten hat sie sich mit Hacke und Spaten über meinen versumpften Teich hergemacht. Nun. Wo rohe Kräfte sinnlos walten ... Wie ein Berserker fuhrwerkte sie in der besseren Pfütze herum, buddelte dicke versunkene Kiesel wieder aus und grub Schilf und Schlingpflanzen aus dem Schlamm, wo sie sich zu sehr breitgemacht hatten. Fast hätte sie auch den Fröschen und den drei verbliebenen Goldfischen den Garaus gemacht, die trotz meiner mangelhaften Pflege tapfer durchhalten. Wider Erwarten haben sie überlebt.

Von meinem Küchenfenster aus kann ich jetzt die drei rosa Seerosen sehen, die sich jahrelang im Uferdickicht versteckten. Dass die überhaupt noch da sind. „Les nymphéas", wie er immer sagte, manchmal auch zu mir: „ma belle nymphéa". Bei dem Wort habe ich heute noch zarte Nymphen vor Augen, auf Ausschau nach einem appetitlichen Faun.

Apropos „appetitlicher Faun". Ich kenne ihn nicht, diesen Udo, aber egal, wie er aussieht, für mich kommt er wie gerufen mit seinem Notebook. Ich hoffe, Mira lernt schnell, mit dem Ding umzugehen. Sie ist nicht gut zu sprechen auf ihre Mutter, die einen Riesenterz macht wegen des Geschenks. Meine Chance!

„Du wirst es nicht glauben", erzählte Grit zwei Tage später Sonja, als sich ihre Nachbarin auf ihr neues Retro-Fahrrad schwingen wollte, um zur Praxis zu fahren. „Mira darf ihren 13. Geburtstag hier im Garten feiern. Es gibt bei uns die Regel, dass sie immer so viele Gäste einladen darf, wie sie alt wird. Ich fürchte, Frau Perleberg hat keinen Schimmer, worauf sie sich einlässt."

Sonja rechnete die Gästezahl hoch auf ihre beiden, und bei dem Ergebnis wurde ihr schwindelig. Sie würde für die Zukunft einen anderen Geburtstagsmodus finden müssen. Ihre beiden waren erst sechs, und mit Schrecken dachte sie an das letzte Fest. Im November, ausgerechnet. Ein weiterer Nachteil von In-vitro: Ein Geburtstermin ließ sich nicht ansatzweise vorausplanen. Mit einer Energie wie drei Kraftwerke hatten zwölf Sechsjährige das Wohn- und Esszimmer zerlegt. Als sie endlich von ihren Eltern abgeholt wurden, standen die noch lässig eine halbe Stunde mit einem Glas Prosecco zwischen den Trümmern der Sofalandschaft herum, während Sonja mit zusammengebissenen Zähnen Smalltalk machte und sie mitsamt ihrer Brut zum Teufel wünschte. Den nächsten Kindergeburtstag würde sie im Hallenbad um die Ecke feiern. Und wenn die Hälfte der Gäste dabei ertrank, so what! Nicht ihr Problem. Wozu gab es Bademeister.

Als Andreas um halb acht mit einem munteren „na, Schatz, war's schön?" auf den Lippen aus der Praxis gekommen war – er war gerade noch den letzten beiden Müttern und ihren Sprösslingen auf dem Kiesweg zum Haus begegnet –, hatte ihre Kraft nicht mehr ausgereicht, ihm etwas Substanzielles an den Kopf zu werfen. Heulend war sie auf dem Sofa kollabiert, wobei mehrere vegane Würstchen angebissen zu Boden kullerten.

„Glückwunsch, Grit. Immerhin hat Frau Perleberg genug Platz, und zur Not kannst du die Kids im Teich ertränken", sagte Sonja. „Wie ich höre, hast du den extra ausgebaggert."

„Ehm, alles klar bei dir, Sonja?" Grit musterte sie. Für gewöhnlich war Sonja nicht so gallig drauf. Ihre Betriebstemperatur lag eher zwischen erschöpft und leicht verzweifelt.

„Ja, alles gut, ich war bloß in Gedanken, weil ..."

In diesem Moment tönte ein gellender Schrei durch Flora Perlebergs Haus. Sonja klemmte umständlich ihr Fahrrad zwischen die Zaunstreben und jagte hinter Grit her, die Kellertreppe hinunter zu Mira, die zitternd und einer Ohnmacht nah neben den Getränkekisten stand. Ein frisch verstorbenes Eichhörnchen lag platt wie ein Bettvorleger hinter den Weinflaschen. Daneben saß, Triumph im Gesicht, Borste und wartete auf ein Dankeschön. Auch er hatte mittlerweile begriffen, dass sich die politische Lage nebenan entspannt hatte. Nachts hatte er das Nachbargrundstück von jeher als sein Revier betrachtet, doch seit Neuestem wagte er sich sogar ins Haus. Dieser lächerliche Schmeling war nie eine Bedrohung für ihn gewesen, und selbst dessen Frauchen schien sich beruhigt zu haben. Ihren Stock hatte sie schon länger nicht mehr nach ihm geworfen. Höchste Zeit also für ein offizielles Friedensangebot von seiner Seite. Stolz präsentierte er sein Geschenk. Eine schlichte Maus oder eine Amsel hätte seinen eigenen Ansprüchen nicht genügt.

Das Dankeschön kam nicht.

„Falsche Zeit, falscher Ort", bemerkte Sonja lakonisch, als sie den pelzigen Leichnam auf dem Boden erblickte.

„Boah, Mira, hast du mich erschreckt. Ich dachte, dir will jemand ans Leder", japste Grit. „Beinahe wäre ich die Treppe runtergesegelt, so bin ich gerannt." Sie warf dem Kater einen bösen Blick zu. „Mann, Borste, musste das sein!" Ihre Worte gingen im Geklapper von einem Paar roter Sandaletten unter, die die Stufen zum Keller hinabeilten. Es mündete in einen spitzen Schrei, als die Trägerin auf der zweituntersten Stufe zum Stehen kam.

„Ah, mais non, le pauvre. Das arme Thierr. Qu'est-ce qu'il a fait encore, Borrsste, ce salaud? Man muss ihn einspärren, diese unmögliche Kater. Oderr wenigstens ein Klingel um'ängen." Claires Wangen waren flammend rot wie ihre Schuhe. „'at Ihrre Frreundin Alex nischt gesagt, er ist végétarien?"

„Der ist genauso wenig Vegetarier wie ihr Mann", grinste Grit. Beim Schnippeln eines Gurkensalats hatte sie Claire von Borstes Leidenschaft für Salatgurken erzählt. Wann immer er das Geräusch des Schälmessers hörte, selbst in scheinbarem Tiefschlaf, kam er angetrabt und stürzte sich auf die grünen Streifen, die Alex für ihn in mundgerechten Stücken in seinen Napf legte.

Bumm! Bumm! Bumm!

„Was ist da unten los?" Vom Tumult in ihrem Keller auf den Plan gerufen, stand Flora in der Kellertür und stieß ihren Stock mehrfach auf den Dielenboden.

„Sie haben eine Leiche im Keller, Frau Perleberg", rief Grit nach oben.

Flora wurde stocksteif. Unwillkürlich hielt sie die Luft an. Wie in einer Trauerprozession schritten ihre drei Mitbewohnerinnen und Sonja die Treppe hoch, vorneweg Grit mit gelben Gummihandschuhen, das tote Eichhörnchen auf einer Küchenschaufel aufgebahrt. „Mit herzlichen Grüßen von Borste."

Mira und Claire hatten Zornestränen in den Augen. Mit wenigen Sätzen war Borste an ihnen vorbei, guckte unschuldig und verschwand durch die offene Haustür. Flora Perleberg atmete aus. Es schien, als blickte sie dem Kater fast dankbar hinterher.

„Wenn das alles ist", sagte sie, bevor sie davonmarschierte Richtung Frühstück. „Mein Beileid."

„Oh, là là", machte Claire.

Auf eine Art, die besagte: Das glaube ich jetzt nicht!

ZWÖLF

„Fast kommt es mir vor, als hätten die zwei einen Deal miteinander gemacht. Eine Art Stillhalteabkommen, ich weiß bloß nicht, warum."

„Wer?", fragte Alex.

„Meine Vermieterin und meine Tochter." Alex stand mit Grit im Garten hinterm Haus und begutachtete Miras Gabentisch. Neben einem kleinen Strauß Rosen thronte ein riesiger Umschlag, umwickelt mit einer pinken Schleife, die Udo niemals selbst gebunden haben konnte, so ekelhaft perfekt wie sie sich in der Mitte spreizte. Dass Mira seit neuestem auf Schwarz stand, hatte er noch nicht mitbekommen. „Endlich Teenie!" stand auf dem Umschlag und „Von deinem Papa".

„Hat sie gar nicht reingeschaut?" Alex deponierte ihr eigenes Geschenk auf dem Tisch, einen USB-Stick in Form eines Nagellackfläschchens. Tipp von Elin, die sich die Mühe gemacht hatte, den schwarz-rosa Stick in dreizehn immer größer werdende Schachteln zu verpacken, die letzte in die Kinderseite des Hamburger Abendblatts gehüllt.

„Nicht nötig. Sie weiß ja, was drin ist." Grits Sonnenbräune vermochte ihren Ärger nicht zu kaschieren. „Setz dich doch. Du kannst es ihr selbst geben. Sie kommt bestimmt gleich, die fünfte Ladung Popcorn holen." Vom hinteren Teil des Grundstücks war lebhaftes Geschnatter zu hören, immer wieder durchbrochen von spitzen Schreien und durch nichts zu erklärende Kicheranfälle. „Sie sind nur zu acht. Glück gehabt. Die übrigen Freundinnen haben sich über Nacht in unerträgliche Streberinnen, Bonzentöchter oder zurückgebliebene ‚Babys' verwandelt, die noch pinke Chucks tragen."

„Und sie feiern beim Tennisplatz?" Alex zog die Augenbrauen hoch. „Ich dachte, der sei verboten."

„In dem maroden Pavillon davor. Motto: Gothic Picknick."
In diesem Augenblick tauchte Mira auf mit schwarz umrandeten Augen, kohlpechrabenschwarzem Haar und in einem bodenlangen schwarzen Flatterkleid, das eindeutig nicht aus diesem Jahrtausend stammte. Im Schlepptau hatte sie zwei Freundinnen aus dem Schattenreich, eine davon mit mehr Löchern und Laufmaschen in den schwarzen Nylons als Textilanteil, die andere im bauchfreien Nietentop. Alex stand auf, um Mira zu umarmen, doch eine solche Geste vertrug sich weder mit den martialischen Stachelnieten auf dem Kragen ihrer schwarzen Jeansjacke, noch mit Miras neuer dreizehnjähriger Coolness. Das Geburtstagskind blieb auf Abstand, bemüht, seinem Lächeln einen frostigen Touch zu geben. Als Alex Elins Geschenk überreichte und Mira die Kinderseite sah, verzog sie das Gesicht, quetschte aber ein „Danke, Alex" heraus. Mit einer großen Schüssel Popcorn und dem Paket unterm Arm zogen sie wieder ab.

„Sieht mir eher nach Gothic Sexy aus. Hast du ihr den Fummel geschenkt?"

„Nein. Der ist von Frau Perleberg, nebst einer Tube schwarzer Haarfarbe zum Selberfärben." Grit seufzte. „Frag nicht, wie das Waschbecken oben aussieht und wer das wieder wegmacht. Von mir hat sie richtig tolle Sportklamotten bekommen, aber die Begeisterung hielt sich in Grenzen. Über einen formschönen Grabstein hätte sie sich, glaub ich, mehr gefreut."

„Nicht ärgern, Frau Lindner. Ist bestimmt nur eine Phase und geht vorbei. Dafür war mein Geschenk ein Volltreffer."

Alex starrte Flora Perleberg an wie einen Geist. Die alte Dame trug einen enormen Hut über einem schwarzen Schleier, der ihr Gesicht verhüllte wie der von Jackie Kennedy anlässlich der Trauerfeier für John F.. An ihrer Seite eierte Schmeling durchs Gras, eine üppige Schleife aus schwarzem Tupfentüll um den dicken Hals und eine Zellophantüte voller

Lakritzschnecken im Maul. „Keine Zeit zum Plaudern", sagte Mrs. Kennedy und schritt würdevoll an ihnen vorbei, „ich bin eingeladen und etwas spät dran."

„Siehst du, was ich meine?", sagte Grit, nachdem Alex den Mund wieder zubekommen hatte. „Diese unwahrscheinliche Eintracht zwischen Mira und Frau Perleberg. Irgendwas ist da im Busch, ich weiß bloß nicht, was und in welchem."

„Wenigstens ist Schmeling ein Komplett-Styling in Schwarz erspart geblieben", kicherte Alex. „Weiß sie inzwischen von der Nummer mit ihrem Haus?"

„Von mir nicht." Grit ließ sich auf einen der Gartenstühle fallen. „Aber gestern hat sie ein Paar am Gartentor entdeckt, das bei euch parkte und dann mit dem Feldstecher von oben bis unten ihr Haus scannte. Jedenfalls das, was man von da sehen kann. Ich hätte eigentlich erwartet, dass sie auf der Stelle hinstolziert und denen den Marsch bläst, aber sie blieb ganz ruhig. Hat bloß Schmeling vorgeschickt, damit er ordentlich Rabbatz veranstaltet. Er hat sofort kapiert, was sie von ihm wollte. Am Tor machte er einen auf Kampfhund, und die zwei Voyeure haben sich erschrocken in ihr Auto verkrochen und sind abgehauen."

„Eigenartig. Haben die Erbschleicher sich blicken lassen?"

„Nee, nur angerufen und mich vollgesülzt. Als ich das Telefon weiterreichen wollte, saß Frau Perleberg mit geschlossenen Augen in ihrem Schaukelstuhl und schlief. Dabei hatte sie mir eine Minute zuvor noch Tipps zum post-ehelichen Umgang mit Udo gegeben."

„Manchmal glaube ich, an ihr ist eine Schauspielerin verlorengegangen", sagte Alex und setzte sich Grit gegenüber. „Den Verdacht hatte ich früher schon. Ehm, sind die Piccolos im Sektkühler eigentlich für die Mädels gedacht oder für jemand anderen?"

„Ach, die hab ich ganz vergessen, sorry, Alex. Die sind natürlich für uns. Die Mädels trinken Blut."

„Wie lässt sich eigentlich das Zusammenleben mit eurem WG-Zugang an?", fragte ihre Freundin, um das Thema zu wechseln.

„Claire ist nett, gibt aber nicht allzu viel von sich preis. Meistens sehe ich sie nur morgens und abends, wenn sie von der Uni zurückkommt. Bis auf die zwei Nachmittage, an denen sie in der Tierhandlung arbeitet. An denen saust sie vorher kurz hier vorbei."

„Ist schon seltsam, dass eine so junge Frau so weit rauszieht in dieses Altenheim, wo abends tote Hose ist, statt in Uni-Nähe unter ihren Kommilitonen zu bleiben."

„Sie sagt, sie kommt vom Land und braucht Grün und die frische Luft. Und sie findet die Geschichten alter Leute interessanter als die der jungen. Passt ja auch zu ihrem Masterarbeitsthema."

„Und das wäre?"

„Ehen und Beziehungen zwischen deutschen Frauen und alliierten Soldaten nach dem Krieg."

„Himmel, wie kommt eine 25-Jährige auf so was?"

„Wieso, ist doch interessant. Interessanter jedenfalls als die digitale Prozedur von heute via Parship, Elite Partner und wie die alle heißen. Woran dann auch noch wer Geld verdient."

„Solltest du vielleicht trotzdem mal probieren, Grit. Geht definitiv schneller als der analoge Weg."

„Besten Dank, Alex, auf Wisch & Weg habe ich keine Lust. Dann lieber oldschool. Außerdem sehe ich jeden dritten Abend hinreichend analoge Männer im Fitness-Studio, die auf der Suche sind."

„Ist das nicht eher die Abteilung Muskelprotz?"

„Du würdest dich wundern. Da turnen die Typen Mitte fünfzig rum, die nach 25 Jahren Ehe von ihren Gattinnen für ein jüngeres Modell verlassen wurden. Oder ein schlankeres. Oder gar keines, was mir aktuell fast am attraktivsten erscheint. Und die jetzt endlich ihrer Plauze zu Leibe rücken, um selbst auf dem Beziehungsmarkt noch eine Chance zu haben."

„Nachdem ihre Frauen sie zehn Jahre lang genau darum gebeten hatten, vergeblich natürlich."

„Exakt."

„Prost, Grit. Vielleicht bleibst du doch besser Single."

Einen dreiviertel Tag später hatte Mira ihren Geschenkgutschein eingelöst und war stolze Besitzerin eines nagelneuen Notebooks. Zwei weitere Tage später, nachdem sie das Wochenende bei ihrem Vater und dem Trennungsgrund verbracht hatte, verfügte sie über einen eigenen E-Mail-Account und Internetzugang, eingerichtet vom Trennungsgrund höchstselbst, der auf den Namen Charlie hörte. „Die heißt doch nicht wirklich Charlie", giftete Grit. „Vielleicht meintest du Cheyenne." Sie sprach das letzte „e" mit aus.

„Och, Mama, chill mal. Sie heißt Charlotte und wird Charlie genannt."

„Und sie hat dir dein Notebook eingerichtet? Nicht dein Vater? Ich hätte gedacht, dass sie sich mit ihren gelackten Krallen sofort in der Tastatur die Finger klemmt."

„Sie hat keine gelackten Krallen, nur am linken kleinen Finger und an den Füßen. Sie ist Informatikerin. Hat echt Ahnung von IT, sagt Papa."

„Ei-Tie!"

Mira klang, als wüsste sie, wovon sie sprach. Lächerlich! Gern hätte Grit ihre eigenen Krallen ausgefahren. Der Tag war gelaufen für sie. Wie sollte man mit einer 35-jährigen Blondine mithalten, die neben Pfirsichhaut im Farbton Honey und klassisch-bourgeoisem Vornamen auch noch einen IQ über 130 zu haben schien? „Schiebst du dir selbst 'ne Pizza in den Ofen, bitte. Deine Mutter muss an die frische Luft."

Grit schnappte sich ihr einziges Kaschmirjäckchen und Schmelings Leine und fuhr mit dem verdutzten Mops den

Mühlenberg hinunter an die Elbe. Im Zeitraffer war ihr Selbstwertgefühl auf die Größe einer Erdnuss geschrumpft, eine ganz neue Erfahrung. Sie hätte sich einen übel gelaunten Dobermann an ihrer Seite gewünscht, den sie auf jedes weibliche Wesen unter vierzig hetzen könnte. Dass sich zu ihren Füßen bloß ein schlaffer Schmeling über die Ufersteine quälte, war kein Trost. Wenigstens begegneten sie keiner attraktiven Geschlechtsgenossin in besagtem Alter.

„Wie guckt der denn aus der Wäsche?", sagte Sonja, als Schmeling später aus Grits Mini auf den Gehweg hopste. „Wie Weltuntergang. Dabei habe ich gelesen, ein Mops sei ein wahres Antidepressivum. Fröhlich, humorvoll und mit Spaß daran, wenn die Leute lachen."

„Dann weiß Schmeling wohl nicht, dass er ein Mops ist", sagte Grit, warf die Autotür zu und ließ die verblüffte Sonja stehen.

„Oder du lachst zu wenig", murmelte Sonja. Dass es zur Abwechslung Grit war, deren Level an positiver Energie unter null lag, zauberte ihr automatisch ein kleines Lächeln ins Gesicht. In der Nummer 23 trabte Schmeling direkt Richtung Küche zu seinem leeren Napf, während Grit nach oben stapfte und tat, als hätte sie ihre Tochter nicht gehört.

„Hey, Mama, willst du mal mein neues Notebook sehen?", hatte Mira aus dem Salon gerufen. So nannte Flora Perleberg ihr Wohnzimmer, das mit seinem offenen marmorverkleideten Kamin und den hohen Stuckdecken in der Tat an einen solchen erinnerte. Sie und Flora saßen einträchtig auf dem mit eisblauem Samt bezogenen Kanapée, Flora mit einem üppigen Mojito in der Hand, während Mira mit stolz geröteten Wangen vorführte, wie man sich durchs Internet klickt. Mit ihrem schwarzen Haar und dem hellen Teint sah sie aus wie das frisch auferstandene Schneewittchen.

„Möchten Sie es auch mal ausprobieren?", fragte sie.

Flora gab vor, über ein passendes Thema nachzudenken.

„Ach, gib einfach meine Adresse ein", sagte sie beiläufig, als fiele ihr nichts Besseres ein. Sie glaubte verstanden zu haben, wie das mit dem Klicken funktionierte, und sie brauchte nur ein paar Minuten allein mit diesem Ding. Als das Internet das Ergebnis zu ihrem Suchbegriff ausspuckte, warf sie einen Blick auf Schmeling, der an der offenen Tür zum Salon fordernd seine vier Stummelbeine ins Parkett stemmte.

„Tust du mir einen Gefallen, Mira, und fütterst eben Schmeling? Und dann bring mir doch bitte noch Eiswürfel mit. Mit Eiswürfelzange." Mira schob ihr das Notebook hin und stand auf. Ob Frau Perleberg das hinkriegen würde? Hoffentlich ließ sie es nicht fallen.

Flora Perleberg ließ es nicht fallen und sie kriegte es hin. Sie hatte ihren Drink auf dem Beistelltisch geparkt und mit Adlerblick sofort die Anzeige entdeckt. Nur dieser blöde kleine Suchpfeil wollte nicht wie sie. Kreuz und quer zuckte er über den Bildschirm, als wolle er sich über sie lustig machen, und plötzlich war er ganz weg. Flora brach der Schweiß aus. Zwischen Theorie und Praxis klafften offenbar doch Welten. Hatte sie etwas kaputt gemacht? An dem nagelneuen Teil? Sie setzte einen zitternden Mittelfinger auf die Wischfläche ganz unten an dem Gerät und fuhr mit ihm im Kreis. Wider Erwarten gelang es ihr, den boshaften kleinen Pfeil aus seinem Versteck hervorzulocken. Ganz langsam und vorsichtig manövrierte sie ihn auf die Anzeige. Uuuuund: Klick.

Da prangte der Text in seiner ganzen Perfidie: „Tausend*neun*hundert", entfuhr es ihr bei der zu gering angegebenen Quadratmeterzahl ihres Grundstücks. Als das Wort „Abrissgenehmigung" in ihr Blickfeld geriet, hätte sie es am liebsten mit ihrem gläsernen Cocktailspieß aufgespießt, einem Relikt aus den Fünfzigern mit Mini-Erdbeere aus Porzellan am oberen Ende. Sie hörte Mira in der Küche die Kühlschranktür zuwerfen und geräuschvoll in einer Schublade nach der Eiswürfelzange wühlen, die es nicht gab. Beziehungsweise die ganz woanders lag. Gleich würde sie genervt im Türrahmen stehen. Flora wusste nicht, wie sie die Anzeige auf die Schnelle verschwinden lassen sollte, klappte kurz entschlossen den Computer zu und legte ihn neben sich aufs Kanapée.

„Schon fertig?", fragte Mira, als sie mit einer Schale Eiswürfel und der Zuckerzange zurückkam und Flora beides reichte.

„War uninteressant", erklärte diese. „Bloß das örtliche Telefonbuch. Aber meine Nummer kenn ich ja."

„Okay, dann übernehm ich wieder. Und ich glaub, ich muss mal nach Mama gucken. Die ist sauer auf mich." Schneewittchen schnappte sich das Notebook und erklomm gemächlich die Treppe nach oben.

Flora war ebenfalls sauer. Sauer war gar kein Ausdruck. Sie konnte sich nicht von der Stelle rühren, so sehr hatte Barbaras Verrat sie getroffen.

Abrissgenehmigung! Mir gegenüber hat sie immer behauptet, ihr gefalle meine Straße so gut. Und erst das Haus und der Garten: so wild romantisch! Welche Freude, in ferner Zukunft selbst dort leben zu dürfen. Sie würde alles so bewahren wie es war, versprochen, höchstens das Dach neu decken lassen und die Haustür ersetzen, durch die es bei Ostwind zieht, als sei sie aus Pappe.

Ferne Zukunft, von wegen! Barbara scheint in Bälde mit meinem Ableben zu rechnen, warum sonst das voreilige Inserat? Immerhin erklärt es die beiden Gestalten, die neulich mit dem Feldstecher um mein Haus geschlichen sind. Wozu, frage ich mich, wenn es doch abgerissen werden soll?

Es stand schon einmal auf dem Spiel, mein Haus. Zweimal, genaugenommen, und zwar im Wortsinn. Beim ersten Mal wusste ich nichts davon, weil es mir nicht gehörte. Es gehörte einem Mann, der in den Hamburger Bombennächten seine gesamte Familie verloren hatte. Er sah nicht länger einen Sinn im Besitz irdischer Güter. Und er wollte nichts mehr zu verlieren haben. Bevor die britische Besatzungsmacht die Villa als Unterkunft für ihre Offiziere konfiszieren würde, konnte sie sie ebenso gut geschenkt haben. Bei einem Pokerspiel verzehnfachte er damit seinen Einsatz und verlor wie geplant. „Good luck", sagte er zu dem jungen Captain, als er ging und schob ihm die Papiere hin. „You will find the keys in the flower pot near the doorstep." Ein paar Tage später fand man seine Leiche an einem Schleusentor an der Alster.

„Freedom's just another word for nothin' left to lose ..." Dieser Mann, dem ich nie begegnet bin, war es, an den ich denken musste, wenn ich in den Siebzigern den Janis Joplin-Song hörte. Von dem Toten hat der Captain mir erst später erzählt. Nachdem er herausgefunden hatte, dass er als Angehöriger der alliierten Streitkräfte kein Haus in Hamburg besitzen durfte. Das war das zweite Mal, dass es auf dem Spiel stand. Diesmal für uns. Mit Hilfe eines Notars, den er mit Zigaretten und einer Gallone schottischem Whiskey bezahlte, ließ er mir das Haus überschreiben. Ich war gerade einundzwanzig geworden. Geschäftsfähig.

Gesellschaftsfähig war ich nicht. Wie auch, als „Flittchen" eines Offiziers der Besatzungsmacht. Erst als es vorbei war, begriffen die Nachbarn, dass ich bleiben würde. Das Flittchen war die Eigentümerin der Villa, mit Brief und Siegel, und würde sich weder durch böse Blicke noch durch vollständige Nichtbeachtung vertreiben lassen.

Die Hexe von nebenan, ehrenwerte Gattin eines Nazi-Juristen, der wieder gut untergekommen war in der bundesrepublikanischen Gerichtsbarkeit, hat mich mal gefragt, wo er abgeblieben sei. So auf die scheinheilige Tour: „Na, kommt er nicht mehr? Hat wohl doch was Seriöses gesucht."

„Stimmt", habe ich geantwortet. „Ist zurück zu seinem biederen Hausmütterchen von einer Frau." Sonst wollten die Nachbarn nichts mit mir zu tun haben. Haben das gefallene Mädchen in mir gesehen. Aus ehemals gutem Hause, das durch seine Eskapaden ein paar Stufen in der Achtung der wohlanständigen Bürger gesunken ist. Sie wandten sich ab, wenn sie mich sahen, gaben vor, mich nicht gesehen zu haben oder rümpften deutlich sichtbar die tugendhaften Nasen über mich. Nun, sie kümmerten mich nicht. Die Sittenwächter der Straße, die mit dem vielen Nazi-Dreck am Stecken, sind peu à peu von uns gegangen, meist auf sanfte Art, die ihnen in keiner Weise zustand. Nur der Hirn-

tumor von schräg gegenüber hat bekommen, was er verdiente. Ich hoffe, er hat seine Schandtaten lebensgroß vor sich gesehen, bis zuletzt.

Ich habe es mit meiner Fast-Jahrgangsgenossin Hildegard Knef gehalten, der „Sünderin". „Hildchen" fand die Aufregung über ihre Filmrolle als nackte Prostituierte in den prüden Fünfzigern vollkommen unangemessen, zumal von Leuten, die an den Verbrechen der Nazi-Zeit moralisch keinerlei Anstoß genommen hatten. Ein paar Sekunden nur war sie nackt zu sehen gewesen im Film. Die Empörung über den „Schundfilm", der angeblich Prostitution, Tötung auf Verlangen und Selbstmord als einzigen Ausweg rechtfertige, hielt jahrzehntelang an.

Alles eine Frage der Relation. In dem Punkt komme ich selbst nicht sonderlich gut weg, ich weiß. Aber wie hätte ich anders handeln können damals? Ich musste reagieren. Schnell. Und ich stand unter Schock.

So wie jetzt: Abrissgenehmigung!

Was, wenn sie das gesamte Grundstück umgraben und auf mein Geheimnis stoßen?

Seit ich nicht mehr allein im Haus wohne, habe ich weniger oft daran gedacht und ihn nicht täglich besucht. Ich möchte kein Aufsehen erregen und war erschrocken, als ich Claire da neulich in aller Frühe beim Tennisplatz sah. Vielleicht weil sie Französin ist – wie er. Mit etwas Glück bin ich bereits tot, wenn sie ihn finden. Wäre am besten so. Dann können sie mich gleich dazulegen. Es sei denn, Barbara hat mich zu Lebzeiten entmündigen und in ein Heim stecken lassen. Wer weiß, vielleicht arbeitet sie schon daran. Sie ist schließlich die Alleinerbin des Hauses hier. Mit Vorsorgevollmacht ... Der Rest geht an den World Wildlife Fund; Tiere waren mir immer schon näher als Menschen. Hm. Barbara hat in letzter Zeit viel fotografiert, wenn sie hier war. Auch mich. Sehe ich jetzt Gespenster, oder sollen die Fotos womöglich als Beweis für meine Unzurechnungsfähigkeit dienen? Nach dem Motto, schaut mal, wie diese verrückte Alte in der Gegend herumläuft. Kann sich alleine nicht mehr vernünftig anziehen.

Dabei ist meine Art, mich zu kleiden, eine Schutzhülle für mich. Hält die Spießer von mir fern. Ende der Siebziger fing ich damit an. Da war ich Anfang fünfzig. Sollten sie mich doch für verrückt halten und stumpf anglotzen wie die Kühe auf der Weide. Ich will nichts von diesen Leuten. Ist der Ruf erst ruiniert ... Heute lächeln mich die Richtigen an, wenn ich im Café sitze oder auf einer Parkbank. Bei manchen ist vielleicht etwas Skepsis dabei, aber oft sehe ich eine gewisse Faszination: Die traut sich was. Und sie tut, was sie will. Vor allem den Jungen scheint es zu gefallen.

Abrissgenehmigung! Das wollen wir doch mal sehen.

Was zuvor nur in Flora Perlebergs Innerem gegrummelt hatte, begann zu gären. Wie war das möglich? Das Haus gehörte Barbara nicht, noch nicht, sie konnte keine Abrissgenehmigung erwirkt haben. Sie bluffte. Die Erkenntnis ließ eine Welle der Erleichterung durch Floras Adern rauschen. Natürlich, Barbara bluffte, um die Offerte interessanter zu machen und das Spektrum der möglichen Bieter zu erweitern. Nun, Flora Perleberg würde nicht bluffen. Und sie hatte keine Zeit zu verlieren.

Es braute sich etwas zusammen über Barbara Avidus.

DREIZEHN

Alex hatte die Immoscout-Anzeige täglich gecheckt. Nach kaum zwei Wochen verschwand sie aus dem Netz; ein eindeutiges Zeichen, dass Barbara Abgebrüht hinreichend Angebote für das Grundstück bekommen haben dürfte. Bei Alex begannen erneut die Alarmlämpchen zu glühen. Sie haderte noch immer mit sich, ob man Flora Perleberg aufklären sollte. Dass mittlerweile vier Personen in der Straße über die Vorgänge auf dem Laufenden waren, inklusive Flora Perleberg selbst, ahnte sie nicht. Acht, wenn man Michael, Andreas und die Zwillinge mitzählte, was nicht nötig war. Sie hatten sie bereits wieder vergessen. Nur Alex und Grit wussten voneinander, und Flora Perleberg von Sonja.

Dass mit Mira eine fünfte Mitwisserin im Bilde sein könnte, auf die Idee kam keine von ihnen. Als sie nach Floras Suchaktion den Computer aufgeklappt und den Bildschirm entsperrt hatte, war sie über den Immoscout-Eintrag gestolpert. Frau Perleberg hatte nicht wissen können, dass er nicht von alleine in die Abgründe des PCs zurücksinken würde, sobald man den Deckel zuklappte. Interessant, dachte Mira: „Bloß das örtliche Telefonbuch" war offensichtlich geflunkert gewesen. Aber wieso? Warum hielt Frau Perleberg geheim, dass sie einen Käufer für die Villa suchte? Sollte es eine besondere Überraschung für ihre Mieterinnen werden? Nun, Mira würde es jedenfalls für sich behalten. Vor allem gegenüber ihrer Mutter. Wissen ist Macht, pflegte ihr Geschichtslehrer zu sagen. Wer weiß, wozu man die Information noch gebrauchen könnte. Außerdem war ihre Mutter gerade schon hochgradig geladen wegen des Notebooks zum Geburtstag und wegen Charlie. Da musste man die Gewitterwolken um ihre Stirn nicht durch eine drohende Wohnungskündigung weiter verdunkeln.

Die Einzigen, die ihr Dasein in seliger Ahnungslosigkeit genossen, waren Schmeling und Claire. Claire hatte sich häuslich eingerichtet. An sonnigen Tagen saß sie, mit Flora Perlebergs Einverständnis, auf der Veranda oder an einem alten Klapptisch im Garten und arbeitete an ihrer Masterarbeit. Alex konnte sie durch die Hecke sehen. Sie mochte die ruhige Konzentration, in der Claire dasaß, die Art, wie sie in Gedanken versunken ihre Zigarette in der Luft balancierte und überhaupt die friedliche Stimmung, die das Bild ausstrahlte. Als existierte sie einzig in diesem Augenblick. In letzter Zeit trug sie ständig den Perleberg'schen Fascinator. Um sich leichter in frühere Zeiten zurückversetzen zu können? Das Wort fand Alex noch immer bescheuert, doch die blasslila Federn wippten wie ein gefiederter Heiligenschein um Claires Kopf und gaben der Szene etwas aus einem anderen Jahrhundert. Fehlte nur, dass Renoir die sonnendurchwirkte Impression in einem Gemälde festhielt. Die Gauloise könnte er ja weglassen.

Womöglich inspirierte der kokette Kopfschmuck Claire bei der Arbeit über die nicht besonders romantischen Verhältnisse der Nachkriegszeit, die alles andere als glamourös gewesen war. Oder sie fand sich einfach schön damit. Sich schön finden konnte durchaus inspirierend wirken, das wusste Alex von sich selbst. Seit sie die Fünfzig überschritten hatte, passierte es ihr nur sehr sporadisch, aber doch öfter als ihrer Tochter. Elin fand ihr Aussehen nur dann nicht „zum Reihern", wenn sie gerade schlief. Gelegentlich beneidete Alex ihre Freundin Grit um Miras selbstbewusste Eigenwahrnehmung. Die gefiel sich sogar in der Gothic-Version und mit einer Ausstrahlung wie Nosferatu.

Alex lenkte sich mit Arbeit von der Anzeigennummer ab. Am Vortag hatte sie ihrer Auftraggeberin die Pläne und Entwürfe der Möbel für die Strandbar präsentiert, nebst Fotos von maritimen Requisiten. Die Auftraggeberin war hochzufrieden, und als Alex im Anschluss an das Treffen beschwingt durchs Dorf spazierte und sich in dem kleinen Café am Marktplatz einen Cappuccino gönnte, lächelte ein ihr unbekannter Mann sie an. Zugegeben, einer über sechzig, aber so what! In der Not frisst der Teufel Fliegen.

Auch Flora Perleberg schien sich von ihrer jungen Mieterin angezogen zu fühlen. Alex konnte sehen, wie sie den zum Leben erweckten Renoir in ihrem Garten wohlwollend betrachtete. Sie stellte Claire sogar eine alte Kaffeekanne mit Wildblumen aus dem Garten neben die Papiere und Bücher, die sich auf dem Klapptisch stapelten. „Oh, merci, Madame, das ist aberr nett."

„Darf ich?" Flora nickte in Richtung des hellblauen Gauloises-Päckchens ganz oben auf dem Bücherstapel.

„Mais bien sûr. Servez-vous." Claire hielt ihr das Päckchen hin und zog einen der weißen Stängel für sich selbst heraus. Sie sprang auf, um für die alte Dame einen Korbstuhl von der Veranda zu holen.

„Ich will Sie nicht stören", sagte Flora. „Sie haben sicher viel zu tun."

„Manschmal man braucht ein Pause. Isch bin kein Roboter."

Ein wenig umständlich ließ Flora Perleberg sich im Korbstuhl nieder. „Kommen Sie voran?"

„Ja, aberr langsamer als ich möschte."

„Warum recherchieren Sie für Ihre Arbeit eigentlich in Hamburg?", fragte Flora. „Hier waren die Briten Besatzungsmacht, und Sie sind Französin. Ich habe zu der Zeit nur einen Franzosen in Hamburg gekannt. Einen halben, wenn man's genau nimmt."

„Sie 'aben einen gekannt? Einen 'alben? Wie geht das?" Claire wirkte plötzlich so interessiert, dass Flora beschloss, vorsichtig zu sein.

„Flüchtig", antwortete sie, doch Claire ließ nicht locker.

„Den mit den Küken?"

„Nein, das war viel viel später", log Flora. „Aber Sie haben meine Frage nicht beantwortet. Wieso Hamburg?"

„Weil isch in eine spannende Stadt wollte. Im Saarland ist die 'und begraben, so sagt man doch, oder?" Claire blickte ein wenig irritiert, als habe man sie von einer Fährte abgebracht, die zu verfolgen sich gelohnt hätte, die sie aber so schnell nicht wiederfinden würde. Sie hatte den Faden verloren. „Das Rheinland, die Pfalz und Baden-Württemberg 'abe isch auf die Zettell, aber isch möschte nicht nur über französische Soldaten schreiben, sondern auch über die Briten und Amerikaner."

„Na, dann viel Vergnügen", sagte Flora. „Unter den Umständen haben Sie noch wenigstens zehn Jahre mit ihren Recherchen zu tun. Vielleicht sollten Sie wenigstens die Amerikaner weglassen." Sie ließ einen Aschewurm zu Boden trudeln. „Liaisons zwischen Besatzern und Besetzten gab es wie Sand am Meer damals. Irgendwie musste man miteinander klarkommen. Und überleben", setzte sie hinzu. „Kommen die Russen auch noch dran?"

„Isch spresche kein Russisch", erklärte Claire bedauernd. „Und isch glaube, das mit den deutschen Frauen und die russischen Männer war eine andere Geschichte."

„Das glaube ich allerdings auch."

„Gab es eigentlisch so etwas wie Liebe?", fragte Claire. „Oder nur Liaisons?"

„Vielleicht", antwortete Flora vage. Sie schaute dem Zitronenfalter zu, der um Claires gefiederten Kopfputz tanzte, bevor er sich auf einer Glockenblume in der Kaffeekannenvase niederließ, als wolle er ein wenig zuhören. Er wurde enttäuscht. Die Konversation war beendet. Flora Perleberg hing ihren Gedanken nach, während Claire nach einem Moment des Wartens die Zigarette im Aschenbecher ausstupste und das Notebook zu sich heranzog, um weitere Buchpassagen zu transkribieren.

Liebe in Uniform? Na ja, die Beziehungen zwischen uns deutschen Mädchen und Frauen und den „boys" aus den USA und England hatten viele Facetten. Nicht alle waren romantischer Natur. Meine sechs Jahre ältere Großcousine Marianne hatte es ins Rheinland zu einer Großtante verschlagen. Während die Binnenalster mit schwimmenden hölzernen Gebäudeattrappen zugebaut wurde, um die feindlichen Bomberpiloten in die Irre zu führen, verließ sie mit ihrer jüngeren Schwester Hamburg, um kurz darauf in einem rheinischen Dorf einen Soldaten auf Heimaturlaub zu heiraten. Eine Blitzromanze, bei der der Donner jahrelang auf sich warten ließ und fast gar nicht mehr gekommen wäre.

Als Marianne ihren Hermann wiedersah, einen Russlandfeldzug und dreieinhalb Jahre Kriegsgefangenschaft später, hätte sie ihn fast nicht erkannt. Ausgemergelt wie eine Vogelscheuche stand er vor ihr, und sein aufgedunsener Wasserkopf passte nicht mehr zum Rest des Körpers. „Der sieht aber gar nicht mehr schön aus", sagte ihre junge Schwester und schämte sich nur ein bisschen dafür.

Noch weniger fand Hermann sich zurecht. Er konnte nicht fassen, wie weit Mitte 1946 die deutsch-französische Freundschaft bereits wieder gediehen war. Insbesondere die zwischen den Geschlechtern.

Seine eigene Schwester hatte umgehend ihr attraktives Äußeres dazu genutzt, mit einem französischen Offizier anzubandeln. Trotz – oder wegen – eines Ehemannes, der sich in amerikanischer Gefangenschaft befand und davon natürlich niemals etwas erfahren durfte. Dass Helga kein Wort Französisch sprach, stellte bei dieser Art Kommunikation kein Hindernis dar. Hermanns nicht minder hübsche Ehefrau Marianne trug ebenfalls zur neuen Völkerverständigung bei. Angetan mit einem Dirndl, das aus dem roten Stoff einer ehemaligen Hakenkreuzfahne genäht war, weißer Bluse und blauer Schürze, schickte man sie in die französische Kommandantur, damit die Familie die Lizenz zur Betreibung des familieneigenen Kinos zurückerhielte. Die Franzosen hatten im Kino ihr Hauptquartier, sagten aber nicht „Non" zu Marianne, die noch dazu den Namen ihrer Nationalheiligen trug.

„Mademoiselle Marianne", sagten sie, „Sie sind so schön in unsere Nationalfarben gekleidet, da können wir Ihnen die Lizenz wohl nicht

verwehren." Die 26-jährige Marianne hatte so wenig Ahnung von den französischen Nationalfarben, geschweige denn einer gleichnamigen Nationalheiligen, wie die Franzosen von der ehemaligen Hakenkreuzfahne. Die Familie durfte das Kino bald darauf wieder in Eigenregie betreiben.

„Wir sind da draußen verreckt wie die Fliegen", brüllte Hermann in seinem deftigen rheinischen Dialekt, als er von all dem erfuhr, „und ihr seid schon wieder ein Kopp und ein Arsch."

Mit 250.000 deutschen Soldaten war er unter grausamen Bedingungen in Stalingrad eingekesselt gewesen. Als einer von nur 6000 hatte er das Gemetzel, den Hunger und die darauffolgende Gefangenschaft überlebt. Er hatte etwas Russisch gelernt und sich in der Schreibstube eines Arbeitslagers im hinteren Ural heimlich seine eigenen Entlassungspapiere ausgestellt. Er hatte seinen Ehering verschluckt, damit der nicht in russische Hände geriete. Mit einem Krankentransport war Hermann, versteckt in der Zugtoilette, in die Heimat zurückgekehrt, womit zu Hause so zeitig niemand gerechnet hatte; nicht einmal vermisst gemeldet war er. Und nun sollte er auch noch dankbar sein, dass er durch einen weiblichen Feldzug ganz anderer Art im zurückeroberten Kino als Filmvorführer arbeiten durfte?

Ich hätte ihm nicht unter die Augen kommen mögen in dieser Zeit. Mein Fall lag schlimmer als der seiner Schwester. Viel schlimmer. Bei der leichtlebigen Helga war es nur eine Affäre.

„Ah, j'en ai marre de ces papiers", ich habe keine Lust mehr auf diesen Papierkram, sagte Claire und warf den Bleistift ins Gras, mit dem sie zuletzt ganze Passagen in ihrem Buch unterstrichen hatte. Mit ihrer kleinen Eruption holte sie schlagartig Flora aus der Vergangenheit zurück in die Gegenwart.

„Sie sollten sich glücklich schätzen, dass Sie das alles nur in Schwarz-Weiß auf dem Papier erleben oder in alten Filmen! Nicht in Farbe und in echt wie wir. In den Filmen über die Zeit ist alles Grau in Grau. Das entrückt sie der Realität. Aber die Sonne scheint auch im Krieg, obwohl man es nicht glauben mag, und meiner Generation hat sich alles in Farbe ins Gedächtnis gebrannt."

Claire mochte sich von Flora nicht maßregeln lassen. In ihrem Kopf kramte sie nach einer ganz konkreten Frage, damit sie keine dieser Kriegslitaneien über sich ergehen lassen musste, wie sie sie von ihrer Großmutter kannte. „'aben Sie nach dem Krieg noch einen anderen Besatzungssoldaten gekannt außer dem 'alben Franzosen? Einen ganzen vielleischt?"

„Einen?", gab Flora zurück. „Ich habe zu der Zeit fast niemand anderen gekannt als Besatzungssoldaten. Sie waren mein täglicher Umgang beziehungsweise mein nächtlicher, und sie waren meiner Reputation nicht zuträglich."

„Oh, racontez." Erzählen Sie. In Erwartung einer großen Portion romantischer Anekdoten oder Pikanterien – in Uniform oder ohne – griff Claire nach ihren Gauloises. Sie bot Flora eine an und setzte sich wohlig in ihrem Korbstuhl zurecht.

„Bei mir waren zwei Flüchtlingsfamilien aus Ostpreußen einquartiert, die Schlimmes erlebt hatten auf ihrem Treck gen Westen. Immerzu roch es nach gekochten Kartoffelschalen, viel üppiger fielen die Mahlzeiten nicht aus. Ich arbeitete in einer Art Offizierskasino und brachte ab und zu etwas Schokolade für die Kinder mit oder Kaffee für ihre verhärmten Mütter. Fünf Kinder waren es im Haus. Ein Säugling war auf dem Flüchtlingstreck übers Haff erfroren, einer der Ehemänner in Russland verschollen."

„Quel horreur", flüsterte Claire.

„Ja, die Zeiten waren nicht komfortabel", konstatierte Flora knapp. „Dass ich nicht mehr allein war in meinem Haus, hat mich nicht gestört. Im Gegenteil. Ich war nur tagsüber da, und da schlief ich meistens wie ein Stein. Meine Arbeitszeit im Club war nachts. Ich war froh, mit den Engländern arbeiten zu können. Schon als Sekretärin im Wohnungsamt hatte ich viel mit ihnen und ihrer Militärverwaltung zu tun, ab Anfang 1948 war ich in einem britischen Club beschäftigt, lief sozusagen komplett zum ehemaligen Feind über. Die Nachtarbeit behagte mir mehr. So musste ich nicht einsam zuhause herumsitzen und mich nachts von meinen Gedanken quälen lassen. Manchmal hat man einfach keine Lust, seine eigenen Gedanken zu denken. Kennen Sie das?"

„Noch nischt", antwortete Claire, die sich nicht vorstellen konnte, dass es jemals so weit kommen könnte.

„Die Briten waren auch deshalb angenehmer im Umgang, weil sie einfach heiterer waren und unbeschwerter als unsere eigenen armseligen Kriegshelden, die wie geprügelte Hunde in die zertrümmerte Heimat und in ihr ramponiertes Leben zurückkehrten. Wenn sie zurückkehrten. Sieger sind eine anziehende Spezies, wenn die Schlachten vorbei sind. Die Tommys hatten den Krieg gewonnen, sie waren obenauf und legten eine entsprechende Haltung an den Tag. Mit ihrem Old Spice-Aftershave rochen sie sogar besser. Nach Sieger, nach In-the-Mood, nach Mann."

„Heute würde man wohl sagen, sie warren cool." „Kull" sprach Claire das Wort aus mit ihrem charmanten französischen Akzent.

„Ja, sie waren ‚kull'", bestätigte Flora. „Zum Teil ging es hoch her in den englischen Clubs. In der Regel tummelten sich dort keine Ehefrauen, von denen ja auch bereits welche mit ihren Kindern in Hamburg lebten. Den Männern gefiel die flirtige Atmosphäre im Club. Ich habe hinter der Bar gearbeitet. Da war es leichter, die Jungs auf Abstand zu halten und die eigenen Gedanken in Schach. Eine Freundin von mir hat es nicht durchgehalten. Im Februar 1943, mit neunzehn und kurz vorm Abitur, hatte sie per Ferntrauung einen jungen Leutnant geheiratet."

„Ferrntrauung? Was ist das", fragte Claire und bückte sich nach ihrem Bleistift, um Notizen zu machen.

„Die übelste Form von Kriegshochzeit, die es gab", erwiderte Flora. „Dann lieber gar nicht. Ingeborg stand in Hamburg-

Eppendorf im Standesamt, ihr Verlobter in seinem Gefechtsstand bei Stawropol am Feldtelefon. Die Fernsprechleitungen wurden freigeschaltet und die beiden haben sich fernmündlich das Ja-Wort gegeben oder zugeschrien, während jeder einzelne Fernmeldeposten von Ostpreußen bis in den Kaukasus mithörte und sich einen feixte. Romantischer geht's nicht. Bis heute frage ich mich, wie Ingeborg sich zu der Prozedur hat überreden lassen können."

Claire biss sich auf die Lippen. „Und was 'eißt: Sie hat nischt durchge'alten?"

„Keine vier Wochen nach der kaukasischen Feldtrauung ist ihr Leutnant gefallen. Inge war am Boden zerstört. Ich habe sie als Sekretärin bei der Militärverwaltung kennengelernt. Zusammen haben wir später in dem britischen Club angefangen. Sie hat weitergemacht, bis sie nicht mehr konnte. Die Normalität nach dem Krieg hat sie nicht ertragen. Die Frivolität und die Vergnügungssucht, die dort herrschten, die Flirterei, einfach die Leichtigkeit, und auch die Leichtlebigkeit. Eines Tages, kurz vor der Währungsreform, ist sie abends nicht erschienen. Am nächsten und am übernächsten Abend auch nicht. Ihre Vermieterin hat sie mit geöffneten Pulsadern in ihrem Zimmer in einer Eppendorfer Villa gefunden. Wie eine Furie ist sie im Club aufgetaucht, hat über die Sauerei geschimpft und wollte die noch ausstehende Miete eintreiben."

„Furie?", fragte Claire.

„Canaille", sagte Flora. „Die Tommys und ich haben ihr die Scheine vor die Füße geworfen. Viel anfangen konnte sie nicht mehr damit. Zwei Tage später kam die Währungsreform mit ihrer blitzblanken unschuldigen D-Mark."

„Mon Dieu, was fürrh Geschichten." Claires „Gefieder" zitterte um ihr dunkles Haar, als sie den Kopf schüttelte. „Welsch ein Glück, im 'eute zu leben."

„Wie man's nimmt", sagte Flora Perleberg. „Sie hören ja, die Erinnerungen sind alle noch da. Man muss nur ein wenig an der Oberfläche kratzen, schon stehen sie Spalier und machen sich lustig über jeden, der glaubt, sie hinter sich gelassen zu haben." Claire nickte Richtung Tisch. „Warum verbringe isch meine Zeit eigentlisch mit diesen Büchern. Es ist viel interessanter, Ihnen zuzuhören. Sie sind ein so lebendige Quelle. Und Ihrre Garrten ist viel schönerr als diese muffige Bibliothèque."

„Ja, mein Garten", erwiderte Flora. „Er liegt mir am Herzen wie nichts sonst."

„Sind Sie mit einem von ihnen ausgegangen? Isch meine, hatten Sie einen englischen Freund damals in Ihrre Club?"

„Nichts Ernstes. Schon ab 1945/46, als sich abzeichnete, dass die Alliierten länger in Deutschland bleiben würden, zogen ihre Familien nach. Da wurden viele von ihnen plötzlich ganz brav. Ab den Fünfzigern lebten die Briten in Hamburg in eigenen Siedlungen mit allem Drum und Dran: Schulen, Läden, Reisebüros und sogar Kinos. Für uns Deutsche waren diese Orte off-limits; wir durften da nicht hin. Zu den Familien hatten wir keinen Kontakt. Nur Tom wurde ein guter Freund."

„Major Tom?"

Flora lächelte. „Ja, ausgerechnet. Mein ganz persönlicher Tommy. Er war mehr mein Beschützer als irgendetwas anderes. Mein Herz war schon in festen Händen."

„Ah, bon?" Routiniert zog Claire die Augenbrauen hoch. Zu ihrem Bedauern ging Flora nicht darauf ein. „Ein deutscher Soldat, weit weg in Kriegsgefangenschaft wie derr Mann von Marianne?", hakte sie nach.

„Noch weiter weg", erwiderte Flora. „Unerreichbar weit weg." Kühl krallte sich ihr Blick in Claires grüne Augen. „Er war tot."

„Tot?" Fast hätte Claire sich die Hand vor den Mund geschlagen, so sehr erschrak sie. Obwohl der Tod zu jener Zeit nicht gerade ein außergewöhnliches Schicksal für einen jungen Mann war. Instinktiv wusste sie, dass Flora nicht mehr dazu sagen würde. Fieberhaft suchte sie in ihrem Hirn nach einem Satz, der Mitgefühl ausdrücken, aber nicht weiter ins Seelenleben der alten Dame dringen sollte. „Und Major Tom?", stotterte sie schließlich. „Err war zufrieden mit seine, eh bien, Beschützerrolle?"

„Was blieb ihm anderes übrig", sagte Flora nur und erhob sich. „Mein Herz hatte der andere für immer mitgenommen."

Bravo! Claire hätte sich ohrfeigen können.

VIERZEHN

„Na, so was! Lange nicht gesehen. Gibt es dich auch noch?" Wenn nötig, focht Flora Perleberg mit dem Säbel, nicht mit dem Florett.

Ihre Steuerberaterin war einigermaßen baff über die Begrüßung durch ihre Mandantin. „Nun, mir scheint, du bist bestens versorgt, Floralein", säuselte sie, nachdem sie sich von der brüsken Anrede erholt hatte. „Ich hatte schon das Gefühl, du hast gar keine Zeit mehr für deine alte Freundin Barbara."

„Ah, meine alte Freundin Barbara", machte Flora, „für die habe ich doch immer Zeit." Dabei pustete sie der alten Freundin eine großzügige Gauloises-Schwade ins Gesicht, die sie der Form halber mit den Fingern wegwedelte. „Oh, pardon", sagte sie, „war keine Absicht."

Sah aber ganz danach aus, dachte Barbara Avidus, verkniff sich jedoch eine entsprechende Bemerkung. Ihre Stimmungsfühler richteten sich in Habachtstellung auf wie Körperhärchen bei beginnender Gänsehaut. Eine gewisse Unruhe breitete sich in ihr aus, wenn sie auch nicht mit Bestimmtheit hätte sagen können, warum. Machte Flora sich lustig über sie, und lag da etwa ein schnippischer Unterton in der warmen Nachmittagsluft? Was war los?

Auf unberechenbare Anflüge von schlechter Laune hatte man sich bei Flora verlassen können und auf gallige Bemerkungen von ihr musste man jederzeit gefasst sein. Doch nach übler Laune sah es gerade ganz und gar nicht aus. Im blaugrundigen Mille-fleurs-Kleid und breitem Haarband aus dem gleichen Stoff thronte Flora in ihrem Korbsessel und wirkte ebenso vergnügt und farbenfroh wie die wilde Blumenwiese im Garten. Grit Lindner und ihr Rasenmäher hatten offenbar eine ausgedehnte Schaffenspause eingelegt. Die Halme standen fast wadenhoch, bogen sich im lauen Wind und waren durchsetzt mit Gänseblümchen, schwankenden Butterblumen und einem ihr unbekannten rosa Gewächs. Vereinzelt entdeckte Barbara sogar fliederfarbenes Wiesenschaumkraut.

„Macht ihr hier jetzt auf Biotop?", fragte sie mit einer ausladenden Armbewegung Richtung Garten.

„Tja, du warst länger nicht hier, und Grit findet es lässiger so", antwortete Flora Perleberg mit süffisantem Lächeln. Sie war weit davon entfernt, die Linde zu duzen, doch das konnte Barbara nicht wissen. Zufrieden registrierte Flora, wie der rechte Mundwinkel ihrer Besucherin bei dem vertraulichen „Grit" Richtung Ohr zucken wollte. Mit Mühe gelang es Barbara, den Reflex zu kontrollieren. Sehr schön! Geschah ihr recht, wenn sie ein wenig ins Schleudern geriet.

Flora beugte sich vor und platzierte die qualmende Zigarettenspitze auf den Rand des Aschenbechers. Himmelblaue tropfenförmige Glasohrringe tanzten ihr verwegen ums Kinn. In Kombination mit dem geblümten Band um ihr zur Wolke aufgetürmtes Haar löschten sie mühelos das letzte Jahrzehnt von ihrem Lebenskonto. „Aber bitte, nimm doch Platz, meine liebe Barbara. Was macht die Kunst?"

Floras Augen blitzten übermütig. Wie die von Urmel aus dem Eis, wenn es etwas ausgefressen hat, dachte Mira, als sie an ihr vorbei mit Elin zum Gartenteich schlenderte. Oder wenn es plant, etwas auszufressen. Floras Gast hatte einen ähnlichen Eindruck. Floras himmelblaue Mille-fleurs-Aura war mehr als beunruhigend, was sich umgehend auf ihre eigene auswirkte: Unsichtbar pulsierte sie in sattem Stress-Rot. Nic hätte sie es zugegeben, doch Barbara Avidus fühlte sich weit weniger selbstsicher in der Gegenwart der alten Dame als sonst; sie schreckte hoch, als das Gartentor scheppernd ins Schloss fiel.

„Oh, hoher Besuch." Bepackt mit einer grün-pink gestreiften Korbtasche, die nach Südseeinsel aussah und aus der eine

Strandmatte hervorlugte, erschien Grit auf der Veranda. Ihr Haar war nass und ihren durchtrainierten Körper umflatterte ein neonpinker Pareo mit orangefarbenen Fransen. Die weiße Bluse hatte sie über dem Bauchnabel geknotet. Fehlten nur noch ein Büschel Palmwedel um ihren Kopf, eine Piña Colada in der Hand und ein knackiger Gigolo, der ihr die Luftmatratze, wahlweise das Surf-Board, hinterhertrug. „Einfach herrlich, so ein Bad in der Elbe", rief sie. „Kein Vergleich mit dem trubeligen Freibad. Das sollten Sie unbedingt mal probieren, Frau Avidus. Parkplatz findet man auch leichter. Jedenfalls an Wochentagen."

„Gott bewahre. Ich bevorzuge meinen Pool", erwiderte diese. „Parkplatzprobleme habe ich an seinem Ufer auch nicht. Und im Übrigen pflege ich zu arbeiten an Wochentagen." Trotz vollem Terminkalender und Pool mit Parkplatz zog sie den Kürzeren.

„Also, ich beabsichtige auf jeden Fall, das auszuprobieren", erklärte Flora. „Es ist Jahrzehnte her, dass ich in der Elbe gebadet habe, aber heute, wo der ganze Ostblockdreck raus ist, ist es ja wieder bedenkenlos möglich." Sie zupfte eine imaginäre Fluse aus ihrem Haarband. „Da kann man sich das ganze Capri glatt sparen. Und einen Limoncello in erstklassiger Qualität bekommst du auch beim Weinhändler in der Blankeneser Landstraße."

„Nun, mein Pool steht dir jederzeit zur Verfügung, falls du es dir anders überlegst, liebste Flora, und nicht mit Elbschlick paniert aus dem Wasser kommen möchtest." Barbara Avidus' rechter Mundwinkel machte sich nun doch selbstständig.

„Chlor ist auch nicht gesünder." Flora griff nach ihrer Zigarettenspitze, an deren Ende die Gauloise zwischenzeitlich ihr Leben ausgehaucht hatte.

„Nun, jeder wie er mag." Ein gleichermaßen strahlendes wie unaufrichtiges Lächeln flutete Grits Antlitz. „Man sollte nur darauf achten, bei Stauwasser in der Elbe zu baden, also kurz bevor die Flut kippt und das Wasser wieder Richtung Nordsee fließt. Und unbedingt parallel zum Ufer schwimmen. Nicht dass Sie am Ende noch ein Strudel unter Wasser zieht. Einen angenehmen Nachmittag noch, die Damen."

Flora hatte definitiv einen solchen. Sie piesackte ihren Besuch mit kryptischen Bemerkungen, die nicht einzuordnen waren, und genoss die zunehmende Ratlosigkeit im Gesicht ihrer „alten Freundin". Mit dem diffusen Gefühl einer akuten Bedrohung, deren Ursprung ihr gänzlich rätselhaft war, verließ diese die Theobaldstraße 23. Hätte Flora nicht so ausgesprochen bei Sinnen gewirkt und im Vollbesitz ihrer geistigen Kräfte, Barbara hätte vermutet, ein Hauch von Geistesverwirrung habe sich ihrer bemächtigt. Oder sie stünde unter Drogen.

„Dass die sich überhaupt hierher traut", fauchte Alex, als sie die Elbgeschichte später von Grit hörte.

„Ich hatte den Eindruck, Flora hatte die Dame durchaus im Griff. Du hättest das maliziöse Funkeln in ihren Augen sehen sollen. Keine Ahnung, was mit ihr los ist."

„Glaubst du, sie hat Wind bekommen von der Sache mit dem Haus?"

„Wie denn? Das Internet ist nicht ihr natürlicher Tummelplatz. Und ich habe ihr nichts erzählt."

„Findest du nicht, es wird langsam Zeit?"

„Nö", sagte Grit. „Für mich sieht es aus, als würden da zwei feindliche Panzer aufeinander zurollen. Ich bin gespannt, wann's kracht. Und wer gewinnt."

„Du hast echt Nerven!"

„Kein Vergleich mit Flora Perleberg, scheint mir." Sie grinste. „Sie ist definitiv auf Angriff gepolt. Aber eher nach Art einer Schleichkatze ... Sieh mal, da kommt deine. Mit Opfer."

Mit stolz geschwellter Brust und einer Maus im Maul, die offenbar resigniert und das Zappeln aufgegeben hatte, erklomm Borste die vier Stufen zu Alex' Terrasse und blickte sich Beifall heischend um.

Es kam kein Beifall, sondern ein Überfall. Weder der Kater noch die Maus hatten mit Grits Entschlossenheit gerechnet. Von Schleichkatzentaktik keine Spur. Sie schoss hoch und jagte Borste seine Beute ab, die sich, schlagartig zum Leben erweckt, unter einen auf Rollen hochgebockten Blumenkübel rettete. Aus Empörung über Grits Undankbarkeit und zur Strafe für den entgangenen Leckerbissen umklammerte Borste mit allen vier Pfoten Grits linke Wade. „Auuu! Lass los, du Mörder!", schrie sie und riss ihn an seinem Stachelschweinschwanz.

„Was ist denn bei euch los?" Mit einer Tüte Nachos unter dem Arm, einem Zwilling an jeder Hand und einem frischen Obstfleck auf ihrer Tunika kam Sonja über den Rasen. „Hier ist ja mehr Tumult als bei uns."

„Mann, verdammt, Alex, ich glaub, dein Kater hat mehr als *eine* Mutation", schimpfte Grit und begutachtete die zehn Zentimeter langen Kratzspuren an ihrem Bein. „Bei Menschen nennt man so was Macke."

Alex packte Borste am Kragen, beförderte ihn mit Schwung ins Haus und schlug die Terrassentür hinter ihm zu. Er richtete sich auf, krallte seine Vorderpfoten in die unterste Sprosse und funkelte sie entrüstet an, weil man wieder einmal sein Geschenk verschmäht hatte.

„Ach, hat der vierbeinige Vegetarier wieder zugeschlagen." Sonja ließ die Nachos auf den Tisch fallen und sich selbst auf einen der Gartenstühle. „Ich glaub, das mit dem Gurkenfresser ist echt ein Märchen." In diesem Augenblick fing Lou an zu schreien. „Mamaaa!" Mit bebender Hand deutete sie auf die Maus, die sich taumelnd unter dem Blumentopf hervorwagte, nachdem ihr Beinahe-Mörder in Stubenarrest saß.

„Die macht's nicht mehr lange." Klitschnass geschwitzt, mit Sporttasche über der Schulter und Hockeyschläger in der

Hand nahm Tim alle vier Terrassenstufen auf einmal. „Garantiert sind die inneren Organe hin." Vorsichtig stupste er die Maus mit dem unteren Ende des Schlägers an, was sie in Schockstarre verharren ließ, statt ihren Schritt zu beschleunigen.

„Was ist das, ‚innere Banane'?", fragte Linus interessiert, während seine Schwester noch lauter anfing zu brüllen und nach Tim trat.

„Hör auf! Du tust ihr weh!"

„Gehst du bitte außen rum, durch die Haustür", bat Alex ihren Sohn, der sich anschickte, das Haus zu betreten. „Sonst ist Borste in Nullkommanix wieder draußen."

„Sorry, kein Schlüssel", grunzte Tim schulterzuckend, stieg über die Maus hinweg und stieß mit dem Hockeyschläger die Terrassentür auf. Borste witschte zwischen seinen Beinen hindurch und war mit drei Sätzen unter dem dicken Rhododendron beim Gartenzaun verschwunden. An der Maus hatte er das Interesse verloren.

Alex seufzte. „An manchen Tagen würde ich auch meinen Herrn Sohn liebend gern Richtung Villa Flora abschieben. Oder gleich auf den Mond."

„Keine Chance, Mama." Tim ließ seine Sporttasche direkt neben der Tür auf den Boden fallen. „Gibt's noch Chicken Wings im Eisfach?"

„Also, ich würde es umgekehrt machen", bemerkte Grit, während sie die blutigen Striemen an ihrer Wade mit einer in ihr Minzwasser getunkten Serviette betupfte. „Warum ziehst nicht du bei uns ein und lässt den Herrn Sohn bei Michael den Haushalt führen?"

„Dann kann ich die Bude gleich abreißen."

„Wieso hat mir eigentlich keine von euch gesagt, dass Kinder nicht weniger anstrengend werden, wenn sie groß sind?", fragte Sonja, wischte Lou mit einer Serviette den Schnodder von der Nase und riss die Nachos-Tüte auf. „Nun ist aber gut, mein Schatz, sie lebt ja noch", beruhigte sie ihre tränenverschmierte Tochter, während Linus sich umgehend an die Verfolgung der in den Polsterphlox geflohenen Maus machte. Er musste unbedingt dieser Sache mit der inneren Banane auf den Grund gehen.

„Mädels", Grit stand auf. „Das war mal wieder sehr unterhaltsam mit euch, wenn auch etwas blutig für meinen Geschmack, aber ich muss los zu meinem Kurs. Den Gluteus maximus bewegen. Unter anderem."

„Wen?", fragte Sonja.

„Den großen Gesäßmuskel."

„Klingt eher nach einem grausamen römischen Kaiser", befand Alex und langte in die Nachos-Tüte.

„Grausam stimmt." Grit grinste. „Jedenfalls für meine Kursteilnehmer." Gezeichnet vom Kampf mit Borste, im Gegensatz zur Maus aber erhobenen Hauptes, verließ sie den Ort des Geschehens. Sie winkte noch einmal vom Fuß der Treppe, und weg war sie.

Sie hat was gemerkt, keine Frage. Sie weiß bloß noch nicht, was. Aber genau so wollte ich es haben. Im eigenen Saft soll sie schmoren. Über Wochen. Jahre, wenn's geht. Bis sie gar ist. Durch und durch und darüber hinaus. Bis das Fleisch von den Knochen abfällt, schön mürbe. Dafür halte ich gern bis zum Sankt-Nimmerleins-Tag durch.

Nicht mehr sicher sein soll sie sich ihrer Sache, und ganz am Schluss kommt der große Knall, mit Blitzlicht und Konfetti. Zu schade, dass ich den nicht mehr miterleben werde. Liegt leider in der Natur der Sache. Dabei würde ich so gern ihr Gesicht sehen, wenn's knallt. Wenn der dicke Böller explodiert und ihr alles um die Ohren fliegt. Wer weiß, falls es den da oben doch gibt, lässt er mich womöglich luschern. Durch ein Loch in meiner rosa Wolke. Meinetwegen auch einer schwarzen. Ich hoffe es jedenfalls und finde, das hätte ich mir dann auch verdient.

Wenn die Dinge liegen, wie ich vermute, mache ich ja vielleicht von meinen Sünden welche gut, für die ich nur bedingt etwas kann.

Achtzehn war ich, als meine Tante Antonie mir den Federschmuck geschenkt hat, den die Kleine jetzt so gerne trägt. Vielleicht trägt sie ihn auch nur, um mir eine Freude zu machen. Tante Antonie wollte mir auch eine Freude machen damals. Wohl als Entschädigung dafür, dass in meinem Jahrgang und den beiden davor und danach alle Bälle ausfielen. Es war nicht die Zeit dafür. Den jungen Männern, sofern überhaupt noch welche in der Stadt waren, fehlte oftmals ein Bein oder sie hatten einen steifen Arm. Nach August 1943 gab es nicht mal mehr einen Ort für einen Ball. Und falls doch, in irgendeiner der Pfeffersackvillen mit Ballsaal an der Alster, so stand weiß Gott niemandem der Sinn danach. Ein Großteil der Innenstadt war durch Bomben zerstört, man hatte ganz andere Sorgen. Das Geschenk meiner Tante hat mich gewundert damals. Etwas so Frivoles. Flitterkram oder Firlefanz nannte es meine Mutter. Dass sie mir gestattete, ihn zu behalten, hat mich noch mehr gewundert. Mit abfälligem Blick ließ sie zu, dass ich gelegentlich damit in Tante Antonies Haus herumlief.

Wir hatten Glück. Zuhause in Harvestehude war alles heil geblieben. Der letzte Angriff der Operation Gomorrha, Anfang August, war in einer Gewitterfront weiter südlich stecken geblieben. Eigentlich hatten sie die Stadtmitte, Rotherbaum und Harvestehude, im Visier, doch dann prasselten die Bomben, eher chaotisch, auf Stadtteile, die zuvor schon getroffen worden waren.

Unmittelbar nach den ersten Bombenangriffen im Mai 1940 hatte Vater dafür gesorgt, dass Mutter und ich rauszogen aus der Stadt, wenn auch nicht ganz aufs Land wie viele andere, die ihr Dach über dem Kopf verloren hatten. Einen Monat zuvor war ich vierzehn geworden und wollte nicht weg von zuhause, von meinen Freundinnen und von meinen geliebten Ballettstunden. Ich veranstaltete einen Riesentanz, heulte und knallte mit Türen, doch es half nichts. Das neue Schuljahr hatte gerade erst begonnen. Es war das letzte Jahr, in dem es im Frühjahr anfing, bevor die Nazis den Schuljahresbeginn auf September verlegten. Der Zeitpunkt war günstig für einen Schulwechsel.

In seiner geräumigen Mercedes-Limousine fuhr Vater uns in den Hamburger Westen zu Tante Antonie. Schmollend saß ich im Fond und blickte stur aus dem Fenster. Meine Ballettschuhe trug ich demonstrativ wie eine Trophäe um den Hals, und auf wohlmeinende Fragen und Bemerkungen meiner Eltern reagierte ich nicht. Ich mochte Tante Antonie, die Cousine meiner Mutter, und wir kamen ausgesprochen komfortabel bei ihr unter. Das große Haus am Nienstedtener Marktplatz stand fast leer, nachdem ihre drei Söhne zur Wehrmacht eingezogen worden waren. Trotzdem: Ich kam mir vor wie ein Paket, das man, fest verschnürt und an eine ungewisse Zukunft adressiert, einfach wegschickte.

Drei Jahre später, als auch mein Vater sich gezwungen sah, unsere Stadtwohnung zu verlassen, schämte ich mich ein bisschen für mein Verhalten damals. Vaters eigene Stadtflucht verlief weit weniger angenehm. Mit dem Fahrrad, einem schwergängigen schwarzen Ungetüm, schlug er sich Anfang August zu uns durch, feuchte Tücher um Mund und Nase gewickelt gegen den beißenden Brandgeruch, der durch die schwelenden Ruinen von Hoheluft, Eimsbüttel und Altona trieb. Erst als er die Elbe erreichte, verwandelte sich die Trümmerlandschaft in friedliches Grün, als sei nichts. Die Brandschwaden und den Leichengeruch von „Gomorrha" hatte er sein Leben lang in der Nase, erzählte er mir kurz vor seinem Tod.

Wir richteten uns ein bei Tante Antonie, Mutter und ich. Alle zwei, drei Wochen ließ Mutter sich in die Stadt chauffieren. Um nach dem Rechten zu sehen, wie sie es nannte. Der Rechte war wohl mein Vater. Dass es bei ihm in irgendeiner Weise ungebührlich zugehen würde, war eher nicht zu befürchten. Ich vermute, sie wollte sichergehen, dass er ihr nicht abhandenkam. Mir gefiel es, immer mal wieder zwei Tage alleine zu sein mit meiner ausgeglichenen Tante.

Was mir ebenso gefiel, war die Nähe zur Elbe, auch wenn zunehmend militärgraue Kriegsschiffe auf ihr unterwegs waren. Gegen den unberechenbaren Strom war die Alster im Stadtzentrum eine bessere Pfütze. Ich lernte segeln, und zwar richtig. Wie schon Tante Antonies Söhne durfte ich in den BSC eintreten, den Blankeneser Segelclub, wo es Mädchen- und Jungsmannschaften gab. Wir segelten Kutter, hatten aber sogar ein Dickschiff, einen alten Marinesegler, mit dem wir Fahrten *unternahmen. Mit dem BSC trat ich quasi in den Bund Deutscher Mädel ein, den BDM. Vor 1933 hatte sich der Ansturm auf die Hitlerjugend in Grenzen gehalten. Er war eher dürftig gewesen, um es deutlich zu sagen. Danach wurden alle Sportvereine im Land gleichgeschaltet. Von einem Tag auf den anderen gehörte man dazu, ob die Vereine oder man selbst wollte oder nicht. Ich wollte nicht in den BDM, und es hätte auch funktioniert, wie mir das Beispiel meiner Freundin Lotte zeigte, hätte Mutter mich nicht dazu genötigt. Zunächst selbst skeptisch gegenüber den neuen Machthabern, wurde sie binnen zweier Jahre zur glühenden Nazisse. Einen steiferen Arm als ihren gab es nicht beim Heil Hitler. Selbst mein Vater wandte sich gelegentlich angewidert ab, doch eine gebürtige Edda von Clausen ließ sich nichts vorschreiben. Ganz oder gar nicht, lautete ihr Motto. Ich kam nicht gegen sie an. Ganz anders meine Nienstedtener Freundin Lotte. Die ließ von ihrer Mutter ausrichten, sie wolle nicht in den BDM, und damit hatte sich der Fall. Nie bekam sie irgendwelche Schwierigkeiten deswegen.*

Wenigstens mussten wir Mädels beim Segeln nicht die dämliche „Tracht" tragen mit dunkelblauem Rock und Krawatte mit Lederknoten zur weißen Bluse. Wir sahen einfach aus wie die Jungs und trugen Hosen. Den Sport habe ich von der Pike auf gelernt und könnte wohl heute noch eine 10-Meter-Yacht in ihre Box manövrieren. Als ich es zum letzten Mal tat, vor zwanzig Jahren in Kiel-Strande mit Konrad und einem befreundeten Seglerpaar an Bord, bekam ich mit, wie die junge Frau auf dem Nachbarschiffchen den Mund gar nicht wieder zukriegte. „Was ist das hier, Olympia '36?", hörte ich sie zu ihrem Mann sagen. Sie hätte ihre Nussschale wahrscheinlich nicht mal auf den Liegeplatz der Titanic steuern können.

Ich besuchte das Bertha-Lyzeum in der Waitzstraße, damals frisch umbenannt in Oberschule für Mädchen in Hamburg Groß-Flottbek, doch für uns Mädchen blieb es immer „die Bertha". Und wieder hatte ich Glück, ohne dass es mir so richtig klar war. Ich durfte bleiben, als ein knappes Jahr später 300 Schülerinnen meiner neuen Schule wegen der drohenden Luftangriffe nach Bad Reichenhall und in andere Orte in Bayern zwangsevakuiert wurden. Sogar meine Ballettstunden konnte ich wieder aufnehmen. Einmal in der Woche fuhr ich mit dem Rad die eineinhalb Kilometer zum Hirschpark, wo ich an der Ballettstange der Blankeneser Ballettschule in den herrschaftlichen Räumen des alten Landhauses Godeffroy den Krieg für eineinhalb Stunden vergaß. Bis er mir am 2. August 1943 im Gebüsch hinter dem Landhaus buchstäblich vor die Füße fiel und sich so gründlich in mein Leben einschrieb, wie ich es in meinem jugendlichen Gefühl der Unverwundbarkeit nicht für möglich gehalten hätte. Siebzehn war ich, auf dem Weg von der Obersekunda in die Unterprima, und meine Kriegsbegegnung im Gebüsch spielt eine Hauptrolle in meinem Leben, bis heute.

FÜNFZEHN

„Was ist mit Ihrre Bein passierrt?", fragte Claire, als sie Grit später am Abend in der Küche begegnete, wo ihre Mitbewohnerin sich in Caprihose und Sweatshirt einen Ingwertee zubereitete.

„Kampfhandlungen mit Borste."

„Encore", schon wieder, sagte Claire. „'at err Sie mit eine Maus verrwechselt?"

„So ähnlich."

„Isch weiß, warrum isch Katzen nischt mag", sagte Claire. „Wirr 'atten immer 'unde zu'ause."

„Dann müssten Sie ja begeistert sein, dass wir hier unseren schönen Schmeling haben", grinste Grit.

„Ah, le Schmelingk." Claire winkte ab. „Das ist doch keine 'und. Eine rischtige 'und fängt errst hierr an." Mit der flachen Hand zeigte sie auf eine Stelle oberhalb ihres Knies. „Meine Mutterr hatte immerr Jagd'unde, wenigstens zwei zugleisch. Mit ihnen fühlte sie sich sischer."

„Dann lebt Ihre Familie wohl nicht in der Stadt?", fragte Grit. „Ein Jagdhund braucht viel Auslauf."

„Isch bin die Einzige, die in derr Stadt wohnt. Aber isch komme aus einem Dorf in der Nähe von Grenoble. Meine Großmutterr Louise und meine Elterrn leben dort. Jean-Luc und Charles, meine Brüderr, bewirrtschaften den Hof und den Wald."

„So jung?", fragte Grit.

„Sie sind nischt jung", lachte Claire. „Sie sind rischtig alt: 42 und 40. Isch bin die benjamine, die Jüngste, und kam siebzehn Jahre 'inter'err. Meine Mutterr hatte nischt mehrr mit mir gereschnet. Pas du tout. Sie war 42, als isch geboren wurrde."

Wieder einmal fühlte Grit sich schlagartig steinalt. „Wollen wir nicht ‚du' sagen?", fragte sie Claire aus einem Impuls heraus, als könne dies das lästige Gefühl zum Verschwinden bringen. „Ich bin Grit, und leider noch antiker als Ihre beiden Brüder."

„Claire." Claire schenkte sich ein Glas Sancerre ein und zupfte eine Zigarette aus ihrer Packung. „Wie alt?"

„Einundfünfzig", seufzte Grit, „und die Zwei leuchtet schon am Horizont."

„Sieht man garr nicht. Du bist doch en pleine forme. Topfit, wie ihr hierr sagt." Die junge Französin nahm ihr Glas hoch. „Wollen wirr auf die Veranda gehen? Es ist noch ganz warrm." Erst als sie durch den Salon nach draußen gingen, bemerkten sie Flora schlafend in ihrem samtbezogenen Ohrensessel. Das Buch war ihr aus der Hand geglitten und zu Boden gefallen.

„Oh, ich dachte, sie ist schon oben." Grit legte den Finger vor den Mund. „Lassen wir sie noch etwas schlafen, ich kümmere mich später um sie." Leise schlossen sie die Verandatür hinter sich und zündeten die beiden Windlichter draußen an. Dass Flora die Augen öffnete, kaum dass die Tür zu war, und geräuschlos nach oben verschwand, bekam keine von ihnen mit.

42 plus 25 ist 67. Wir schreiben das Jahr 2012. Also wurde sie 1945 geboren.

Was ich gehört hatte, ließ mich nicht schlafen in dieser Nacht. Ich hatte nur Fetzen mitbekommen von dem Gespräch, das Wesentliche aber schon. Louise. Ich musste ein bisschen rechnen, mich verrechnen, wieder rechnen. Das Verrechnen half nicht: Es passt alles. Alles weist darauf hin, dass ich recht haben könnte mit meiner Vermutung. Ich müsste mich schon sehr täuschen, wenn nicht.

Sie hieß Louise.

Wie zerschlagen bin ich am nächsten Morgen aufgewacht. Gegen fünf muss ich doch eingenickt sein; ich hatte noch gehört, wie die Vögel erwachten und ihr vielstimmiges Konzert begannen, um der Welt mitzuteilen, dass ein neuer Tag anbrach, ob die Welt dafür bereit war oder nicht. Um zehn klopfte die Linde vorsichtig an meine Tür. So zaghaft kenne ich sie sonst nicht. Hatte wohl ein schlechtes Gewissen, weil sie sich am Abend nicht um mich gekümmert hatte. Oder Bedenken, dass ich die Nacht nicht überlebt haben könnte. Habe ich aber. Sterben, so nebenbei, kommt nicht infrage. Jetzt erst recht nicht! Es klappt ja nicht mal dann, wenn man es dringend möchte. Aber gerade möchte ich es auf keinen Fall. Ich habe noch Dringendes zu erledigen. Vermutlich. Vielleicht.

Meine persönliche Begegnung mit dem Krieg hieß Charles, kam von ganz oben, mitten in einem krachenden Gewitter, und traf mich wie ein Blitz. Ich habe ihn geliebt. Vom ersten Augenblick an. Zwei Jahre später war er mein. Glaubte ich bis gestern.

In Hamburg war Charles eine Ausnahmeerscheinung. Nicht nur optisch. Dunkle Haare und Brauen, seegrasgrüne Augen, scharf geschnittene Züge und diese unwiderstehlich-männlichen Falten zwischen Nase und Lippen trotz seiner erst 31 Jahre. Er hatte der britischen Luftwaffe angehört, war aber halber Franzose und in Frankreich aufgewachsen, was ihn nach dem Krieg zur idealen Besetzung als britisch-französischer Verbindungsoffizier machte. Sein Englisch war seinem Französisch ebenbürtig, denn sein Vater stammte aus einem Dorf in Kent. Nach dem Krieg, dem vorletzten, war dieser in Frankreich hängengeblieben, wo er Charles' Mutter in einem französischen Lazarett kennengelernt hatte.

Für mich blieb Charles immer Franzose. Ein ganzer.

„Mademoiselle ..." Er stammelte Unzusammenhängendes in der Sprache seiner Mutter, als ich ihn verletzt und nur halb bei Bewusstsein im Rhododendron fand. Die Strippen seines Fallschirms waren um ihn gewickelt. Er war Navigator bei der Royal Air Force und hatte aus seiner Mosquito Pathfinder-Maschine aussteigen müssen, als ihn beim Angriff auf Hamburg im brütend heißen Sommer 1943 die Flak, die deutschen Flugabwehrkanonen, erwischten; mehr aus Versehen denn

gezielt. Es war die letzte Angriffswelle der Operation Gomorrha, mit der die Briten und die Amerikaner Hamburg binnen 72 Stunden buchstäblich in die Steinzeit zurückbombten.

Mit den Trümmern und dem Schutt dieser drei Nächte hätte man dreizehn Mal die Außenalster auffüllen können, hieß es später. Eigentlich hätte ich ihm nicht helfen dürfen. Eigentlich war es Landesverrat. Eigentlich hätte ich Charles auf der Stelle den deutschen Behörden melden müssen. Oder, besser noch, ihn gleich mit den Strippen seines Fallschirms erwürgen. Heute Morgen habe ich zum ersten Mal in meinem Leben bereut, es nicht getan zu haben. Wenn auch nur kurz.

Nach dem zweiten Blick in seine Augen damals war das keine Option mehr gewesen. Und nachdem ich seine dunkle Stimme gehört hatte, die auf der Stelle mein Herz gefangen nahm und sich für immer in mein Hirn bohrte, erst recht nicht. „Mademoiselle ..."

Ich war siebzehn.

Als ich drei Jahre später, Ende September 1946, vor dem berüchtigten Hungerwinter, Tante Antonies Haus verließ, um mit Charles zu leben, nahm ich ihn mit, den kleinen Firlefanz von Tante Antonie. „Le fanz", wie er ihn nannte. Er hat ihn geliebt an mir und mochte es, wie ihn die violetten Federchen an der Nase kitzelten. Für meine Mutter bin ich gestorben in diesem Augenblick. Fürs Erste jedenfalls.

„Achtung, Canaille!", warnte Grit Claire, als sie gegen zehn Flora die Treppe herunterkommen hörten. Flora hieb ihren Gehstock auf die hölzernen Stufen, als wolle sie jede einzelne durchbohren.

„Okay, isch bin weg." Claire stürzte den letzten Rest Kaffee hinunter, schnappte sich ihre Uni-Tasche und den karierten Burberry-Regenschirm und verschwand durch die offen stehende Verandatür. Es goss in Strömen.

„Ist sie schon wieder fort, unsere Demoiselle?", raunzte Flora, noch bevor sie die Schwelle zur Küche übertreten hatte und ohne sich mit einem „Guten Morgen" aufzuhalten. „Und wo ist mein Kaffee?" Sie ließ sich so vehement auf ihren Stuhl fallen, dass sie sich an der Tischplatte festhalten musste und dabei die Zuckerdose umstieß. Die weißen Kristalle bildeten einen kleinen Hügel auf dem Tischtuch und rieselten auf den Fußboden. Grit spitzte nur kurz die Lippen und angelte wortlos Schaufel und Besen von ihrem Haken im Kellerabgang. Floras Stimmung war dem Wetter zumindest ebenbürtig. Daran konnte auch ein Turbo-Kaffee nichts ändern.

Sie ließ sich Zeit mit dem Auffegen.

„Wenn sie schlechte Laune haben möchte, ist nichts zu machen", erklärte sie später Alex an deren Haustür, als sie die beiden Limetten abholte, die zu besorgen sie bei ihrem gestrigen Einkauf vergessen hatte. „Da helfen auch keine Engelszungen. Man muss ihr einfach nur aus dem Weg gehen und abwarten, bis das Donnergegrummel vorbei ist."

„Ich kann deinen Gleichmut nur bewundern", erwiderte Alex. „Ich hasse es schon, wenn meine Tochter morgens im Badezimmer grußlos an mir vorbeischleicht, als sei ich nicht da. Und trotzdem schmiere ich ihr jeden Morgen ihr Schulbrot. Mit Gürkchen drauf."

„Selbst schuld", sagte Grit. „Du verwöhnst die Bagage viel zu sehr. Kein Wunder, dass sie auf dir und deinem opferbereiten Gemüt herumtrampeln, als hättest du keines."

„Ach komm, Grit, du hast die doch auch, die geschundene Mutterseele, wenn auch eine mit Nato-Draht drumherum. Außerdem kann man einer Tochter auf die Dauer nicht aus dem Weg gehen. Weißt du ja selbst." Einem Sohn schon eher, zumal der von ganz alleine am liebsten unter dem mütterlichen Radar flog. Sie mochte das Thema nicht weiter vertiefen.

„Warum ist Frau Perleberg so schlecht auf Claire zu sprechen?", lenkte sie ab. „Hat die reizende Adoptiv-Enkelin was verbrochen?"

„Nicht, dass ich wüsste. Vor Kurzem saßen sie noch nett zusammen im Garten und haben sich einträchtig unterhalten. Vielleicht ist es ja keine französische Laus, die ihr über die

Leber gelaufen ist. Vielleicht ist es einfach nur der Regen, der vom Dach pladdert. Oder der Toilettengang war unergiebig."

„Schlecht geschissen, meinst du?" Tim zwängte sich an seiner Mutter vorbei durch den Türrahmen, fünf Minuten zu spät zur vierten Stunde, aber vollkommen entspannt. „An der Stelle rate ich zu Chicken Wings mit Chili. Wirkt immer."

„Bei dir vielleicht", erwiderte Grit. „Bei älteren Leuten ist der Stoffwechsel ein anderer als bei spätpubertären Hockeyspielern."

„Bei dir ist aber noch alles klar in der Hinsicht, oder?" Tim grinste anzüglich und beschleunigte minimal seinen Schritt Richtung Fahrradschuppen, als Alex eine Limette nach ihm warf. Tim fing sie in der Luft auf und ließ sie in der Jackentasche verschwinden. „Danke, Mama, kommt in den nächsten Caipi."

„Wo ist eigentlich deine Regenjacke?" Es war eindeutig die von Michael, die Tim sich über die Schultern geworfen hatte, ohne den Reißverschluss zu schließen.

„Hat Flo. Seit drei Wochen schon." Zu Alex' Erleichterung klingelte das Telefon, und sie kam um eine entrüstete Antwort herum, die ohnehin nichts gefruchtet hätte.

„Danke dir, Alex." Grit winkte mit der verbliebenen Limette in der Hand. „Vielleicht solltest *du* dir erstmal einen Caipi gönnen."

„Gute Idee! Um elf Uhr morgens!" Alex hob zwei Finger zum Gruß. „Und um halb zwölf brauche ich dann den zweiten, denn am Telefon ist jetzt garantiert meine Mutter, um sich über Papa zu beklagen oder darüber, dass die Nachbarn ihre Biotonne wieder bis zum Anschlag mit fauliger Pflaumenmatsche gefüllt haben, weil sie zu geizig sind für eine eigene. Überhaupt, am besten sollten die ihr Wrack von einem Pflaumenbaum gleich ganz abholzen, denn immer wenn die Pflaumen zuhause in Wiesbaden reif sind, rotten sie selbst im Dauerurlaub an der Costa Blanca vor sich hin."

„Die haben Sorgen."

Am Gartentor ließ Grit Tim den Vortritt, der mit Getöse auf seinem Skateboard über die Waschbetonplatten rollte und ihr augenzwinkernd die erbeutete Limette übergab. Waschbetonplatten! Siebziger pur. Wieso waren die eigentlich nicht längst aus Alex' Vorgarten verbannt worden? Sie war doch sonst in Stylingfragen so penibel.

„Hallo, Mama", sagte Alex, nachdem sie die Nummer auf dem Display identifiziert hatte. „Nein, du störst nicht." Eine halbe Stunde später, erschöpft von Irenes immer gleichen Beschwerden, die sie in immer denselben Worten auf sie losließ, schlich sie zur Haustür, um ihre eigene Klingel zu drücken. „Oh, sorry, Mama, ich bekomme Besuch, den kann ich nicht abwimmeln."

„Wer kommt denn jetzt bei dir zu Besuch?", blaffte Irene. „Normale Menschen haben zu tun um diese Zeit." Alex unterdrückte das „Eben!", das ihr mit giftiger Betonung über die Zunge rutschen wollte.

„Tschüss, Mama", sagte sie und drückte die Taste mit dem roten Telefon. „Und grüß' Papa von mir", murmelte sie hinterher, wissend, dass sie es nicht tun würde. Dass sie im Gegenteil lauthals über ihre Tochter herziehen würde, die am frühen Morgen Zeit hatte für Besuch von wer weiß wem, nicht aber für ihre gepeinigte trostbedürftige Mutter.

Grit legte ihren tropfnassen Schirm aufgespannt auf dem trockenen Teil der Veranda ab. Schmeling lag mit gespreizten Hinterbeinen daneben auf dem Bauch und starrte das Nichts an. Grit konnte es nicht ausstehen, wenn er so dalag oder gar in der Position über die Dielen rutschte. Irgendwie unanständig kam ihr dieses Gebaren vor, wobei sie sich über ihre eigenen Assoziationen ärgerte: Sex. Schmeling war bloß ein fetter, kleiner Mops, aber *sie* musste an Sex denken, wenn er so dalag. Sex im Allgemeinen und Sex im Besonderen. Ob sie wollte oder nicht, sie hatte Udo vor Augen, im intimen Zusammenspiel mit Charlotte-Cheyenne. Das Kopfkino war einfach nur lästig. Wo, zum Henker, war der Aus-Knopf oder wenigstens der Schalter zum Programmwechsel? Selbst das Sandmännchen hätte sie vorgezogen.

Genervt von der Peepshow im Kopf betrat sie den Salon. In ihren seidenen Paisley-Morgenmantel gehüllt und mit den unvermeidlichen Pelzpantöffelchen an den Füßen, saß Flora Perleberg in einem der eleganten kleinen Salonsessel und telefonierte. Sie besaß noch einen der vorsintflutlichen Apparate mit kurzer Schnur und hielt es für überflüssig, ein zeitgemäßeres Gerät anzuschaffen. „Mit einem schnurlosen Telefon könnten Sie gemütlich draußen in einem Korbsessel telefonieren", hatte Alex ihr erklärt, „oder im Liegestuhl in Ihrem Garten."

„Die paar Leute, die mich anrufen, interessieren mich sowieso nicht", hatte Flora sie abgebügelt. „Mit denen bin ich schnell fertig. Und im Übrigen sitzt im Liegestuhl meistens schon Ihre Freundin."

Das aktuelle Gespräch allerdings schien länger gedauert zu haben. Grit registrierte am Ton ihrer Stimme, dass sie sich entspannt hatte. Sie klang nicht mehr so beißwütig und angriffslustig wie vorhin. Flora saß mit dem Rücken zu ihr und hatte nicht bemerkt, dass sie hereingekommen war; so schnappte Grit das Ende des Telefonats auf, ohne dass die alte Dame es mitbekam. „... ja, das passt. Bereiten Sie bitte alles entsprechend vor. Wunderbar, Herr Dr. Rosenthal, dann sehen wir uns nächste Woche."

Bitte. Flora hatte „bitte" gesagt. Es geschahen noch Zeichen und Wunder. Aber Dr. Rosenthal? Floras Hausarzt war das nicht. Mit wem telefonierte sie? Und wieso verabredete Flora sich sozusagen heimlich? Normalerweise war es ihre, Grits Aufgabe, sie zum Arzt zu begleiten. Beziehungsweise sie brachte sie hin und holte sie wieder ab, sobald die Praxis sich auf ihrem Handy meldete. Überhaupt, ein Arzttermin schon nächste Woche? Soviel sie wusste, war Flora keine Privatpatientin. Wie hatte sie es geschafft, so schnell an einen Termin zu kommen? War sie ein dringender Fall? Sollte sie etwa ernsthaft krank sein und von ihrem Hausarzt eine entsprechende Überweisung bekommen haben? Daher womöglich der gereizte Ton heute Morgen?

Erst später, nachdem Flora Perleberg den anstehenden Termin mit keinem Wort erwähnte, fragte Grit sich, ob Dr. Rosenthal überhaupt Arzt war. Einen Termin hätte Flora ja wohl eher mit der Sprechstundenhilfe vereinbart. Ihr Gespräch mit diesem Dr. Rosenthal dagegen hatte beinahe vertraut geklungen. So als kenne sie ihn seit Jahren. Noch merkwürdiger war ihr Verhalten ein paar Tage darauf, als der Termin unmittelbar vor der Tür stand. Quasi zeitgleich mit dem Taxi, das Flora sich von Grit hatte bestellen lassen, obwohl diese angeboten hatte, sie in die Stadt zu fahren. „Danke, nein, das wird sicher länger dauern."

So wie an jenem Donnerstagnachmittag hatte Grit Flora Perleberg noch nie erlebt. Ihren divenhaften Flatter-Look, der sich nicht um Konventionen scherte, war sie gewöhnt. Das hier nicht. In gediegenem Fünfziger Jahre-Chic hatte sie sich Flora nicht einmal ansatzweise vorstellen können. Dezent schwarz-weißes Hahnentrittkostüm mit chanelligschwarzer Rundum-Paspelierung, eleganter Hut, weiße Lederhandschuhe und flache weiße Pumps, so schritt Flora zur Eingangstür, wo der Taxifahrer sie erwartete. „Wir sehen uns heute Abend, Frau Lindner", sagte sie aufgeräumt, wobei sie ihre weiße Lederhandtasche so fest umklammerte, dass die Knöchel bläulich an ihrer unbehandschuhten linken Hand hervortraten. Grit staunte. Sogar die auffälligen Baumel-Ohrringe hatte Flora abgelegt, zugunsten von zurückhaltenden Perlensteckern, die an ihren ausgeleierten Ohrläppchen geradezu beängstigend würdevoll und distinguiert wirkten.

Flora Perleberg sah aus, als hätte sie einen Termin mit dem Aufsichtsrat des Konzerns, der ihr zu 51 Prozent gehörte.

„Was war das denn?" Mira war ihr beim Taxi begegnet. „Hat sie ein Date?"

„Sieht ganz so aus", antwortete Grit, bevor sie nach oben in ihren Wintergarten stapfte, um Herrn Dr. Rosenthal zu googeln.

Dass sie darauf nicht gleich gekommen war!

SECHZEHN

„Anwalt ist er. Und Notar." Entgegen ihren Gewohnheiten langte Grit tief in die Schale mit gesalzenen Cashewkernen, die Alex auf den weißgewaschenen Baumstumpf vom Elbstrand gestellt hatte.

„Wer?"

„Na, dieser Dr. Karl-Friedrich Rosenthal, bei dem Frau Perleberg gestern den ganzen Nachmittag verbracht hat."

„Neuer Lover?", fragte Alex und musste an die gewagte Postkarte denken, die ihre Freundin Tina kürzlich ihrer verwitweten Mutter zum Geburtstag geschickt hatte. Die Karte zeigte eine alte Dame am Rollator auf einem Friedhof. Blümchen in der Hand, betrachtete sie nachdenklich mehrere Grabsteine mit den eingemeißelten Namen Fritz, Otto und Walter. *Einer geht noch*, stand darunter. „Ich hätte gern mal einen Johannes", hatte Tinas pragmatische Mutter dazu gesagt.

Alex mochte sich nicht vorstellen, wie Irene auf derartige Post von ihr reagieren würde. Zumal Viktor ja noch am Leben war.

„Doktor Karl-Friedrich. Immerhin standesgemäß", sagte sie laut. „Kann nicht jede von sich behaupten."

„Du meinst jetzt aber nicht Liz Taylor mit ihrem Lastwagenfahrer oder Bauarbeiter, oder?" Grit war über vergangene und aktuelle Promi-Pleiten und -Fehltritte aus der Regenbogenpresse immer bestens informiert.

„Längst verjahrt", winkte Alex ab. „Ich dachte eher an deinen Gatten und seine Nagelstudiomaus."

„Cheyenne ist IT-Spezialistin", gestand Grit und nahm sich eine weitere Handvoll Cashews. „Und heißt Charlotte."

„Oh, davon hast du noch gar nichts erzählt." Alex wechselte rasch das Thema. Sie mochte Grit nicht beschämen. „Dieser

Dr. Rosenthal ist also Floras Anwalt?", nahm sie den eigentlichen Gesprächsfaden wieder auf.

„Und Notar", bekräftigte Grit.

„Was wollte sie bei ihm?"

„Ich habe nicht die leiseste Ahnung. Flora hat keinen Piep gesagt, als sie nach Hause kam. Aber sie sah erleichtert aus und hat mich zu einem Martini on the rocks eingeladen. Beziehungsweise zwei. Aus ihren pastellfarbenen 50er-Jahre-Gläsern. Ich musste extra Eiswürfel von der Tanke holen, weil ich vergessen hatte, neue zu machen."

„Klingt, als hätte sie etwas zu feiern gehabt."

„Stimmt, und ich wüsste wirklich zu gern, was."

„Hast du sie nicht gefragt? Du hast doch sonst keine Hemmungen."

Grits Sensoren für unterschwellige Kritik regten sich, wurden aber umgehend ausgeschaltet. „Doch, hab' ich. Ich habe sie gefragt. ‚Ich habe etwas in Ordnung gebracht', hat sie geantwortet. ‚War überfällig.' Nach dem Satz war ich auch nicht schlauer."

So! Die Sache ist unter Dach und Fach. Dr. Rosenthal wird alles in meinem Sinne regeln. Und ich kann wieder ruhig schlafen, hoffe ich. Dabei schäume ich noch immer vor Wut. Auf ihn. Wie konnte er mir das antun – ohne je ein Wort darüber zu verlieren! Ich fühle mich betrogen, obwohl ich es bin, die er zur Betrügerin gemacht hat. Ohne dass die Betrügerin etwas davon ahnte. Und ich kann ihn nicht einmal mehr zur Rede stellen oder mit ihm abrechnen. Die Rechnung begleichen mussten andere. Müssen andere.

Dabei haben mich nicht wenige um ihn beneidet, den blendend aussehenden Offizier mit dem verführerischen französischen Akzent, wenn er seine drei Brocken deutsch sprach. „Nicht übel", hatte Gerda gesagt, meine Freundin seit Harvestehuder Volksschulzeiten, „er hat nicht zufällig noch einen unverheirateten Zwillingsbruder?"

„Geht auch verheiratet?", hatte ich zurückgefrotzelt. Selig sind die

Ahnungslosen! Gerda hat später einen kriegsversehrten Deutschen geheiratet. Sein Leben lang plagte ihn der Phantomschmerz in seinem Unterarm, der seit Jahrzehnten irgendwo auf einem russischen Acker vergraben lag. Und sein Leben lang plagte er auch Gerda. Wir waren neunzehn, als der Krieg zu Ende war. Neunzehn Jahre und achtzehn Tage in meinem Fall, und es schien, als würde das Leben uns nicht mehr viel zu bieten haben.

Mutter hatte gewollt, dass ich Hauswirtschaft wähle in der Oberstufe. Damit ich später in der Lage wäre, ein großes Haus zu führen, mit Dienstboten und allem Pipapo. Hauswirtschaft! Ich habe mich durchgesetzt. Gegen ihren Willen, aber mit Vaters Segen habe ich mich für Sprachen entschieden, die für Mädchen einzige andere Möglichkeit. Die richtige Entscheidung. Es hatte sich aus-gedienstbotet nach dem Krieg. Die feineren Herrschaften mussten vorerst zusehen, wo sie blieben, und ihren Dreck selbst wegmachen. In ihren geräumigen Villen und Etagenwohnungen richteten sich die Führungskräfte der Besatzungsmacht ein, während sie selbst, wenn sie keine barmherzige Verwandtschaft und richtig Pech hatten, in die berüchtigten Nissenhütten umziehen mussten, diese tonnenförmigen Wellblechdinger, die mit den vielen Menschen darin das Ungeziefer anzogen wie ein Marmeladenbrot die Wespen. Ich dachte immer, daher komme der Name: von den grassierenden Kopfläusen und ihren wie Kitt am Haar haftenden Nissen. Das stimmt aber gar nicht. „Nissen" war – geradezu prophetisch – der Name eines kanadischen Offiziers und Ingenieurs im Ersten Weltkrieg, der die leicht aufzubauenden Hütten ursprünglich für Soldaten entwickelt hatte. Wie hätte er ahnen sollen, dass dreißig Jahre später die deutsche Zivilbevölkerung darin hausen würde.

Einem britischen Oberst der Besatzungsarmee hingegen – und allein davon gab es bis 1949 in Hamburg gut zwei Dutzend – stand, unabhängig von der Zahl der Familienmitglieder, eine ganze Flucht von Zimmern zu. Selbst ein Captain wie Charles, in der untersten von fünf Klassen, hatte noch Anspruch auf ein Ess-, ein Arbeits-, drei Schlaf-, ein Ankleide- sowie ein Schlafzimmer für Bedienstete, eine Küche, ein Bad sowie zwei Garderobenzimmer. Führende Nazi-Chargen sollten als Erste ihre Stadtvillen und Beletagen räumen, so wurde es jedenfalls angeordnet.

Ich selbst jedenfalls habe auch später nie Dienstboten gehabt. Die gute Frau Stein kam erst vor fünfzehn Jahren in mein Haus, und das nur einmal in der Woche. Der Gärtner nur zweimal im Jahr. Und heute? Es ist zum Lachen, aber heute führen die Dienstboten mich, wenn man Grit Lindner so nennen möchte. Sie würde auf der Stelle ausziehen, sollte ich es wagen, sie so zu bezeichnen.

Meine Sprachkenntnisse dagegen konnte ich immer gebrauchen. Fünf Wochen nach Kriegsende, Mitte Juni, fand ich eine Anstellung. Über die Zeitung hatten die Besatzer und die deutschen Behörden Leute mit perfekten Englisch- und Schreibmaschinenkenntnissen aufgefordert, sich zu melden. Dazu bitte Stenografie in Englisch und Deutsch.

„Perfekt". Von wegen! Ich konnte bloß ein bisschen Schulenglisch und einigermaßen Schreibmaschine, wozu mein Vater mich genötigt hatte. „So oder so, du wirst es brauchen können", hatte er gesagt, was Mitte 1944 schon fast an Vaterlandsverrat grenzte. Stenografie konnte ich gar nicht. Genommen haben sie mich trotzdem, als Sekretärin und Mädchen für alles im Wohnungsamt, der Kontaktstelle zum Militär und später zur zivilen britischen Verwaltung im Bereich Unterbringung, das die Vorgaben der Briten umzusetzen hatte. Schwierig genug bis unmöglich. Wohnraum war mehr als knapp im zerstörten Hamburg, in dem nicht nur die Briten und später ihre Familien untergebracht werden mussten, sondern auch die vielen Vertriebenen aus dem Osten und die Ausgebombten, die zurück wollten in ihre Stadt. Im Bieberhaus am Hauptbahnhof, wo letztes Jahr das Ohnsorg Theater eingezogen ist, war mein Arbeitsplatz. Oft herrschte dort eine Mischung aus Wut und purer Verzweiflung angesichts der teils unerfüllbaren britischen Forderungen und der Probleme, die zwei Beschlagnahmungswellen mit sich brachten. Ständig rannte jemand fluchend über die Flure oder war, am Ende seiner Nerven, durch die offenen Bürotüren zu hören.

Mit meinem Jungmädchentraum, eine Primaballerina zu werden, war es vorbei. Jeden Morgen um acht fuhr ich mit der S-Bahn in die Innenstadt, in gedrängt vollen Waggons, in denen es nach Schweiß roch und nach selten gewaschenen Kleidern. Der erste und der letzte Waggon eines Zuges waren für die Briten reserviert, „den Engländer", wie man sagte. Die waren meistens so gut wie leer. Am Abend kehrte ich ohne Begeisterung und in ebensolchen Waggons in Tante Antonies Haus und zu meiner Mutter zurück.

Ich konnte froh sein: Steine klopfen wie so viele andere musste ich nie. Ein trostloses Dasein war es dennoch. Anfangs hatten mich die Zerstörung in der Stadt und der Anblick der verhärmten armseligen Menschen schockiert. Ewigkeiten war ich nicht rausgekommen aus den Elbvororten und kannte die Bilder der Innenstadt nur aus der Zeitung. Als ich das Ausmaß der Verwüstung zum ersten Mal mit eigenen Augen sah, konnte ich eine Stunde lang nicht aufhören zu schluchzen. Ganze Altstädte wie die von Altona um die Große Bergstraße waren weggebombt. Die Katharinenkirche, damals viel mehr Wahrzeichen als der Michel, sah aus wie oberhalb der Turmuhr von einem monströsen Säbel geköpft. Übrig geblieben war ein kläglicher Stumpf. Bei ihrem Nachbarn St. Nikolai war es andersherum. Gespenstisch und – unbegreiflicherweise – fast unversehrt ragte der rußgeschwärzte Turm in die Luft, zu seinen Füßen in tausend Brocken am Boden das Kirchenschiff. Als sei er für seinen Verrat bestraft worden, als höchster Turm der Stadt den britischen Bombern den Weg gewiesen zu haben. In entferntere Ekken der Innenstadt bin ich nie gekommen. Dass die Stadthalle zerstört worden war, das Hauptrestaurant am Ostende des Stadtparks, in dem bis zu 14.000 Menschen Platz fanden, wusste ich nur vom Hörensagen. Das eigentliche Ziel, die Flakbatterien im Park, hatte keinen einzigen Treffer abbekommen.

Mein geliebtes Hamburg war eine einzige Trümmerwüste; es glich einem Albtraum, aus dem niemand je wieder erwachen würde. Dabei habe ich das Allerschlimmste nicht einmal zu Gesicht bekommen: die Stadtteile Rothenburgsort, Hammerbrook und Borgfelde, die im Feuersturm versunken waren. Die Industrieanlagen im Südosten der Stadt hatten sie mit ihren Bomben bis dahin nicht kleingekriegt. Um sie auszuschalten, mussten eben die Menschen dran glauben, die in den Werken arbeiteten und dicht an dicht in jenen Quartieren lebten.

In den Wochen davor hatte große Hitze geherrscht in Hamburg. Die Stadt war wie ausgetrocknet, sodass das eng besiedelte Gebiet für die britischen Brandbomben ein gefundenes Fressen wurde. Der Nacht, in der der Osten Hamburgs unterging, war ein wunderschöner Abend vorausgegangen. Für über 30.000 Menschen der letzte, den sie erleben würden.

In rasendem Tempo hatten sich die einzelnen Brandherde zu einem Flächenbrand verbunden. Ein kilometerhoher Schlotwirbel entstand, der mit Orkanstärke den Sauerstoff aus der Luft sog – und aus den Kellern, in denen die Menschen Schutz gesucht hatten. Die meisten Toten fand man später fast friedlich an die Wände gelehnt, als würden sie nur schlafen. Sie waren am Kohlenmonoxid erstickt, das an die Stelle des Sauerstoffs getreten war.

Mit einem solchen „Erfolg" ihrer Operation hatten auch die Briten nicht gerechnet. Erstmals hatten sie bündelweise die berüchtigten Stanniolstreifen – Lametta nannten wir sie später – vor der Küste und bei Stade vom Himmel regnen lassen, um die deutschen Funkmessgeräte außer Gefecht zu setzen. Hat funktioniert, die Flak hat praktisch blind in die Luft geschossen.

Von den fünfstöckigen Wohnblöcken im Osten standen nach dem Angriff nur noch ausgeglühte Skelette. Mit toten Augen starrten sie in eine Landschaft, in der nie wieder jemand leben würde. Alles darin war verbrannt, die Menschen, die Dinge, die Luft. Mit Trümmersteinen zog man hohe Mauern hoch und erklärte ganze Straßenzüge zum Sperrgebiet, sodass viele Leichen erst Jahre nach dem Krieg geborgen werden konnten. Man hatte Angst vor Seuchen.

Wie alle anderen gewöhnte ich mich ab Juni '45 daran, zwischen Schuttbergen zur Arbeit zu gehen und mit jedem Schritt die Trostlosigkeit einzuatmen. Nach kurzer Zeit nahm ich sie kaum mehr wahr. Was ich wahrnahm, das waren die jungen Briten in ihren Uniformen, die an jeder zweiten Ecke irgendetwas sicherten oder geschäftig durch die Gegend liefen. Und sie bemerkten uns Mädels, auch wenn sie so tun mussten, als sähen sie uns nicht. Kennenlernen verboten. Off limits. Nicht mal mit deutschen Kindern spielen durften die britischen Boys, woran sich allerdings von Anfang an kaum einer hielt. Ich habe gesehen, wie sie ihnen Kaugummis oder Schokolade zusteckten, manches Mal sogar Zigaretten, die sie gegen etwas Richtiges zu essen tauschen konnten. Schokolade! In diesen Momenten wünschte ich mir, selbst noch Kind zu sein. Obwohl meine Mutter mir ganz sicher verboten hätte, von diesen Fremden etwas anzunehmen, diesen Leisetretern, die auf hohen Kreppsohlen daherkamen und ganz anders klangen als zuvor die deutschen Soldaten in ihren auf dem Pflaster knallenden genagelten Knobelbechern.

Ich ahnte nichts davon, hätte es mir in meinen kühnsten Träumen nicht vorstellen können – wir hatten keine Träume mehr, damals – , doch ich sollte etwas viel Besseres bekommen als Schokolade. Eines nasskalten Abends Anfang Oktober erschien einer, den ich kannte. Ich kam später als sonst nach Hause, weil ich auf dem Schwarzmarkt beim Dammtorbahnhof für meine Mutter Kaffee organisiert hatte. Sie behauptete, ohne Kaffee nicht leben zu können und Bauchgrimmen zu bekommen von „diesem elenden Muckefuck aus Zichorie", den man als Ersatzkaffee trank. Ihre Höhere-Tochter-Allüren hatten während des Kriegs kein bisschen gelitten; mühelos hielten sie selbst der Nachkriegswirtschaft stand. Nervös blickte ich auf meine Armbanduhr. Zwanzig vor neun. Bis zur Sperrstunde, nach der es Deutschen verboten war, sich auf der Straße aufzuhalten und überhaupt ihre Häuser und Wohnungen zu verlassen, waren es noch ein paar Minuten hin. Das würde ich schaffen.

Trotzdem erschrak ich fast zu Tode, als ich um die Straßenecke bog und zwanzig Meter weiter einen offenen Armee Jeep parken sah, aus dem Zigarettenrauch aufstieg, mit einem einzigen Mann Besatzung. Jetzt haben sie dich, dachte ich, während ich unter dem Mantel die hundert Gramm Kaffee fester an die Brust drückte, die mich ein Zigarettenvermögen gekostet hatten. Sie sind dir bis vor die Haustür gefolgt, so ein verdammtes Pech aber auch, gleich beim allerersten Mal. Aber es war ganz anders. Es war kein Pech. Es war ein unbeschreibliches Glück, und nachdem ich es begriffen hatte, glaubte ich zum ersten Mal seit Jahren, es könnte eventuell doch einen Gott geben. Oder wenigstens einen eini-

germaßen mitfühlenden Stellvertreter auf Erden, der sich, aus welchem Grund auch immer, in Hamburg-Nienstedten aufhielt.

Der Mann stieg aus. Ein Offizier. Warum hat der dich nicht gleich an der S-Bahn-Station abgepasst, dachte ich noch. Und warum setzen sie einen Captain auf junge Mädchen mit Schwarzmarktware an, wo ein einfacher Sergeant genügt hätte. Hatte wohl Spaß daran, dich in Sicherheit zu wiegen, der Herr. „Bon soir, Mademoiselle", sagte er, lässig an seinen Jeep gelehnt, als ich ihn, den Blick stur geradeaus gerichtet, passieren wollte. „Je vous retrouve encore plus belle." Er lächelte, als ich den Kopf wandte.

Mehrere Sekunden habe ich ihn angestarrt, bis ich begriff. Sein Französisch hatte mich so plötzlich und unerwartet überfallen, dass ich kein Wort verstand. Keines außer „Mademoiselle". Mein Griff lockerte sich, und die braune Packpapiertüte mit dem Kaffee glitt zu Boden. „Et toujours un peu criminelle." Er bückte sich, um die Tüte aufzuheben, bevor er mich in die Arme schloss. Behutsam, als sei ich etwas Zerbrechliches, Unwirkliches, das sich jederzeit in Luft auflösen konnte.

„Charles!" Ich versank in seinen Seegrasaugen und wollte nie wieder daraus auftauchen.

Er hatte eine Odyssee hinter sich, weg von Hamburg und wieder zurück, und er sollte drei Tage brauchen, um sie mir zu schildern.

„Seit wann bist du hier?", stammelte ich.

„Seit einer guten Woche."

„Und du kommst erst jetzt?"

„Eh bien, la fraternisation, tu sais ..." Ein spöttisch-amüsiertes Lächeln vertiefte die mondsichelförmigen Falten zwischen Nase und Mundwinkeln, die mir so gefielen. Meinen Protest erstickte er in Küssen.

Das Fraternisierungsverbot war einen Tag zuvor endgültig aufgehoben worden. Bis auf Heiraten war ab sofort jede Form von Kontakt erlaubt, und ich bin mir sicher, der Großteil der Hamburger Mütter hätte das Verbot am liebsten auf der Stelle wieder ins Werk gesetzt. Gott, der alliierten Kontrollkommission und dem britischen Stadtkommandanten Armytage sei Dank, dass sie es zu verhindern wussten.

Wir sahen uns jeden Abend. Ich müsse Überstunden machen, erklärte ich Mutter und Tante Antonie zu Anfang. Später erklärte ich nichts mehr, die Zeiten waren neue, und sie mussten sich ihren Teil denken. Die Gedanken meiner Mutter konnte ich eins zu eins an der Miene ablesen, mit der sie mich empfing, wenn ich abends um zehn nach Hause kam. Die meiner Tante waren dieselben, nur drückte sie es anders aus. „Pass auf dich auf, Kind", sagte sie eines Abends zu mir und nahm mich auf dem Treppenabsatz in den Arm, als ich mich nach oben schleichen wollte. Verständnis lag in ihrem Blick. Und Vertrauen. Und Sorge.

„Er ist zurück, nehme ich an", sagte mein Vater, als wir einmal nebeneinander vor dem Fenster standen und in den regennassen dunklen Garten blickten. Von den Kugellampen zu beiden Enden der breiten Fensterbank angeleuchtet, spiegelten wir uns in der Scheibe und ich sah, dass es keine Frage war. Ich nickte nur. Nie hat er gegenüber meiner Mutter ein Wort darüber verloren, wobei er mir im September '43 geholfen hatte. Nicht davor und nicht danach. Und jetzt musste ich keines verlieren.

Ihm war klar gewesen, dass sie im Zweifelsfall persönlich dafür gesorgt hätte, dass Charles in Gefangenschaft geriete – und ich „meine gerechte Strafe gefunden" hätte. Sie hat auch später nicht erfahren, dass ich „meinen Besatzer", wie sie ihn nannte, nicht erst nach dem Krieg getroffen hatte.

Charles und ich holten nach und nahmen uns, was wir so lange vermisst hatten. Von einem Tag auf den anderen machte das Leben mich wieder satt, trotz der kärglichen Rationen, mit denen wir auskommen mussten. Jede einzelne Zelle meines Körpers schien sich anzufüllen mit Glück, bis sie schier platzen wollte. Dabei war ich nicht mehr das unbedarfte junge Mädchen von vor zwei Jahren. Die Entbehrungen und die Erfahrungen der Kriegszeit und der Monate danach hatten etwas mit mir gemacht.

Sie hatten mir einen feinen Kern aus Stahl implantiert, einer langen dünnen Nadel gleich, der mich hatte durchhalten lassen. Und der mich aufrecht hielt.

Charles bemerkte die Nadel. Und er bekam sie zu spüren, ab und an. Wenn ich hart gewesen war zu ihm oder auch nur widerborstig oder ungerecht, sah er mich einfach nur an, ohne eine Regung im Gesicht. Ich wusste, es machte ihn traurig, dieses Stählerne, Unerbittliche, vor allem machte ihn traurig, dass es hatte entstehen müssen. Andererseits gefiel es ihm. Er wollte eine erwachsene Frau, keine, mit der er machen konnte, was er wollte. Er wollte Widerstand spüren, ein Gegenüber.

Das bekam er. Als wir miteinander lebten, später, in der unteren Etage der Villa, wurde aus „ma petite fleur" peu à peu „mon cactus". Und aus dem Kaktus an meinem einundzwanzigsten Geburtstag – dem letzten der beiden, die wir zusammen erleben durften – „mon joli p'tit Adolf". An diesem Tag, mit Erreichen der Volljährigkeit und damit Geschäftsfähigkeit, ging das Haus, in dem ich bis heute lebe, in meinen Besitz über. Charles, dem es beim Pokern zugefallen war, ließ es auf meinen Namen eintragen. Bis heute hält er es – und mich, wenn man so will – besetzt. Ich wäre das Haus gern losgeworden, später, als es wie eine schwere Fußfessel an mir hing, aber das war nicht möglich. Es hätte ein zu hohes Risiko bedeutet.

Heute bin ich froh, dass es mir gehört.

SIEBZEHN

Es war nahezu unmöglich, Irene zu beschenken, geschweige denn ihr eine Freude zu machen. Zumindest für ihre Tochter. „Lass es einfach", pflegte Michael zu sagen, wenn Alex vor Frustration mal wieder nicht nur mit dem Geschirr unsanft umging. „Dicker Blumenstrauß und fertig."

Doch nicht einmal das war unproblematisch. Alex' Mutter holte ihre Blumen bei Aldi. Über Fremdblumen freute sie sich nur, wenn sie von irgendwelchen „ganz reizenden" und Alex vollkommen unbekannten Nachbarn kamen. Die wurden dann in den höchsten Tönen gepriesen, insbesondere der Schwiegermuttertyp, der seit neuestem mit seiner Familie schräg gegenüber wohnte. Modische Präsente von Alex etwa reichte Irene ungetragen an ihre Putzhilfe weiter, gänzlich unbeeinflusst von den Brainstormings und der Mühe, die es gekostet hatte, sie zu beschaffen. Oder Alex erhielt sie nach einer Anstandsfrist von etwa einem halben Jahr zurück mit den Worten: „Zu dir passt das doch viel besser" oder „Ich habe gar keine Gelegenheit, so etwas anzuziehen. Ich komme ja nirgendwo mehr hin."

So machte Schenken keinen Spaß, fand Alex, sah sich jedoch nicht in der Lage, die Prozedur komplett einzustellen; es wäre ihr möglicherweise als Lieblosigkeit ausgelegt worden. Da allerdings Irene inkonsequenterweise für ihr Leben gern Päckchen auspackte, war sie zu einer Taktik übergegangen, die sie nur noch halb so sehr ärgerte wie freudlos empfangene Gaben. Sie beschenkte ihre Mutter grundsätzlich mit Dingen, die ihr selbst gefielen, aber die Must-have-Schwelle nicht überschritten hatten. Dazu zählten beispielsweise ein handgefärbter auberginefarbener Samtschal, der wunderbar satt schillerte wie eine Öllache im Regen bei nächtlicher Straßenlaternenbeleuchtung. Oder ein Schwarz-Weiß-Bildband über das ereignisreiche Leben von Coco Chanel. Nur einmal hatte Alex geschenktechnisch voll ins Schwarze getroffen. Das war beim vorletzten Weihnachtsfest gewesen, zu dem sie ihrer Mutter eine Leselupe mit Standfuß geschenkt hatte, mit der Irene ihre zahlreichen Überweisungsvordrucke bequem ausfüllen konnte. Die hatte ihre Mutter wirklich begeistert. Den Samtschal und die Coco-Chanel-Biografie hatte Alex längst zurück.

Auf das Geschenk zum letzten Geburtstag wartete sie noch. Als Irene sich zu ihrem einundachtzigsten Geburtstag die dreiundzwanzigste Variante einer potenziellen Trauermusik gewünscht hatte, die sie zu Viktors oder ihrer eigenen unmittelbar bevorstehenden Beerdigung zu spielen gedachte, „The Rose" in der Version von André Rieu, hatte Alex das dringende Bedürfnis verspürt, noch etwas Heiteres hinzuzufügen. Seit circa einem Jahrzehnt plante Irene diese Beerdigungen, und sozusagen als Kontrast hatte Alex sich für einen harmlosen kleinen Roman und den niedlichen bordeauxrot gefärbten Fuchspelzpuschel entschieden, der jede Mütze zur Pudelmütze machte. Er würde Irene mit ihrem frechen eisgrauen Kurzhaarschnitt wunderbar zu Gesicht stehen. „Und du meinst, das passt zu mir?", hatte Irenes Kommentar gelautet, worauf Alex noch am Telefon die Mundwinkel Richtung Füße gerutscht waren. Als sie dann auch noch den schnippischen Unterton ertragen musste, mit der ihre Mutter auf das angekündigte CD-Geschenk ihres Enkelsohns reagierte, der kürzlich unter die Kuschelrocksänger à la James Blunt gegangen war, wäre sie am liebsten im Sturmschritt durch die Telefonleitung gefegt, um Irene ein paar ganz neue Töne um die Ohren zu hauen.

Das Päckchen, dessen Empfang der Paketbote sich vor einer Viertelstunde hatte quittieren lassen, hatte sie sofort erkannt. Es war derselbe gestreifte Karton, den sie vor vier Tagen erst ihren Eltern geschickt hatte. „Du weißt doch, dass Lesen mich zu sehr anstrengt", stand auf dem beiliegenden Zettel, der Alex ins Gesicht sprang, nachdem sie den rundum mit braunem Paketband verklebten Karton endlich aufbekommen hatte. „Und Viktor verträgt keine schokolierten Ingwerstäbchen, auch wenn er ganz scharf ist auf die Dinger." Im Karton lagen Buch und Ingwerstäbchen ohne Geschenkpapier und daneben der bordeauxrote Pelzpuschel, ebenfalls „nackt". Nur „The Rose" hatte Irene behalten.

Alex knallte den Karton samt Inhalt gegen die Wand.

„Wie ich höre, wollen Sie Ihr Haus verkaufen, Frau Perleberg." Es war einfach über sie gekommen. Aus einer Laune heraus und wegen Irene konfrontierte Alex ihre Nachbarin mit dem, was die Buschtrommeln in ihrem Abschnitt der Theobaldstraße seit Tagen trommelten. Lange genug hatte sie die Ungewissheit geplagt und Grits Desinteresse. Nun war Schluss. Sie musste ihren Ärger über ihre Mutter und deren Manipulationsversuche an jemandem auslassen. Auf der Stelle und gern unter Zeugen.

Barbara Avidus' Porsche stand vor der Gartentür. Als Vorwand für ihren Überfall hatte Alex sich einen Stapel Stoffmuster geschnappt und war nach nebenan geeilt. „Oh, Sie haben Besuch. Da komme ich wohl ungelegen mit meinen Vorhangmustern", heuchelte sie, als sie den Salon betrat. „Bitte entschuldigen Sie die Störung, Frau Perleberg. Aber ...", zuckersüß lächelte sie Barbara an, „vielleicht mag Ihre Freundin ja ebenfalls einen Blick darauf werfen. Ihr sollten sie womöglich auch gefallen." Ohne die Antwort abzuwarten oder gar eine Einladung, nahm Alex in dem noch freien Cocktailsessel Platz. Im anderen saß Barbara Avidus und streichelte mit spitzen Fingern Schmeling. Der zierliche Sessel stand ihr nicht. Sie wirkt darin wie ein robuster Stiefel, den man in einen Karton für elegante Sandaletten gezwängt hat, dachte Alex. „Aber eventuell benötigen Sie nun gar keine neuen Vorhänge mehr?" Kunstpause. „Wie ich höre, wollen Sie Ihr Haus verkaufen."

Der Satz plumpste in den Raum wie eine überreife Pflaume vom Baum. Stocksteif richtete Flora Perleberg sich in ihrem Sessel auf. „Mein Haus verkaufen? Ich? Welch ein Unsinn, wo haben Sie das denn her, Frau Sanders?" Flora Perleberg lachte, einen Hauch zu gewollt. „Ich gehe hier nur mit den Füßen zuerst raus. Nicht wahr, Barbara? Ist alles geregelt."

Barbara guckte, als habe ihr jemand die Kuchengabel geklaut und damit vor ihren Augen die komplette Käsesahnetorte aufgegessen. Sie begann, sich in ihrem engen Sesselchen zu winden. Das heißt, sie versuchte es.

„Und wenn Sie vorher in ein Heim müssten?" Alex insistierte. So gnadenlos, wie sie es bei ihrer Mutter gern getan hätte, aber nie wagte. „Weil sie es allein zu Hause nicht mehr schaffen?"

„Machen Sie sich um mich keine Gedanken." Flora Perleberg tastete nach ihrer Zigarettenschachtel. „Das werde ich nicht müssen. Wozu gibt es diese wunderbaren Osteuropäerinnen? Und", mit Seitenblick auf Grit, die mit Gummistiefeln an den Füßen und Gartenerde an den behandschuhten Händen hereinkam, „es soll ja auch ganz reizende deutsche Betreuerinnen geben, die sich geradezu aufopfernd um ältere Menschen kümmern. Und um Haus und Hof." Grit war nicht im Bilde über das, was vor sich ging, und nahm überrascht Floras Schmeichelei zur Kenntnis. Auch wenn diese mit ironischem Unterton daherkam.

„Worum geht's?", wollte sie fragen, doch nach Alex' nächstem Satz wusste sie Bescheid.

„Aber ich habe doch die Anzeige gelesen", sagte Alex und bückte sich, um die drei Zigaretten aufzusammeln, die Flora aus der Packung gerutscht waren. „Und natürlich sofort erkannt, um welches Haus es sich handelt."

„Unsinn, ich habe nie eine aufgegeben." Flora Perleberg steckte sich eine der Zigaretten zwischen die Lippen und stopfte die anderen fahrig in die Schachtel zurück. „Wo denn überhaupt? Im Abendblatt vielleicht? Oder bei einem Makler? Diese Sorte Wegelagerer kommt mir nicht ins Haus. Und Frau Avidus auch nicht, oder, Barbara?"

„Natürlich nicht", log diese, ohne auch nur im Ansatz rot zu werden.

„Immoscout", beharrte Alex. „Also im Internet", setzte sie zur Erläuterung für Flora hinzu. „Inzwischen steht sie aber nicht mehr drin, was immer das bedeuten mag."

„Sie müssen sich irren, Frau Sanders", erklärte Flora. Ihr Ton ließ keine Widerrede zu.

Eigentlich.

„Ich habe die Anzeige aber auch gelesen", schaltete Mira sich ein. Sie schleppte ihrer Mutter einen mit Bambus bepflanzten Terracotta-Topf hinterher, hinter dem sie fast vollständig verschwand. „Wo soll das Teil jetzt hin, Mama? Das ist scheißschwer." Stöhnend ließ sie den Topf mitten im Salon zu Boden gleiten.

„Doch nicht aufs Parkett", schimpfte Grit, bevor ihr beim nächsten Satz ihrer Tochter die Spucke wegblieb.

„Ich hab' sogar ein Angebot abgegeben." Mira schmierte sich mit dem Daumen einen Streifen schwarzer Gartenerde über die schweißfeuchte Stirn. „Zusammen mit Elin und Tim."

„Ihr habt was?", riefen Alex und Grit im Chor.

„Klar, nur mal so, als Versuchsballon. Aber wir haben die Bude nicht bekommen." Mira zuckte die Schultern. „Obwohl wir geschrieben haben, wir seien ein solventes Zahnarztpaar und schwanger mit dem dritten Kind." Sie grinste. „Das ‚solvent' kam von Tim und das ‚schwanger' von Elin. War aber wohl nicht hoch genug, unser Angebot."

„Wie viel habt ihr geboten?", fragte Flora, die Ruhe selbst.

„Eine Million."

Flora winkte ab.

„Und wer hat euch abgesagt?", fragte Alex. Befriedigt registrierte sie, wie Barbaras Wimpern zu flattern begannen. Auch Mira bemerkte, wie die Steuerberaterin die Luft anhielt und sie gaanz gaanz langsam aus bebenden Nüstern entweichen ließ, während sie selbst sich die Antwort aus der Nase ziehen ließ. Ebenfalls in Zeitlupe.

„Wer uns abgesagt hat?" Konzentriert zupfte sie die dünnen hellgrünen Blätter der Bambuspflanze zurecht. „Niemand, es kam keine Antwort", erklärte sie und spitzte dabei genüsslich den Mund. Sie blickte Barbara Avidus so direkt in die Augen, dass sich in der Hinterwand ihrer Augäpfel eigentlich zwei scharfkantige Löcher hätten auftun müssen. „Vielleicht waren wir einfach zu spät dran."

„Genug jetzt mit diesen Albernheiten." Resolut machte Flora dem Blicke-Pingpong ein Ende. „Ich verkaufe nicht. Insbesondere nicht zu meinen Lebzeiten, und damit basta. Wer trinkt einen Sekt mit mir?", schob sie hinterher, um das heikle Thema vom Tisch zu bekommen. „Mira, meine Liebe, bist du so gut und holst eine Flasche aus dem Kühlschrank."

Barbara nippte der Form halber an ihrer Sektflöte und machte sich davon, sobald sie konnte, ohne dass es allzu sehr nach Flucht aussah.

„Soll ich Ihnen die Tasche raustragen?", fragte Mira scheinheilig. Barbaras graues Bouclé-Kostüm machte ein schabendes Geräusch, als sie sich aus dem Sessel wand.

„Nicht nötig, danke." Die letzte Person, der sie unter vier Augen begegnen wollte, war dieses impertinente dreizehnjährige Gothic-Girl. Obwohl sie durchaus ein paar Fragen an das kleine Biest gehabt hätte. Warum sie sie nicht in die Pfanne gehauen hatte, zum Beispiel. Was hatte das Gör vor? Eine hübsche kleine Erpressung etwa? Barbara musste nachdenken. In halsbrecherischem Tempo stöckelte sie über den

Gartenweg, warf sich und ihre voluminöse Büffellederhandtasche in den Wagen und rauschte mit aufheulendem Motor davon.

„So, und wir befassen uns jetzt mal mit diesen Stoffmustern", sagte Flora beschwingt nach der überraschenden Konversation und ihrem Sekt. Ihre Vogelaugen funkelten.

„Schau mal, Mira, was meinst du? Brauchst du vielleicht auch neue für dein Zimmer oben? Dunkellila Samt zum Beispiel?"

„Sag mal, spinnst du eigentlich?", fuhr Grit Alex an, als sie sie eine halbe Stunde später zum Gartentor begleitete. „Was hat dich geritten, dieses Thema aufs Tapet zu bringen? Wahrscheinlich darf ich das ausbaden. Heute noch."

„Irene", gab Alex kleinlaut zu. „Ich war unfassbar wütend."

„Nächstes Mal gehst du bitte joggen, wenn deine Mutter ihre wilden zehn Minuten hat und ihren Frust an dir auslässt. Oder du wirfst was an die Wand. Was Großes."

„Das habe ich", sagte Alex. „War wohl nicht groß genug."

Lieber Himmel, was war das denn eben?
Gerade noch mal die Kurve gekriegt, würde ich sagen. Vorausgesetzt, Barbara nimmt mir meine Ahnungslosigkeit ab. Ich habe meine Rolle jedenfalls erstklassig gespielt, finde ich. Und Mira erst! Chapeau! Ganz schön abgebrüht, die Kleine. Und auch meine liebe Nachbarin; hätte ich ihr gar nicht zugetraut. Was war bloß los mit ihr? Sie ist doch sonst so diskret und zuvorkommend. Schon wie sie reingesegelt kam mit ihren Stoffen. Regelrecht auf Krawall gebürstet. Das mit der Anzeige hat sie also definitiv mitgekriegt. Und wenn sie es weiß, weiß es auch die Linde. Komisch, dass die nichts gesagt hat bisher, sie hätte noch den besten Grund dazu, wo sie gerade erst hier eingezogen ist. Außer mir natürlich. Mira habe ich wohl selbst auf die Anzeige gebracht. Vielleicht war der Laptop nicht richtig zu, neulich. Wir sind also zu sechst, die Bescheid wissen, auch wenn es keine vor der anderen zugibt, Tim und Elin lasse

ich jetzt mal weg. Ein netter kleiner Club: die Linde, Mira, Frau Sanders, Sonja Führmann und ich. Und natürlich Barbara, die falscheste aller Schlangen in meinem Biotop.

Meine Erinnerungen lassen mir keine Ruhe. Nicht nur in meinen Träumen fallen sie über mich her, auch bei Tage. Alles kommt wieder hoch, als sei es gestern gewesen.

Es war in diesem elenden Hungerwinter, dass ich hier einzog. Von Mitte Dezember 1946 bis Anfang März 1947 hatten wir Schnee und Eis mit Temperaturen von zwanzig Grad minus. Auf dem Ohlsdorfer Friedhof war der Boden bis zu einem Meter tief gefroren. Die Löcher für die Gräber mussten sie hineinsprengen oder die Toten bis zum nächsten Tauwetter in Pappsärgen zwischenlagern. Holz war so knapp, dass es für die Lebenden gebraucht wurde. Im Stadtpark patrouillierten Polizeistreifen und britische Soldaten, um das heimliche Fällen der Bäume zu verhindern. Hat nichts genützt. Als es endlich taute, fehlten ganze Alleen.

Dass ich fror und oft Hunger hatte, trotz der Rationen, die Charles mit mir teilte, merkte ich trotzdem kaum. Ich fühlte mich lebendig wie nie zuvor. Während andere entkräftet und ohne Möglichkeit zur Gegenwehr dem Weißen Tod zum Opfer fielen, durfte ich einundzwanzig werden. Und darüber hinaus Besitzerin eines Hauses in den Elbvororten. Blankenese! Meine Eltern waren zurückgekehrt in die Harvestehuder Wohnung, doch nur für kurze Zeit. Als immer mehr Besatzer nach Hamburg kamen – oft unter Umständen, bei denen die eine Hand nicht wusste, was die andere tat – und ab Ende 1945 zum Teil ihre Familien nachzogen, wurde es noch enger in der Stadt. Sie war zu zwei Dritteln zerstört, die Bevölkerung aber nur um ein Sechstel geschrumpft. Dazu die Flüchtlinge aus Ostpreußen, Schlesien und Pommern, die untergebracht werden mussten.

Die großzügige Wohnung im Jungfrauenthal wurde beschlagnahmt, und Vater und Mutter zogen wieder bei Tante Antonie ein, damit nicht auch ihr Haus anderweitig Einquartierung bekam.

Mein neues Leben nahmen sie mir übel. Und die Nachbarn auch. Sie dachten, die Villa sei von der Besatzungsmacht für einen ihrer Offiziere requiriert worden und ich sei sein deutsches Frollein. Sein Flittchen, das sich nicht zu schade war, für ein bisschen Kaffee, Mehl und ein Paar Nylons die Beine breit zu machen. Sollten sie denken, was sie wollten. Es kümmerte mich nicht.

Einen Teil des riesigen Salons in der Beletage hatten wir gegen die Kälte mit Armeedecken abgehängt, wir hielten uns ausschließlich im Kaminzimmer auf. Direkt vorm Kamin, auf den beiden dicken Teppichen, die wir übereinander legten, zur Isolation gegen die Kälte von unten und um sie vor der Requirierung zu bewahren, die nicht nur ganze Häuser und Wohnungen, sondern auch Möbel und Hausrat betraf. Den Kamin beheizten wir mit Ästen und Baumstämmen, die Charles bei Eiseskälte im Garten schlug. Den beißenden Qualmnebel, der aus dem frischen Holz drang, habe ich noch heute manchmal in der Nase, insbesondere dann, wenn Herr Sanders in einer alten Zinkbadewanne sein lächerliches Osterfeuer veranstaltet. Da packt er alles rein, was seine Frau frisch von den Bäumen und Büschen geschnitten hat. Mithilfe ihres genervten Sohnemanns. Und über der Glut grillt er dann en masse Thüringer Würstchen, die zusätzlich die Luft verpesten. Bei Thüringer Würstchen dreht sich mir der Magen um. Bei allen anderen ebenso.

Die Briten hatten Sorge damals, es könnte Unruhen in der Bevölkerung geben. Nichts zu beißen, nichts zu brennen, versprochene Kohlelieferungen blieben aus und fast wurde mehr Kohle von den offenen Waggons geklaut, als dass sie dort ankam, wohin sie bestellt worden war. Aber die Sorge war unbegründet, und im Grunde wussten sie das: Die Hamburger Bevölkerung war rein körperlich viel zu entkräftet, erschöpft und verfroren, um eine Demonstration, geschweige denn irgendwelche Aufstände anzetteln zu können.

Die Besatzer selbst holten sich Frostbeulen in ihren Kasernen und Behörden, weil auch sie aus Solidarität gezwungen waren, ihren Energieverbrauch einzuschränken. Einem Kollegen von Charles war bei minus fünf Grad der Morgentee in der Tasse auf seinem Schreibtisch eingefroren, weil er es versäumt hatte, ihn rechtzeitig zu trinken, erzählte er einmal. „Earl Grey on the rocks" sozusagen. Und weibliche Armeeangehörige in Rahlstedt hatten zur Selbsthilfe gegriffen, nachdem der einzige Boiler in ihrer Unterkunft kaputtgegangen war und nach offiziellem Bescheid erst in zwei Monaten repariert werden sollte. Kurzerhand beauftragten sie einen deutschen Klempner und bezahlten ihn mit Zigaretten und Schokolade. In britischen wie in deutschen Büros fror die Tinte in den Tintenfässern ein. Alle saßen wir in Mäntel und Kaninchenfell gehüllt und mit Handschuhen am Schreibtisch. Der arktische Winter war ausgesprochen demokratisch.

Tagsüber war es bei uns in der Theobaldstraße ebenso dunkel wie in der Nacht, denn vor den Fenstern hingen die Decken und davor die dicken moosgrünen Samtvorhänge des Vorbesitzers. Nachdem ich Mitte der Fünfziger „Vom Winde verweht" im Kino gesehen hatte, erinnerten sie mich immer an das Kleid von Scarlett O'Hara, das sie, nachkriegsverarmt und abgerissen, aus den Vorhängen der ehemals stolzen Baumwollplantage Tara hatte schneidern lassen, um den Kriegsgewinnler Rhett Butler zu becircen. War bei mir nicht nötig, das Becircen. Meine Vorhänge blieben heile und bis in die späten Sechziger Jahre hinein hängen. Aber an Scarlett musste ich oft denken. An ihr „Morgen ist ein neuer Tag", wie es am Ende des Films heißt. Scarlett hatte recht. Dass er wunderbar werden würde, der neue Tag, hat sie nie behauptet.

Hier auf dem doppelten Teppich vorm Kamin war es, wo Charles mir in langen Winternächten die Einzelheiten seiner Flucht erzählte, die er mir und meinem Vater zu verdanken hatte. Sein ursprünglicher Plan, auf dem Landweg nach Frankreich zurückzukehren in die italienisch besetzte Zone am südöstlichen Rand, wo auch seine Familie lebte, hatte sich noch in Hamburg zerschlagen. Nach Mussolinis Sturz durch die eigenen Landsleute und dem darauffolgenden Waffenstillstand der Italiener mit den Alliierten war Hitlers Wehrmacht Anfang September dort eingerückt, hatte die italienischen Streitkräfte entwaffnet und das letzte bisschen Frankreich eingenommen, das nicht bereits unter ihrer Herrschaft war.

Es war pures Glück, dass ich rechtzeitig erfahren hatte, dass dieser Weg versperrt war. Dass ich an diesem Abend ausnahmsweise pünktlich nach Hause gekommen war. Genervt hatte mein Vater beim Abend-

essen davon gesprochen, dass Zugumleitungen und Änderungen von Transportwegen ihm seinen beruflichen Alltag schwermachten, weil unvorhergesehene Truppenbewegungen das Schienennetz beanspruchten. Charles' Plan war ohnehin hochriskant. Wie sollte ein britischer Franzose oder ein französischer Brite, der kaum deutsch sprach, durch Feindesland reisen, ohne meinen deutschen Landsleuten in die Hände zu fallen oder, falls er es nach Frankreich schaffte, dort von den eigenen Leuten als Deserteur festgenommen zu werden?

Alle anderen Fluchtrouten waren nicht weniger gefährlich. Ich hatte Land- und Seekarten besorgt und sogar einen dicken Globus in Charles' Versteck geschleppt, damit er sie in Ruhe studieren konnte. Die Flucht nach England auf dem Wasserweg schien die einzige Möglichkeit, aber wie sollten wir das bewerkstelligen? Ich war siebzehn und hatte keinerlei Verbindungen Richtung Hafen oder sonst wohin. Persönlich hinsegeln konnte ich ihn mangels Boot und Navigationskenntnissen auch nicht. Die Zeit lief uns davon, wir hatten Angst vor Entdeckung, und ich wusste mir nicht anders zu helfen, als meinen Vater einzuweihen in das, was ich seit sechs Wochen tat. „Willst du uns alle ins Lager schicken oder gleich umbringen?", schrie er mich an, als er von dem Versteck im Keller meiner Ballettschule erfuhr. „Es gibt also gar keine Aufführung für Kriegsversehrte und Ausgebombte, für die du angeblich ständig Pirouetten und Sprünge üben musst!" Er war außer sich, wusste aber, dass ich bereits zu sehr in die Sache verstrickt war, um allein heil da herauszukommen. „Wenn du deinen Franzosen nicht persönlich über die Nordsee schippern willst, gibt es nur einen Weg."

Es kostete ihn schlaflose Nächte und eine Stange Geld, den Kapitän eines Fischtrawlers zu bestechen, und er tat es aus dem einzigen Grund, mich und meine Familie zu schützen. Als „taubstummes" deutsches Mannschaftsmitglied der Neptun *fuhr Charles über die U-Boot-verseuchte Nordsee auf die deutsch besetzte Kanalinsel Guernsey, von wo er versuchen würde, sich aufs britische Festland durchzuschlagen. Gut vier Tage würde die Fahrt dauern bei einer Durchschnittsgeschwindigkeit von neun Knoten, erklärte mir mein Vater. Dazu kämen die Fisch-*

züge, bei denen der Trawler im Kreis fuhr, um seine Laderäume mit Makrele zu füllen.

Wir konnten nur hoffen, dass Charles die Maskerade durchhalten würde. Und einen Weg fand, durch die deutschen Maschen rüber nach Plymouth oder zur Not auch nach Cherbourg oder Saint-Malo zu schlüpfen.

Er hielt durch, aber es war hart. Und mehrmals knapp, erzählte er mir. Einer der 13-köpfigen Mannschaft, ein grimmiger Bursche mit einer wulstigen roten Narbe auf der Stirn, hatte ihn auf dem Kieker. Obwohl er nie einen Ton von sich gab und sich so unauffällig wie möglich verhielt. Womöglich war es eben jene Sprachlosigkeit und das leicht Unterwürfige, was den anderen reizte. In einem unbeobachteten Augenblick, beim Bergen der schweren Netze, das die volle Konzentration und Kraft aller erforderte, versetzte er Charles einen kräftigen Stoß mit dem Ellbogen. Mit Absicht. Es hätte nicht viel gefehlt, und er wäre bei ruppigem Wetter über Bord gegangen. Als er auf den rutschigen Salzwasserplanken wieder einigermaßen festen Boden unter den Füßen hatte, konnte Charles sich nur mit Mühe beherrschen, nicht auf den Deutschen loszugehen. Ein Funkeln aus zusammengekniffenen Augen musste genügen. Von da an wurde er noch vorsichtiger und ging dem Kerl aus dem Weg, wo er konnte. Was schwierig ist auf einem engen Schiff und bei der gefährlichen Arbeit auf See, wo man sich aufeinander verlassen können muss. Charles achtete darauf, fortan immer einen oder zwei der anderen Männer in der Nähe zu haben.

Auf Guernsey verließ er heimlich die Neptun und kam nach zwei Nächten hinter feuchten Strohballen bei einem Pastor unter. Der Mann Gottes half ihm, auf einem Rotkreuzschiff an die englische Südküste zu gelangen, wo er Kontakt mit einem Royal Air Force-Stützpunkt aufnehmen konnte.

Gut, dass ich von alldem nichts wusste. Wie eine Mondsüchtige bin ich durch die Tage und Wochen getaumelt, nachdem Charles weg war. Wie ein Schatten in meinem eigenen Leben und natürlich ohne jedes Lebenszeichen von ihm. Irgendwann erfuhr ich von Vater, dass immerhin der erste Teil der Überfahrt gut gegangen war – er hatte eine verschlüsselte Nachricht vom Kapitän der Neptun erhalten – und Charles „höchstwahrscheinlich" auf dem Weg zurück nach England sei.

Nur wenn man das Ende kennt und es von der Hauptfigur des Dramas vor knisterndem Kaminfeuer erzählt bekommt, sind die Augenblicke, in denen es knapp war, einigermaßen auszuhalten.

Dass Charles bei seinen Erzählungen einen wesentlichen Teil seiner Odyssee zu erwähnen vergaß, werde ich ihm bis zu meinem letzten Atemzug verübeln. Erst jetzt, mit 65 Jahren Verspätung, habe ich herausgefunden, was herauszufinden war: Er hatte den Abschnitt mit der Sirene ausgelassen: Louise! Ob ich das auch dem da oben zu verdanken habe? Seit ich davon weiß, frage ich mich, ob Nichtwissen eine Gnade ist oder eine elende Zumutung. Mein stählerner Stift im Innern, der in all den Jahren zu einem verlässlichen Stützpfeiler geworden ist, hilft mir, sie zu ertragen. Und meine Wut.

Wie ich seinen Tod ertragen habe, weiß ich nicht mehr. Ich funktionierte einfach weiter. So wie ich in der Situation selbst funktioniert habe, als es passierte. Ich tat, was zu tun war, ohne nachzudenken. Eine Art Kurzschlusshandlung, würde ich heute sagen. Unter Schock. Erst danach, als alles erledigt war und mir noch die feuchte Erde an den Händen und unter den Fingernägeln klebte, brach ich zusammen, während gleichzeitig die Angst zu meinem ständigen Begleiter wurde. Wie eine schwarze Krähe krallte sie sich in meine Schulter und hackte mir in jeder wachen Minute ins Hirn, was geschehen, welche Folgen mein Handeln haben konnte.

Ich wollte es nicht hören, das Krähenvieh. Aber ich höre es bis heute.

Nach Charles' Tod flossen die Tage ineinander. Bei Tageslicht verschlief ich sie, in der Nacht kehrte ich meine Seele unter den Teppich ... in den Bars, den Clubs, in die ich ging, um mich zu betäuben. Um nicht denken und, vor allem, nicht fühlen zu müssen.

ACHTZEHN

„Ich habe beschlossen, mich der Zukunft zu öffnen. Mira zeigt mir, wie es geht."

Mit ihrem neuen Notebook vor sich, saß Flora Perleberg am Verandatisch im Schatten und hackte mit Krallenfingern auf dessen Tastatur ein. Immerhin: Knoten würde sie keine in die Finger bekommen. Die Anordnung der Tasten mit a-s-d-f ... j-k-l-ö und so weiter war über die Jahrzehnte dieselbe geblieben wie auf ihrer Schreibmaschine von 1942, auf der sie das Blindschreiben erlernt hatte. Dass man sie nicht herunterdrücken musste und ein Hauch von Berührung genügte, um die unbegreiflichsten Aktivitäten auszulösen, war jedoch ebenso neu wie nervig. Ein leichter Wind wehte Zigarettenasche aus dem Aschenbecher zwischen die Tasten, die sich durch Floras Gehacke auf direktem Weg ins Schleudertrauma befanden.

„Die Zukunft ist bald fertisch, wenn Sie nischt aufpassen." Claire beugte sich über die Tastatur und pustete die Aschepartikel weg. „Die von Ihrem Notebook jedenfalls."

Auf dem Bildschirm war vor verschneiter Alpenkulisse und mehreren Hochhäusern, die weiß im Sonnenlicht leuchteten, ein Fluss zu sehen. Darüber schwebend vier kugelige Kabinen einer Gondelbahn, die an Seifenblasen erinnerten. Überrascht blickte Claire ihre Vermieterin an. „Ah, les bulles de Grenoble. Was machen Sie denn dort? Möschten Sie in Urlaub fahren an die Isère und mit der Seilbahn 'och auf die Bastille?"

„Ich wollte mir mal ansehen, wo genau Sie eigentlich herkommen."

„Dann Sie müssen 'ier schauen." In halsbrecherischer Geschwindigkeit und leichtfingrig wie eine Elfe gab Claire den Namen eines Ortes ein, der unmittelbar darauf auf dem Bildschirm erschien und zu Füßen eines schroffen Gebirgsmassivs lag. Ihre Finger machten ein Geräusch, als tanzte ein Mäuseballett auf der Tastatur Cha-Cha-Cha. „Saint-Martin-en-Vercors, das Dorf, in dem isch aufgewachsen bin."

Claire schaltete auf Satellit und zoomte das Bild heran, bis inmitten von viel Grün stark verpixelt ein Hof mit Stallungen in den Fokus rückte. „Et voilà, mein Eltern'aus."

„Sehr schön", murmelte Flora, ein wenig erschrocken, dass es ihr mit ein bisschen Tastengetanze so nah kommen konnte.

„Warten Sie, isch zeige Ihnen ein Bild meiner Mutter." Claire zückte ihr Handy und tippte in einer Fotogalerie herum. „'ier, das ist Maman." Flora sah eine schlanke Mittsechzigerin vor sich, die etwas erstaunlich Jugendliches an sich hatte. Ihr noch dunkles lockiges Haar trug sie halblang, und nur in der Stirn war es von grauen Strähnen durchzogen. Mit einer Mischung aus Skepsis und Amüsement schaute sie in die Kamera, dabei deutete sie mit dem Zeigefinger auf etwas, das außerhalb des Bildes lag. Ihre Lippen waren schmal und hatten etwas Entschlossenes.

„Louise?", fragte Flora.

Claire blickte sie unverwandt an. „Oh, Sie 'aben uns ge'ört neulich abends in der Küsche? Non, Madame, Maman 'eißt Caroline. Caroline Masson. Louise ist der Name meiner Großmutter, la maman de maman." Sie tippte ein zweites Bild an. Eine Frau in ihrem Alter sah Flora ins Gesicht. Ihr blassgrüner Blick wirkte ein wenig verschwommen und nach innen gekehrt, als habe sie noch viele Fragen, lege aber keinen Wert mehr darauf, die Außenwelt in allen Einzelheiten wahrzunehmen. Und vielleicht auch nicht mehr darauf, Antworten zu erhalten auf ihre Fragen.

Selbst Claires Großmutter war nicht vollständig ergraut wie sie selbst. Einzelne dunkle Strähnen durchzogen ihr Haar bis in den Knoten hinein, zu dem es geschlungen war. Die Sonne in der Bergregion oberhalb von Grenoble war unerbittlich und speicherte jeden einzelnen Strahl in den Gesichtern der Menschen ab, der sie in ihrem Leben getroffen hatte. Das zarte Gesicht von Louise war von Altersflecken übersät. Dass sie in ihrer Jugend eine schöne Frau gewesen sein musste, erkannte Flora dennoch.

„Gibt es auch einen Papa?", fragte sie mit rauer Stimme und Betonung auf der zweiten Silbe, „und einen Großpapa?"

„Bien sûr." Ein bisschen Gewische, und auf dem Handydisplay tauchten beide Eltern von Claire auf, in Gesellschaft eines großen braunen Jagdhunds. Den Mann mit den spitzbübischen dunklen Augen und den vielen Lachfältchen drumherum hätte man eher für einen südfranzösischen Weinbauern gehalten als für einen Mann aus den Bergen. In seinem störrischen Schnauz hatte deutlich das Grau die Oberhand gewonnen. Er hatte einen Arm um Caroline gelegt und schien sie zu necken. Lachend wehrte sie ihn ab. „Nurr von meinem Großvaterr 'abe isch kein Bild."

„Er lebt noch?"

„Nein. Das 'eißt, sischer nischt. Err ist nie aus dem Krieg zurückgekehrt. Kurz nach dem Ende err ist in Deutschland verlorren gegangen. Perdu. Wir wissen nischt, was ist mit ihm passiert." Das Thema schien Claire aufzuwühlen. Normalerweise machte sie kaum Fehler im Satzbau. Sie zögerte. „Sein letzter Brief kam aus ... 'amburg."

„Deshalb also diese Masterarbeit", sagte Flora leise. „Und deswegen Hamburg."

Nach dem Namen des verlorengegangenen Großvaters musste sie Claire nicht fragen. Sie hatte es vom ersten Augenblick an geahnt, und jetzt wagte sie es kaum, seine Enkelin anzusehen. Diese Enkelin mit seinen seegrasgrünen Augen ...

„Weißt du schon das Neueste?" Sensationslust in der Stimme, sprach Sonja ins Telefon. „Flora Perleberg ist auf dem Weg zum „digital native". Sie hat jetzt ein eigenes Notebook. Ich vermute, die Geschichte mit der Immoscout-Anzeige hat den Innovationsschub ausgelöst."

„Und sie kommt klar mit dem Ding? Ich hatte bislang nicht den Eindruck, dass sie zu den geduldigsten Zeitgenossen auf Erden gehört." Mit ihrem silbernen Lamy-Kugelschreiber klopfte Alex einen nervösen Takt auf den geschwungenen Glasschreibtisch. Sie arbeitete an den Entwürfen für stylisch-maritime Barhocker und war unzufrieden mit den bisherigen Ergebnissen. Etwas lenkte sie ab, schon bevor das Telefon geklingelt hatte.

„Mira und Claire bringen es ihr bei", sagte Sonja. „Sag mal, Alex, könntest du mir vielleicht mit etwas Mehl aushelfen? Ich hab' den Geburtstagskuchen für meine Schwiegermutter vergessen."

„Und Andreas hat dich nicht daran erinnert?"

„Der weiß nicht mal, wann seine Mutter Geburtstag hat. Und dass sie überhaupt einen hat." Alex lachte und legte den Stift beiseite. An Arbeiten war nicht mehr zu denken, wenn Sonja erst vorbeikommen würde, um das Mehl abzuholen. Sie würde rasch rübergehen; so konnte sie die Dauer der Aktion selbst dosieren.

„Ich bring es dir eben", sagte sie. „Wie viel brauchst du?"

Fünf Minuten später stand sie in Sonjas offener Küche. „Ich habe diese familiäre Sozialscheiße so dermaßen satt." Alex drückte Sonja die Mehltüte in die Hand und zupfte sich einen von Andreas' Zigarillos aus der Packung vom Küchentresen, obwohl sie eigentlich nicht rauchte. „Schwiegermütter, Omis und Opis, Tanten, Onkel und wenn es ganz schlimm kommt auch noch entfernte Cousins. Immer bin ich es, die die Kommunikation regeln und alle emotional bedienen soll. Und dabei soll ich selbst genügsam sein wie ein Kaktus in der mexikanischen Wüste. Hast du mal Feuer?"

Sie ließ sich auf einem der hohen Hocker vorm Tresen nieder. „Von liebeskummergestörten Kindern über ehemanngestörte Mütter bis hin zum Andenken an meinen Schwiegervater, inklusive Grabschmuck und Besuche auf dem Ohlsdorfer Friedhof, für alles bin ich zuständig." Alex schnaubte. „Spätestens vor Weihnachten steigt mir regelmäßig die Galle hoch, wenn ich auch noch den hinterletzten von Michaels senilen Onkeln mit einer Karte beglückt habe und Michael darum bitte, seine Patentante doch vielleicht mal höchstselbst zu verarzten. ‚Mama hat wieder ihren Weihnachtsblues', warnt Michael dann unsere Kinder vor akuter Explosionsgefahr, und alle ziehen sich umgehend aus dem Radius der zu erwartenden Druckwelle in ihre Zimmer zurück. Wo sie dann bis fünf Minuten vor der Bescherung verbleiben. Die Tante wird selbstverständlich nicht angerufen."

„Kenn ich", sagte Sonja und stellte Alex einen Aschenbecher hin. „Letztes Jahr sollte ich auch noch für die lieben Kollegen Plätzchen backen. Dabei bin ich froh, wenn ich zwischen Praxis und Kinderchaos genügend Vanillekipferln für den häuslichen Bedarf hinkriege. Und für sämtliche Großeltern."

„Das würde Michael sich nicht trauen." Alex verschluckte sich am Zigarillorauch. „Er hätte Sorge, die Kollegen würden sich an meinem Backwerk die Zähne ausbeißen. Und an Heiligabend mit einem Backenzahn in der Hand den zahnärztlichen Notdienst aufsuchen müssen", hustete sie.

Grit kam über die offene Terrassentür herein und lachte. Die letzten Sätze hatte sie mitbekommen. „Und ich dachte immer, du magst es, die Glucke zu geben und löffelweise Harmonie zwischen knirschende Familienscharniere zu schmieren."

„Danke für die Glucke." Alex bedachte Grit mit dem bei ihren Kindern gefürchteten Blick mit zusammengepressten Lippen. „Klar mag ich es, wenn gerade mal alle mit sich und dem Rest der Welt zufrieden sind. Was ich nicht mag, ist, dass sie meine Anwesenheit und meine organisatorischen Bocksprünge für ein Naturgesetz halten. Ich stehe einfach immer zur Verfügung. Und sie? Hauptsache, sie können sich ungestört ihren eigenen Interessen widmen. Zum Beispiel den drei akustischen und zwölf E-Gitarren, die Michaels Musikstudio im Keller bevölkern und mit ihrem bis in alle Ewigkeit festgeschriebenen Body-Mass-Index offenbar mehr Sex-Appeal haben als ich. Besser gestimmt sind sie auch, da sie sich weder mit Wechseljahren herumschlagen müssen noch mit Impfterminen für den Kater oder übel gelaunten Teenies. Ich hingegen habe die erfreuliche Eigenschaft, mich vor dem Hintergrund wie von Zauberhand aufzulösen, wenn alles in Butter ist."

„Jetzt übertreibst du aber", warf Sonja ein. „Für einen Mann wie Michael würde ich George Clooney, Johnny Depp und Brad Pitt kollektiv stehen lassen ... Na ja, Johnny Depp vielleicht nicht."

„Aber der säuft wieder", wusste Grit.

„Na und? Bei mir zuhause komme ich mir öfter vor wie ein Teil der Einrichtung." Alex zerquetschte ihren Zigarillo im Aschenbecher. „Wenn ich meinen Sohn zum Frühstück begrüße, ernte ich ein müdes Grunzen. Meiner Tochter muss ich die Gedanken von den Augen ablesen, falls sie gerade welche hat, und selbst Borste platziert sich derart fordernd vor seinem Fressnapf und schmeißt sich aufs Sofa, sobald er satt ist, dass ich wenigstens zweimal in der Woche mit ihm tauschen möchte."

„Mach doch!" Grit kicherte.

„Es ist ja nicht so, dass ich keine eigenen Interessen hätte", fuhr Alex, einmal in Rage, fort. „Oder keinen Job. In meinen Rachefantasien male ich mir regelmäßig aus, wie ich sie alle sitzenlasse und mir einen Hüttenurlaub im Schnee buche. Gern mit romantischer Begleitung, ohne Telefon und für wenigstens sechs Wochen."

„Soll ich schon mal bei Johnny anfragen, ob er gelegentlich Zeit hat?" Grit legte ein Paar Gymnastikhanteln auf den Tresen. „Hier, für dich, Sonja, die wolltest du doch ausprobieren."

„Stimmt, danke", erwiderte Sonja und betrachtete skeptisch die beiden kreischlila kunststoffummantelten Stäbe. „Mein Body-Mass-Index entspricht leider auch nicht dem von Michaels Gitarren."

Als an der Straße ein Gartentor ins Schloss knallte, sah sie hoch. „Hey, wo wollen die denn heute noch hin?"

Flora, Claire und Schmeling verließen einträchtig den Perleberg'schen Grund und bewegten sich im Schneckentempo Richtung Dorf. Flora hatte sich bei Claire untergehakt, während Schmeling das linke Hinterbein angewinkelt trug, penibel darauf bedacht, Bodenkontakt zu vermeiden.

„Tierarzt. Schmeling hat was an der Pfote, aber ich habe heute keine Zeit mehr für den Arzttermin. Mein Kurs geht gleich los. Claire hat sich freundlicherweise erboten, die zwei zu begleiten." Grit schaute ihnen hinterher. „Bei mir hat Flora sich noch nie untergehakt", sagte sie nachdenklich.

Das hat mir noch gefehlt. Schmeling hat sich am Bein verletzt und leckt wie verrückt an seiner Pfote herum. Ich habe ja dieses Borstenvieh in Verdacht. Der Tierarzt hat Schmeling eine Tetanusspritze verpasst und einen von diesen albernen Trichtern um den Kopf, damit er die Wunde in Ruhe lässt und den Verband nicht abreißt. Er sieht aus wie die Astronauten mit ihren gläsernen Kugelköpfen, wenn sie außerhalb ihrer Raumstationen herumturnen. Und er ist „not amused", das sieht man ihm an. So eine heilende juckende Wunde kann einen aber auch wirklich wahnsinnig machen.

Ihn machte es verrückt, damals.

Das Donnern des schweren Gewitters überlagerte immer wieder kurz das Dröhnen der Flugzeugmotoren und das Heulen der Bomben. Von dem Soldaten in der Uniform des Feindes ging trotzdem keine Gefahr für mich aus. Nicht in physischer Hinsicht. Aus einer Wunde an der Schläfe lief ihm Blut übers Gesicht, das sich mit dem Regenwasser zu einem dramatischen Aquarell vermischte, aufgefangen von dem weißen Tuch um seinen Hals, bis auch dieses klitschnass war. Als ich es abband, um damit die Blutung zu stillen und all das Rot aufzutupfen, sah ich es zum ersten Mal: das apfelförmige Muttermal in seinem Nacken, das aussah, als hätte jemand hineingebissen, und das mir so vertraut werden sollte wie mein Daumen.

Das Gewitter war der Grund dafür, dass ich nicht längst zuhause war, im Kartoffelkeller von Tante Antonie, um mit ihr und meiner Mutter darauf zu warten, dass das Dröhnen der Motoren aufhören und der Angriff vorüber sein würde. Meine Mutter hatte Zeter und Mordio geschrien, um mich von meiner Ballettstunde abzuhalten. Man wisse nicht, ob es weitere Angriffe geben würde. Wenn mich eine Bombe erwische, sei ich selbst schuld und hätte es nicht anders verdient. „Frau Johannings von nebenan geht auch nie in den Keller", hatte ich zurückgeschrien. „Die schläft einfach weiter, sagt Lotte." „Ph, Frau Johannings!", machte Mutter. „Sie wird schon sehen, was sie davon hat."

Ich habe trotzdem nicht auf Mutter gehört. Ich musste raus. Andere waren vernünftiger – oder ihre Mütter rigoroser. Wir waren nur zu dritt an jenem Nachmittag, und mit Mühe konnten Martha, Lore und ich unsere Ballettlehrerin, Fräulein Maja, überreden, uns tanzen zu lassen. Nach einer Stunde beendete sie nervös unsere Pliés und Arabesken. „Schluss jetzt, Mädchen", sie klatschte in die Hände. „Es ist ein Gewitter im Anzug, schaut, es wird schon ganz dunkel draußen. Ich für meinen Teil möchte trocken nach Hause kommen." Murrend zogen wir uns um.

Ich hatte herumgetrödelt, die beiden anderen, Martha und Lore, waren schon weg, als ich endlich loskam. Doch die Sirenen waren schneller als ich. Sie machten mir einen Strich durch die Rechnung. Fräulein Maja war dabei, die schwere Eingangstür abzuschließen, als sie losheulten und ich mein Fahrrad, ein schwarzes Monstrum, in die Rhododendronhecke warf und zum Gebäude zurückrannte.

„Der Ruhe weisem Genuss" war über den beiden Sandsteinsäulen in den Giebel gemeißelt. Welch Hohn in der Situation, in der wir uns befanden.

Zusammen verkrochen wir uns im Keller, die Nasen in einen Haufen alter Vorhänge gesteckt und die Hände über den Ohren, um den auf- und abschwellenden Sirenenton von uns fernzuhalten. Und bald darauf das Dröhnen der Kampfbomber, die zu Hunderten aus Richtung Stade anflogen, verfolgt von der deutschen Flak, die von Schuljungs wie meinen Segelkameraden bedient wurde.

Irgendwann hielt ich es nicht mehr aus; ich musste los zu meiner Familie. Mutter würde durchdrehen vor Sorge um ihre widerspenstige Tochter. Vergeblich versuchte Fräulein Maja, mich davon abzuhalten, nach draußen zu rennen in den strömenden Regen, der inzwischen eingesetzt hatte und mich in Sekunden bis auf die Haut durchnässen würde.

Wäre es ihr gelungen, mein Leben wäre wohl ganz anders verlaufen.

Die im Frühjahr frisch gestutzten Rhododendren reckten ihre starren Äste in die Luft und hatten ihm bei der unsanften Landung, direkt neben meinem Fahrrad, tiefe Wunden im Gesicht zugefügt. Ein unterdrücktes „Aaiiee!" kam aus seinem Mund, als ich ihn am Arm packte, um ihm aus seiner Fallschirmmontur herauszuhelfen. Der Schmerz verzog sein Gesicht zur Fratze wie auf den Ernst-Barlach-Zeichnungen, die heute im Barlach-Museum im Jenischpark hängen. Der Arm war gebrochen, wie sich später herausstellte.

Der Wolkenbruch hatte ein wenig nachgelassen, und durch den dünner gewordenen Regenschleier sah ich, wie auch Fräulein Maja schließlich das Godeffroy-Haus mit dem imposanten Säuleneingang verließ – ohne uns zu entdecken. Sie deponierte den Schlüssel zu dem herrschaftlichen Gemäuer an der verabredeten Stelle: unter einem dicken Kiesel in der linken der beiden barocken Blumenamphoren aus Stein. Als die Bombenangriffe auf deutsche Städte zunahmen, hatte sie uns Schülerinnen das Versteck gezeigt, für den Notfall, falls es Fliegeralarm geben würde und wir in den Keller mussten, wenn sie noch nicht da war. Dass sie den Schlüssel einmal für einen verwundeten Offizier der Royal Air Force verstecken würde, hätte sie sich nicht träumen lassen. Erfahren hat sie es nie.

Ich half ihm, sich in den Keller zu schleppen. Ich handelte einfach, ohne jede Vorstellung davon, wie es danach weitergehen sollte. So wie Jahre später noch einmal. Als ich die Blutungen einigermaßen zum Stillstand gebracht hatte, lief ich nach draußen und schnitt den Fallschirm mit seinen sämtlichen Strippen aus dem Gebüsch, damit der leuchtend weiße Stoff ihn nicht verriet. Damit und mit dem Holzgriff eines in der Eingangshalle vergessenen Regenschirms schiente ich seinen Arm und verband die Wunden im Gesicht, so gut es ging. Ich schätzte ihn auf Mitte dreißig, auch später bei Tageslicht, doch er war erst achtundzwanzig. Die jungen Männer altern früh im Krieg. Wenn ich mir die Bubis von heute so anschaue, den von nebenan zum Beispiel – kaum vorstellbar, dass sie, keine zwei Jahre älter, zu einer anderen Zeit Flugzeuge fliegen und Bomben auf Städte fallen lassen mussten.

Ich richtete ihm eine Ecke hinter einem alten Holzregal ein. Dazu zerrte ich eine der dicken Ballettmatten, die wir zum Aufwärmen und Dehnen benutzten, die Treppe hinunter und platzierte sie zwischen Wand und Regal. Aus alten Vorhängen und einer fadenscheinigen Decke bereitete ich ihm ein Lager. Meine rote Strickjacke diente als Kopfkissen. Ich holte Wasser von oben aus dem kleinen Toilettenraum und stellte es aufs unterste Bord des Regals, sodass er nicht aufstehen musste, um daran zu kommen. „Je reviens. Morgen. Matin", sagte ich zu ihm. Er versuchte zu lächeln, ließ es aber sofort wieder, als der Schmerz ihn überwältigte. Mit dem unverletzten rechten Arm drückte er kurz meine Hand. Er war eingeschlafen oder ohnmächtig, noch bevor ich den Kellerraum verlassen hatte.

Als ich zu Hause ankam, verschmutzt, durchnässt und rot im Gesicht vor Aufregung, knallte mir als Erstes eine Backpfeife um die Ohren. Dann riss meine Mutter mich an sich. „Du bringst mich noch ins Grab", zeterte sie und zog mich mit sich in den Keller, wo Tante Antonie abwechselnd betete und an einer grauen Socke für einen ihrer Söhne strickte. Ich kauerte mich in eine Ecke und lehnte erschöpft den Kopf an *die weiß getünchte Wand. „Wo ist deine Jacke?", fragte Mutter, als sie bemerkte, dass ich fror.*

„Vergessen." Den Schlag ins Gesicht hatte ich kaum gespürt. Ich war so vollgepumpt mit Adrenalin, dass ich fast nur ihre Bewegung wahrnahm. Jetzt erst fraß sich der Schock über das, was passiert war, in mein Bewusstsein, und ich begann, am ganzen Körper zu zittern. Tante Antonie legte mir ein Wolltuch um die Schultern. Den Streifen Blut, der an meinem Hals festgetrocknet war, hatte sie im Funzellicht der Petroleumlampe zum Glück nicht gesehen. Als ich ihn später in meinem Zimmer vorm Spiegel entdeckte, hätte ich ihn am liebsten gelassen, wo er war, als eine Art Trophäe oder Orden. Oder einfach nur als Beweis, dass ich nicht alles nur geträumt hatte. Aber das ging nicht. Zu gefährlich. Mit etwas Wasser und einem Taschentuch wischte ich ihn ab und versteckte das Tuch in der hintersten Ecke meiner Nachttischschublade.

Acht Wochen lang besuchte ich ihn jeden Tag im Keller des ehemaligen Herrenhauses, brachte ihm zu essen von den kargen Rationen, die wir auf unsere Lebensmittelmarken erhielten, und von dem, was ich aus Tante Antonies Speisekammer und den Borden mit eingelegtem Obst im Keller klaute. Kurz hatte ich überlegt, ihn bei Tante Antonie auf dem Dachboden unterzubringen, doch hier im Keller war er einstweilen sicherer. Es konnte immer noch Luftangriffe geben, auch wenn Hamburg so zerstört war, dass es den Aufwand nicht mehr lohnte. Außerdem waren die häuslichen Aktivitäten meiner Mutter und von Tante Antonie zu unberechenbar, um einen heimlichen Hausgast zu beherbergen.

Ja, sicher hatte ich Gewissensbisse. Vor allem, als ich die Menschen sah, die nach den Luftangriffen zu Hunderttausenden die Stadt verließen. Mit dem Wenigen, was ihnen geblieben war, mit Handkarren, Kinder- und Pferdewagen. Mit zerlumpten Kleidern und versteinerten Gesichtern, in denen sich nicht einmal mehr Schmerz spiegelte. Nur ein Entsetzen, das wie festgefroren wirkte. Eine junge Frau, nicht viel älter als ich, trug ihr totes Baby im Arm, pustete immer wieder in die zarten Härchen am Kopf und weigerte sich, es herzugeben.

Und ich half dem Feind, der dafür verantwortlich war.

Charles erholte sich im Ballettschulkeller. Der Armbruch war wohl glatt durchgegangen. Der Knochen hatte sich nicht verschoben und heilte gut. Im Gesicht sollte er Narben zurückbehalten, aber sie ließen ihn eher verwegen aussehen als versehrt. Und noch attraktiver.
 Wir begannen miteinander zu sprechen. Wenn wir auf Französisch nicht weiterkamen, dann eben auf Englisch oder mit Händen und Füßen. Bald schon benötigten wir auch die nicht mehr. Unsere Küsse sagten alles, was zu sagen war. Ganz ohne Handzeichen oder unregelmäßige Verben. Dass er gehen musste, sobald seine Verletzungen es zulassen würden, war uns beiden klar.
 Nicht nur um das Wie machte er sich Sorgen. Auch um seinen Piloten Peter, der wie er über der Elbe aus dem Mosquito-Jagdbomber hatte aussteigen müssen. Sie waren als „Pfadfinder" eingesetzt und sollten zusammen mit anderen „Mossies" das Bombenabwurfgebiet für das Hauptgeschwader markieren. Mit den berüchtigten „Tannenbäumen", Leuchtmarkierungen, die in der Luft schwebten und deren dreieckige Form die Deutschen an Weihnachtsbäume erinnerten. Charles bezweifelte, dass Peter nach dem Flaktreffer im Heck ebenso viel Glück gehabt und in Feindesland so hilfsbereite Aufnahme gefunden hatte wie er selbst, der Navigator der Maschine.

98 Jahre, fast ein Jahrhundert, wäre Charles heute alt. Und was für ein Jahrhundert!
 „Je reviens", hat er zum Abschied gesagt. „Ich komme wieder."
 Er hielt Wort, wenn auch nur für kurze Zeit.
 Für immer blieb er trotzdem.

NEUNZEHN

„Oh, neuer Hut, Schmeling? Steht dir." Grit bückte sich, um ihren apathisch in seinem Korb liegenden WG-Genossen zu streicheln. Mitleidheischend blickte er sie aus schwarzen Knopfaugen an. Ob sie nicht vielleicht dieses ätzende Plastikteil ...? „Sorry, mein Lieber, das Ding nervt bestimmt, aber ich kann dir da leider nicht helfen."

Grit kramte zwei Leckerlis aus seiner Blechdose hervor, was sie aus freien Stücken noch nie getan hatte. „Weißt du was, nachher nehme ich es dir für ein paar Minuten ab, und wenn Mira aus der Schule nach Hause kommt, geht sie eine Runde mit dir um den Block."

„Oh, nee", murrte Mira, als sie von den Versprechungen ihrer Mutter erfuhr. „Ich hab' heute so viele Hausaufgaben. Kann er nicht einfach durch den Garten rennen?"

„Erstens: Seit wann halten Hausaufgaben dich von irgendwas ab? Und zweitens: Soll er seine Haufen überall aufs Grundstück setzen? Ich wühle ständig im Gebüsch herum und habe nicht die geringste Lust da reinzutreten. Oder gar reinzufassen." Sie drückte Mira den Plastikkragen in die Hand. „Hier, binde ihm den um für unterwegs. Und nimm 'nen Kackbeutel mit, ich koch dir inzwischen was Leckeres."

Mira verdrehte die Augen; Kackbeutel und „was Leckeres" in einem Satz klang nicht unbedingt verlockend. Sehr laut seufzend schnappte sie sich die Hundeleine und ignorierte die Rolle mit den Kackbeuteln, die bei der Eingangstür lag.

„Macht Flora auch nie", maulte sie, „stimmt doch, du Wurst, oder?" Mit dem Fuß schob sie Schmeling Richtung Tür. „Los, komm, wir sind hier nicht erwünscht."

Flora Perlebergs Einstellung zum Thema Kackbeutel hätte Sonja bestätigen können. Sie hatte einmal gesehen, wie

Schmeling sein Geschäft direkt neben den Stufen von Blankeneses meist frequentierter Apotheke am Marktplatz verrichtet hatte. Und nicht zu knapp. Sein Frauchen, im kurzen Kuh-Print-Mantel, in dem sie an ein verirrtes Shetlandpony erinnerte, hatte nicht mit der Wimper gezuckt, geschweige denn einer Tüte. Sie hatte ihre mondäne Sonnenbrille geradegerückt und ihren Weg fortgesetzt, als sei nichts.

Heute schlich Schmeling noch langsamer auf dem Gehweg entlang als sonst. Er sah auch anders aus als bei seiner Rückkehr vom Tierarzt am Vorabend. Sonja beobachtete das Schauspiel von ihrer Restmülltonne am Eingang aus, hätte aber nicht sagen können, woran es lag. Flora Perleberg konnte.

„Logik ist wohl nicht gerade deine Spezialität", fauchte sie Mira an, als sie mit Schmeling im Schlepptau zurückkehrte. „Das ist falschrum. Und es tut ihm weh!"

Grit, die in der Küche hantierte, drehte sich um und prustete los. „Mann, Mira!"

Mit der Trichteröffnung Richtung Schwanz statt Richtung Schnauze trottete Floras Liebling durch die Tür und sah nicht aus, als habe er den Spaziergang genossen. Mit jedem Schritt geriet er mit seinen stummeligen Vorderpfoten in den Trichter und kam kaum vorwärts. Es sah zu komisch aus, und Grit konnte nicht an sich halten bei dem Anblick. Sie hielt sich am Spülbecken fest und lachte, bis ihr Tränen übers Gesicht liefen.

Als Mira begriff, wo der Fehler lag, fiel sie mit ein. Flora guckte pikiert. Sie fühlte sich und ihren Hund nicht ernstgenommen. Diese beiden Gackerhühner kriegten sich ja gar nicht wieder ein!

Der allgemeine Anfall von Heiterkeit in ihrer Küche hätte nach hinten losgehen und zu einer ausgedehnten Funkstille zwischen den Beteiligten führen können, doch erstaunlicherweise bewirkte er das Gegenteil: Er entwaffnete die alte Dame.

In Zeitlupe verzog sich ihr Gesicht. Widerstreitende Gefühle spiegelten sich darin, und es war schwer zu sagen, welches die Oberhand behalten würde. Am Ende liefen auch ihr Lachtränen über die faltigen Wangen, ein Ereignis, das so lange nicht mehr vorgekommen war, dass es sie selbst am meisten überraschte. Sie war sicher gewesen, diese Kanäle seien ein für alle Male ausgetrocknet. Fast schien es, als reibe sich auch der struppige Kaktus auf seinem türkisfarbenen Küchenhocker verwundert die Stacheln.

Der Lach-Flash in der Küche war der Beginn eines tiefgreifenden Stimmungsumschwungs im Hause Perleberg. Und einer vollständigen Metamorphose. Innerhalb weniger Wochen blätterten jahrzehntealte Schichten von seiner Eigentümerin ab wie Putz von der Wand. Schichten von Trauer, Wut, Verbitterung und Verbiesterung, die sich festgefressen und in ihrem Gesicht und ihrem gesamten Körper Spuren hinterlassen hatten. Als hätte sie von einem Tag auf den anderen beschlossen, die Schutzhüllen fallen zu lassen, alles Erstarrte abzuwerfen wie ein Schmetterling seinen Kokon, bekamen die Verkrustungen Risse, platzten auf, und zum Vorschein kam eine neue alte Flora: weicher, offener, zugewandter. Dornröschen war aufgewacht und schickte die böse Fee, die eifersüchtig über sie gewacht hatte, umgehend zur Hölle.

Fini „mon cactus"! Flora warf ihr Dornenkleid ab, und sie traf eine Entscheidung: Schluss mit den Altlasten, die sie hinter bröckeligen Mauern in der Vergangenheit festnagelten und in der Gegenwart nicht atmen ließen. Sie wollte endlich wieder Luft kriegen. Sie wollte und musste aufräumen in ihrem Leben, und dabei benötigte sie Hilfe.

Weder Alex noch Grit oder sonst jemand in der Theobaldstraße hätte diese Entwicklung für möglich gehalten. Am allerwenigsten Flora selbst. Gerade hatte sie sich vorsichtig ein wenig der Zukunft geöffnet, per Notebook und mit Unterstützung der beiden jüngsten Hausbewohnerinnen, und nun ließ die Zukunft sich wider Erwarten erweichen und riss weit die Tür für sie auf.

„Flora, bist du bei Tiffany's eingebrochen?" Von allen Beteiligten fiel es Sonja am leichtesten, zum ungewohnten Du überzugehen. Mit einer Mischung aus Unglauben und Ehrfurcht nahm sie die Schätze in Augenschein, die wild durcheinandergewürfelt vor ihr auf dem fadenscheinigen blauen Samt funkelten.

„Ist nur Modeschmuck", erklärte Flora und durchwühlte mit ihren knochigen Vogelfingern die glitzernden Preziosen im Schuhkarton. „Das hier habe ich in der ‚Zauberflöte' getragen." Achtlos ließ sie die voluminöse Pfauenbrosche fallen. „Und den Klunker da hat mir George geschenkt. Oder war es Fred? Weiß ich nicht mehr." Sie zuckte die Schultern. „Muss alles aus den Dreißigern oder Vierzigern stammen, zum Teil aus Amerika." Linus stürmte herein, mit wenigstens sieben Schleiern verkleidet als Scheherezade aus tausendundeiner Nacht.

„Waaarte auf mich, Linus!" Seine Schwester, ein Mini-Maharadscha mit golden gesprenkeltem Turban auf den Locken, überlanger Pluderhose und weißer Pelzstola um die Schultern, stolperte hinterher. An ihrem Haaransatz glänzte es feucht vor Anstrengung, die mit einem dünnen Schal befestigte Hose in Schach zu halten.

„Ah, da kommt ja der kleine Muck." Flora lächelte die beiden an. „Der braucht unbedingt noch eine Pfauenbrosche am Turban. Komm mal her, Lou-Muck." Mit widerspenstigen Fingern befestigte sie das voluminöse Teil an Lous Kopfbedeckung.

„Die Hose steht dir viel besser als mir."

Lou strahlte, und begeistert posierten die Zwillinge vor dem ovalen Spiegel des alten braunen Wäscheschranks, aus dem weitere textile Schätze hervorquollen.

Flora Perleberg hatte sich entschlossen, nicht nur ihre Seele auszulüften, sondern auch ihre Schatzkammer. Sie lag in dem Bereich des Dachbodens, der bislang abgeschlossen gewesen war. „Und übrigens, ich heiße Flora", hatte sie gesagt, als sie den langhalsigen dunkel angelaufenen Schlüssel im Schloss umdrehte und ihre Nachbarinnen der Reihe nach in ihre Vergangenheit eintreten ließ.

„Ist das eine Motte da, an deinem Pelz, Lou?" Sonja runzelte die Stirn.

„Was denn sonst!" Mit Daumen und Zeigefinger schnippte Flora das blasskupfern schimmernde Tierchen außer Sichtweite. „Wahrscheinlich ist sie bloß die Vorhut. Sie sitzen in den Linden draußen an der Straße, und irgendwann kommen sie rein. Die hier wohnt sicher schon seit ein paar Sommern bei mir."

„Darf ich den Pelz auch mal anprobieren?" Sonja wusste, dass jede andere Taktik, das widerliche Teil mit dem offenbar lebendigen Innenleben in die Hand zu bekommen, bei ihrer Tochter sinnlos sein würde. Doch Lou durchschaute das Manöver.

„Nein, Mama, der steht dir nicht", erklärte sie. „Und die kleinen Motten sind ganz lieb." Sonja gab sich geschlagen, trug bei der nächsten Entrümpelungsaktion Mundschutz und Gummihandschuhe und ließ die Zwillinge bei ihren Großeltern.

Floras Dachboden entpuppte sich als Fundgrube. In unterschiedlicher Besetzung räumten Alex, Grit, Sonja und Claire vier Nachmittage lang, wobei Flora selbst nicht durchgehend anwesend war. Fast hatte es den Anschein, als legte sie keinen Wert darauf, jedem Souvenir und jedem Bruchstück ihres Lebens wiederzubegegnen.

Sie bildeten mehrere Haufen. Einen für Behalten oder Verschenken, einen für Flohmarkt beziehungsweise Ebay und einen für Schrott. Nach drei Tagen türmte sich der Schrotthaufen zwei Meter hoch, und auf Floras Wunsch öffneten sie am vierten die Dachgaube und warfen alles in den Vorgarten, wo es am nächsten Tag die Sperrmüllbeauftragten der städtischen Müllabfuhr einsammeln und noch vor Ort zu Klumpen pressen sollten.

„Was wird das hier?", schrie Barbara nach oben, als sie beim Betreten des Gartens um ein Haar von einer verschimmelten Golftasche aus Leder am Kopf getroffen worden wäre.

„Tabula rasa", rief Flora und winkte zu ihr hinunter. „Achtung, Mottenflug", juchzte sie, während sie die löchrige Nerzstola vom kleinen Muck hinterhersegeln ließ.

Barbara sah buchstäblich ihre Felle davonschwimmen. Beziehungsweise fliegen. Schützend hielt sie sich die Handtasche über den Kopf und wagte sich in hektischen Sprüngen zum Eingang vor. Seit Grit bei Flora wohnte, besaß sie keinen eigenen Hausschlüssel mehr und musste zu ihrem Missvergnügen klingeln. Wie eine Bittstellerin kam sie sich vor. Was ihrer Rolle überhaupt nicht angemessen war.

Man ließ sie warten. Flora persönlich öffnete, aber es dauerte, bis sie sich vom Dachboden zur Haustür heruntergearbeitet hatte. „Du hättest dich nicht so lange in deiner Blauen Grotte aufhalten sollen. Es passieren aufregende Dinge hier", sagte sie zur Begrüßung, und Barbara wünschte Flora umgehend selbst in die Blaue Grotte. Mit Stahltür vorm Ausgang.

„Die Grotte ist schon eine Weile her", verkündete sie spitz und beäugte Flora, die Staubfäden im Haar hatte und an ihren dunkelblauen Leggings, die unter der gestreiften Tunika hervorschauten. Äußerlich und was ihre kreative Garderobe anging, war Flora unverändert. Doch Barbara kam nicht umhin zu bemerken, dass die alte Dame regelrecht aufgeblüht war. Ihre Augen blitzten, und etwas Spitzbübisches hatte sich in ihr Gesicht geschlichen. Unberechenbar und aggressiv-renitent war sie immer gewesen, doch nun haftete ihrer Widerspenstigkeit etwas so Fröhliches und aufreizend Unbekümmertes an, dass Barbara sich regelrecht bedroht fühlte.

„Wir räumen bloß mein Leben auf", erklärte Flora. „Möchtest du ein Glas Wasser? Aus dem Hahn?"

Mit Wasser war Barbara noch nie abgespeist worden. „Wir?", fragte sie, bemüht, keinen schrillen Ton mitschwingen zu lassen.

„Meine tatkräftigen Nachbarinnen helfen alle mit, und zusammen ist es ganz leicht." Flora reichte ihr das Glas mit dem Leitungswasser, und Barbara stürzte es hinunter, obwohl sie es hatte ablehnen wollen.

„Tatsächlich. Wie reizend von ihnen."

„Ja, und Alex meint, auf den Antik- und Flohmärkten und bei Ebay würden sie sich um die Sachen reißen."

„Alex?", sagte Barbara, nun doch eine halbe Oktave höher. „Ebay?"

„Ja, die Inneneinrichterin. Und ich habe jetzt ein Notebook. Wirklich fabelhaft, diese Dinger, solltest du dir unbedingt zulegen. Mira und Claire bringen mir alles bei."

„Na, herzlichen Glückwunsch." Weder das „Herzlich" klang echt noch das „Glückwunsch".

„Danke schön." Flora strahlte. „Es beginnt noch einmal eine neue Etappe in meinem Leben", erklärte sie. „Ist das nicht großartig? Und ich habe das Gefühl, es wird die beste von allen."

„*Ganz* großartig. Darf ich mir die neue Etappe mal ansehen?" Mit einem Bein war Barbara Avidus schon auf der Treppe nach oben.

„Wenn du willst. Aber ich warne dich: Fürs Erste ist sie ausgesprochen staubig und voller Motten."

„Das scheint mir die harmlosere Sorte Mitbewohner zu sein", murmelte Barbara in ihr Hermès-Tuch. Kurz bevor sie auf dem obersten Treppenabsatz angekommen waren, drang schallendes Gelächter durchs Treppenhaus.

„So eine Weihnachtskrippe von Michaels Eltern hatten wir auch mal unterm Weihnachtsbaum", erzählte Alex. „Daneben stand die Polizeistation mit Playmo-Figuren, die Tim sich gewünscht und von meinen Eltern zu Weihnachten bekommen hatte."

„Schöne Kombi", grinste Grit.

„Stimmt. Am Ende lag das Jesuskind in Handschellen auf der Trage vor der Polizeistation, und mehrere Polizisten bedrohten es mit der Waffe in der Hand. Oma Irene war tödlich beleidigt. Seither war sie zu Weihnachten nicht mehr da."

„Sie scheinen sich ja königlich zu amüsieren bei den Aufräumungsarbeiten", sagte Barbara Avidus, als sie eintrat.

Grit war dabei, die wenigstens hundert Jahre alte Weihnachtskrippe in einem großen Karton zu verpacken. „Es ist ein bisschen, als würden wir in Floras Tagebuch blättern", bestätigte sie. „Dabei wird man natürlich ständig an Anekdoten aus dem eigenen Leben erinnert."

„Ich bin sicher, da gibt es einige", sagte Barbara, während sie den Raum scannte und die drei anwesenden Sperrmüllerinnen gleich mit. Wie Trümmerfrauen sah das Trio aus, auch die junge Claire, inklusive über der Stirn geknotetem Tuch, als sei die ganze Aktion eine Art kulturhistorisches Happening. „Warum hast du mir dein Chaos nie gezeigt?" Mit beleidigtem Unterton wandte sie sich zu Flora um. „Ich hätte dir ebenso gut beim Aufräumen helfen können."

„Aber du bist doch so mit deinen Zahlen beschäftigt. Und ich hatte bisher nicht das Bedürfnis aufzuräumen", antwortete sie. „Ich habe immer nach dem Motto gelebt: nach mir die Sintflut."

„Und jetzt hast du das Bedürfnis? Schluss mit Sintflut?"

„Ja, ich möchte mein Haus doch irgendwann in geordnetem Zustand übergeben." Sie legte den Kopf schief wie ein kleines Mädchen, das sich bei seinem Papa einschmeicheln möchte.

Die Erklärung beruhigte Barbara nur mäßig. „Irgendwann in geordnetem Zustand übergeben." Sie vermisste das Wörtchen „dir" in Floras Satz. Das „Irgendwann" gefiel ihr in dem Zusammenhang noch weniger. „Ja, genau darüber wollte ich noch einmal mit dir sprechen", sagte sie. „Irgendwann bald."

„Ooch", Flora winkte ab. „Hat alles Zeit. Du siehst ja, das Leben fängt gerade erst wieder an für mich." Sie lächelte ihr neues entwaffnendes Lächeln, und ihre geschäftstüchtige Steuerberaterin musste sich auf geradezu übermenschliche Weise zusammenreißen, um nicht vor Publikum Gift und Galle zu spucken.

„Wenn du meinst", sagte sie mit zusammengepressten Lippen. „Dann wünsche ich allseits weiter viel Vergnügen bei dem Dachboden-Happening." Sprach's und stöckelte geräuschvoll die Treppe hinunter.

„Du findest die Tür ja alleine", rief Flora ihr hinterher. „Und pass bitte auf, dass Schmeling nicht nach draußen abhaut."

Sie zwinkerte dem verdutzten Räumungstrio zu und machte sich an den Abstieg, sobald sie die Haustür unten mit einem lauten Knall ins Schloss fallen hörte.

ZWANZIG

„Also, ich habe immer von einem Mann geträumt, der mir 'ne Blockhütte baut, wenn's drauf ankommt", sagte Alex. Auf Barbara Avidus' Auftritt weiter einzugehen, verspürte niemand Lust. „Aber Michael und Blockhütte bauen, das sind zwei Konzepte, die nicht zusammengehen, keine Chance. Eher baue ich ihm eine."

„Charles *hätte* mir eine gebaut." Unbemerkt von Alex, Grit und Claire war Flora, bepackt mit einer Flasche Weißwein, Gläsern und einer Schale Cashewkerne im Henkelkorb, wieder heraufgekommen. Wohlwollend blickte sie sich in ihrem ureigenen Durcheinander um und ließ sich auf zwei alten Koffern unter der Dachgaube nieder. „Dachte ich jedenfalls. Aber leider ist er schon am Feuerholz gescheitert. Nun ja", sie stopfte eine weiße Haarsträhne unter die giftig grüne, ausgesprochen unhanseatische Perlenspange, mit der sie ihren Knoten zusammenhielt. „Immerhin hat er mir das Häuschen hier hinterlassen."

„Oh", machte Grit und warf einen weiteren mottenzerfressenen Pelzkragen, Persianer, dunkelbraun, auf den Müllhaufen. „Hättest du vielleicht noch so einen Charles für mich an der Hand?" Sie sprach den Namen französisch aus, wie eben Flora. „Meinetwegen auch einen Jean-Marc oder Philippe. Gern mit Häuschen in ähnlicher Lage."

„Charles? Flora, wer ist dieser Charles?", wollte Alex wissen.

„De Gaulle?", fragte Claire, verhaltenen Alarm im Blick.

„Also, so alt bin ich nun auch wieder nicht." Indigniert zog Flora ihre schmale Augenbraue hoch. „Der war außerdem nicht mein Typ." Sie machte eine Pause. „Ich spreche von Charles, der Liebe meines Lebens."

Hörbar sog Claire die Luft ein, während Floras Vogelaugen sie durchbohrten und gleichzeitig taten, als sei nichts. „Ah, Madame Flora", sie betonte den Namen auf der zweiten Silbe, „Sie also auch! Warum 'aben Sie nischts davon erzählt, neulisch im Garten?"

„Du", sagte Flora.

„Wie bitte?"

„Wir waren beim Du. Flora und Du. Ohne Madame. Außerdem habe ich von ihm erzählt, bloß ohne einen Namen zu nennen."

„Was ist das denn?", unterbrach Grit das Gespräch trotz des hochinteressanten Themas. Aus einer mausgrauen labberigen Schachtel, wie man sie mit alten Weihnachtsbaumkugeln gefüllt auf Trödelmärkten findet, zupfte sie ein vergilbtes Seidentuch, bedruckt mit einer Landkarte. Zwei tote Motten segelten aus seinen Falten zu Boden, als sie es aufschüttelte. Claire blickte auf und zuckte zusammen, als hätte man ihr einen Schlag verpasst.

„Incroyable!" Claire nahm Grit das brüchige Tuch aus der Hand. An einigen Stellen waren verwaschene Ortsnamen zu entziffern. „Un foulard pilote, ein Pilotentuch", sagte sie ehrfürchtig.

Fragend schauten Alex und Grit sie an. „Britische Bomberbesatzungen, später auch die amerikanischen, trugen das am Körper, zurr Orientierung, falls sie abgeschossen würrden oder 'interr den feindlischen Linien notlanden mussten. Es sollte ihnen 'elfen, nischt in Gefangenschaft zu geraten und ihrre Weg zurück nach 'ause zu finden."

Sie betrachtete das Tuch von beiden Seiten. „Voyez, es zeigt eine Karrte von Deutschland und Westeuropa. Es warr ihrr Marrkenzeischen, und sie waren stolz darrauf. Die Franzosen 'atten so etwas nischt." Argwöhnisch blickte sie ihre Vermieterin an. „Flora, ist das 'ierr Blut?" Ein rötlicher Schatten, an den Rändern rostfarben eingetrocknet, bedeckte wie die Umrisse einer Insel den Großteil der textilen Landkarte. „Und wie kommt das Tuch auf diese Dachboden?"

Flora biss sich auf die Unterlippe. Sie hatte Angst, aber sie hatte es schließlich so gewollt. Die Grenze war überschritten.

„Es hätte ihn sofort verraten, hätte man es bei ihm entdeckt." Sie sagte es, ohne irgendwen anzusehen. „Ich musste es nach Hause mitnehmen und verstecken, damit meine Mutter es nicht findet." Zusammen mit den Cashewkernen hatte sie die vier Weingläser auf einer alten Kabelrolle drapiert und mühte sich mit dem Korken der Weinflasche ab.

„Ich mach das", sagte Alex und nahm ihr die Flasche aus der Hand.

„Ich wusste nicht, dass es noch hier liegt", log sie. „Ich habe es mitgenommen, als ich bei meiner Tante Antonie auszog. Nach Kriegsende. Es ist mein einziges Souvenir." Im Prinzip, fügte sie in Gedanken hinzu, denn auch das war gelogen.

„Souvenir von wem?" Grit nickte Alex zu, als sie ihr ein Weinglas reichte.

„Na, von Charles. Das Tuch hat ihm gehört. Er hat es getragen, als er mit seiner Mosquito über der Elbe vom Himmel geholt wurde und im Hirschpark in einem Rhododendron landete. Er war verletzt, daher das Blut, aber er lebte. Ich half ihm, sich zu verstecken."

„Du hast einen feindlichen Bomberpiloten bei dir versteckt? Mitten im Krieg?" Alex drückte ihr das gefüllte Weinglas in die Hand. „Aber wieso einen Franzosen? Ich dachte immer, die Operation Gomorrha, das waren die Briten und die Amerikaner." Flora nahm einen großen Schluck.

„Er war halb Engländer, halb Franzose und Navigator bei der Royal Air Force", stellte sie richtig. „Er war der Navigator an Bord."

„Dann könnte das Souvenir ja passender nicht sein." Grit rieb sich einen Streifen Schmutz vom Unterarm. „Den Weg zu dir hat er offenbar problemlos gefunden. Vom Himmel hoch, ganz ohne Landkarte oder Google Maps."

„Und wieder weg. Zu Wasser und nicht zu Land."

„Erzähl", riefen alle drei.

Flora erzählte und ihre Zuhörerinnen stellten fest, in welch gefühlsberuhigten und komfortablen Zeiten sie doch lebten. Ein bisschen Banken-Crash, ein wenig Immobilienblase, eine Portion Euro-Krise, das war alles. Ihr Seelenfrieden und auch der echte war in diesen Breiten bislang nicht ernsthaft in Gefahr geraten. Floras über sechzig Jahre alte Geschichte endete simultan mit der Flasche Wein, die sie ausgetrunken hatten, ohne Flora ein einziges Mal zu unterbrechen.

„Voilà, das war's. Schluss für heute", sagte Flora schließlich und pickte die letzten beiden Kerne aus der Schale. „Mein Leben im Zeitraffer, oder wenigstens der interessantere Teil davon."

„Für 'eute?", fragte Claire. „Ça continue alors, ton histoire? Geht es etwa noch weiterr?"

„Oui, ma chère. Noch sehr viel weiter." Leider, setzte Flora so leise hinzu, dass nur sie selbst wusste, dass es ausgesprochen wurde. „Das Tuch, le foulard pilote, ich schenke es dir."

„Aber, aber ...", Claire war sprachlos. „Dein einziges Souvenir von Charles."

„Mach dir keine Sorgen, meine Kleine, es ist alles in meinem Kopf. Jede einzelne Sekunde, und das ist es, was zählt."

Claire schluckte. „Meine Kleine, ma petite", sagte außer ihrer Großmutter niemand zu ihr.

„Du könntest es auf Pappe kopieren und deine Masterarbeit darin binden lassen", überlegte Alex laut. „Damit schießt du den Vogel ab, ohne dass dein Prof auch nur eine einzige Zeile deines Werks gelesen hat."

„Welschen Vogel?"

Die angespannte Stimmung löste sich in Gelächter auf. „Pardon, bitte entschuldige, Claire, wir sind nicht sehr höflich." Grit legte ihr die Hand auf den Arm. „,Den Vogel abschießen' bedeutet, einen Volltreffer landen. Hm. Klingt auch irgendwie martialisch. Also, ich meine, du landest damit auf Platz eins im Masterarbeits-Ranking. Sozusagen."

„Oh là là, isch wünschte, meine Profs wären so leischt zu beeindrucken", seufzte Claire.

„Was war das eigentlich vorhin mit Frau Avidus, Flora?" Abrupt wechselte Alex das Thema. Wollte die geschäftstüchtige Dame die Immoscout-Anzeige nun doch beichten? Womöglich mit der Begründung, sie habe bloß den Zeitwert von Haus und Grundstück ermitteln wollen, nach dem sich die Höhe der Erbschaftssteuer bemessen würde? Die Frage hatte sie die ganze Zeit über umgetrieben. Wie sie von Frau Stein wusste, würde besagte Steuer selbstverständlich im Voraus von Flora Perleberg bereitgestellt werden; so war es wohl vereinbart.

„Ach, das." Flora machte eine wegwerfende Handbewegung. Verglichen mit ihrer öffentlichen Beichte, war die abgekühlte Beziehung zu ihrer Alleinerbin ein emotionaler Spaziergang. „Sie macht sich wohl Sorgen, ich sei in falsche Gesellschaft geraten", schmunzelte sie. „Mein derzeitiger Umgang ist ja in der Tat fragwürdig. Schaut euch bloß mal an."

„Soll isch vielleischt noch eine Flasche Wein holen?", fragte Claire. Ihr Rundumblick blieb an Grit hängen, die in ihrer Latzhose, dem Ringelhemd und dem Trümmerfrauenkopfputz aussah wie die personifizierte Baumarktwerbung für Frauen. Fehlte nur der pinkfarbene Schlagbohrer in ihrer Hand. „Mit eine kleine Sancerre ist der Anblick sischer besser zu ertragen. 'ierr oben sind wir ja auch fast fertisch."

„Stimmt. Ihr wart richtig fleißig, meine Lieben", sagte Flora. „Aber wenn ich hier oben noch einen Wein trinke, komme ich nicht mehr heil die Treppe runter. Was haltet ihr davon, wenn wir morgen Nachmittag im Garten ein wenig feiern. Wir fragen Sonja, ob sie Zeit hat, und eure sämtlichen Nachkommen sind auch herzlich eingeladen. Jede darf sich ein Teil aussuchen, das sie besonders mag. Ich werde nichts mehr von all dem brauchen, was hier herumliegt."

Grit runzelte die Stirn. „Was soll das denn heißen, Flora? Du hast doch nicht etwa vor, bald zu gehen? Gerade noch hast du erklärt, du fängst ein neues Leben an. Oder immerhin eine neue Etappe."

„Genau", erklärte Flora. „Das tue ich auch. Und ich gedenke, mit kleinem Gepäck zu reisen."

EINUNDZWANZIG

Die Szenerie in Flora Perlebergs Garten erinnerte an einen dieser französischen Filme, in denen die bourgeoise Großfamilie, auf lässige Art teuer gekleidet, sich an einer langen damastgedeckten Tafel unter Obstbäumen selbst zelebriert. Es wird lautstark diskutiert, verlogen oder sogar echt gelacht, gefeixt, sich über nicht anwesende sowie anwesende Familienmitglieder mokiert und mit Wonne ein bisschen intrigiert. Als handle es sich um eine Art Sport. Verbales Florett sozusagen, über drei Generationen.

Wenigstens drei Generationen waren auch bei Flora anwesend, je nachdem, wie man die Alterskohorten definierte. Als Tisch für die zehnköpfige Gesellschaft diente, über zwei massive Holzböcke aus Alex' Schuppen gelegt, ein altes Türblatt, an dem noch die Jugendstilklinke befestigt war. Fast bog es sich unter all den Kuchen, Obsttellern, Sahneschalen und einer Etagere mit bonbonbunten Macarons, die Claire gestiftet hatte.

„Lieber Himmel, wozu bin ich eigentlich bei den Weight Watchers und mache jeden Februar die Almased-Kur?", heuchelte Sonja, einen kalorienreduzierten Apfelkuchen vor sich hertragend, der im Takt ihrer Schritte das weiche Rundum-Speckröllchen über ihrer Jeans touchierte. Linus und Lou hüpften an ihr vorbei und packten zwei rot lackierte Spielzeugeimer aus Blech mit weißen Punkten darauf mitten auf den Tisch. Dann rannten sie los, um auf der Wiese Unkrautsträuße zu pflücken.

„Es gibt noch ganz andere Diätmethoden, dafür musst du nicht mal irgendwas kaufen oder irgendwo beitreten. Eine Bekannte von mir hat sich beim Wühlen auf ihrer Hazienda mal einen Bandwurm eingefangen, ohne es zu merken", erzählte Grit genüsslich. „Binnen kürzester Zeit hat sie zehn Kilo abgenommen, bei gleichbleibender Kalorienzufuhr."

„Vielleicht sollte ich mir mal so einen zulegen." Sonja stellte den Kuchen auf einem umgedrehten Blumenkübel ab und versuchte vergeblich, die Speckrolle in den Bund ihrer Jeans zurückzudrängen.

„Wünsch es dir lieber nicht", sagte Grit. „Die Art Haustier bringt definitiv keinen Spaß. Ich trage jedenfalls grundsätzlich Handschuhe bei der Gartenarbeit."

„Ich kenne eine Alternative zum Bandwurm und zu Almased." Alex füllte Milch in ein silbernes Milchkännchen und konzentrierte sich darauf, nichts zu verschütten. „Depri-Attacken. Dabei kannst du zugucken, wie die Kilos purzeln. Mehrere hundert Gramm am Tag, und schwupp bist du unter fünfzig Kilo."

„Du vielleicht, hast du da Erfahrung?"

Alex überhörte Sonjas Einwurf. „Du hast dann zwar 'ne Topfigur, fragst dich aber, wozu du die jetzt brauchst und wie, verdammt nochmal, du die nächsten dreißig Jahre rumkriegen sollst. Mit den Kilos hat sich nämlich auch deine Lebensfreude verabschiedet."

„Oooo-kay. Das war dann wohl, bevor wir in eure Straße gezogen sind. Was macht man dagegen?"

„Tabletten schlucken. Mit etwas Glück helfen sie."

„Na dann wirklich lieber das hier." Mit neuer Wertschätzung streichelte Sonja den kleinen Wulst, dem sie eben noch unbarmherzig zu Leibe gerückt war.

„Dreißig Jahre. Ach was!"

Frisch aus ihrem Mittagsschlaf auferstanden, kam Flora die Verandatreppe herunter. „Dreißig Jahre sind nichts. Die sind so schnell vorbei wie ein Funkenflug. Ihr werdet sehen … Das sieht ja phänomenal aus!" Sie inspizierte die üppige Kaffeetafel und bedankte sich bei Lou und Linus für die Blumensträuße, die gebündelten Karotten glichen.

„Ich hol' Wasser für die Vasen", rief Lou, schnappte sich ihren Eimer vom Tisch und war schon auf dem Weg zum Gartenteich.

„Danke, Schatz, ich hab' hier welches." Entschuldigend blickte ihre Mutter Grit und Alex an und goss Wasser aus der mit Zitronenscheiben und Minze gefüllten Glaskaraffe in den verbleibenden Eimer. Diesmal funktionierte die Taktik, Lou von etwas abhalten zu wollen. Sie machte kehrt und hielt ihrer Mutter unter Alex' ärgerlichem Blick den anderen Eimer hin.

„Schöne Idee, Sonja." Alex nahm ihr die Karaffe aus der Hand, um sie in der Küche aufzufüllen.

„Kinder brauchen Regeln", bemerkte Flora, Expertin in Sachen Kindererziehung.

„Schon damit sie sie später mit Schwung überschreiten können", sagte Grit.

„Oder früher." Sonja seufzte. „Magst du nicht schon mal Platz nehmen, Flora?"

Etwas atemlos kam Claire in den Garten geschwebt. Das sommerlich weiße Wickelkleid mit den winzigen fliederfarbenen und hellgrünen Vögeln betonte ihre zierliche Figur. „Tut mir leid, dass isch so spät bin. Ausgereschnet 'eute. Mein Prof wollte unbedingt noch etwas mit mirr bespreschen und fand keine Ende."

„Kein Wunder, du siehst zum Anbeißen aus. Wahrscheinlich fühlt er sich bei deinem Anblick gleich zwanzig Jahre jünger."

„Merci." Claire lächelte Grit an. „Ah, gut, ihr 'abt die Macarons schon dekoriert."

Die einzigen männlichen Teilnehmer der Tafelrunde waren Linus und Schmeling. Tim hatte sich gedrückt. „No way", hatte er beim Mittagessen in sein Sweatshirt genuschelt, „Frauenüberschuss." Bei niedrigem Hormonpegel, hatte Alex gedacht, aber nicht gesagt. Zur Feier des erfolgreich abgeschlossenen Entrümpelungsprojekts hatten sie und Grit eine große Korbtruhe mit Kleidungsstücken, Schmuck, Hüten und allerlei ungewöhnlichen Objekten vom Dachboden gefüllt und unter den abgeblühten Jasmin geschleppt. Nach der ausgedehnten Kuchenschlacht durften sich alle etwas aussuchen. Linus, Lou und die großen Mädels zogen direkt mit ihrer Beute ab, um sie an sich zu testen.

Alex hatte sich für einen kleinen Kristallaschenbecher mit Silberrand entschieden, der ganz wunderbar zu ihrem Barwagen aus den Vierziger Jahren passen würde. Sonja wählte einen voluminösen Schal mit verblichenem Rosenmuster, der sich gnädig über sämtliche Rundungen legen ließ. Grit griff zu dem geflochtenen auberginefarbenen Ledergürtel mit Perlmuttschließe und Claire nahm sich Floras abgetanzte Ballettschuhe.

„Was willst du denn mit den ollen Dingern?", fragte Flora.

„Isch finde sie wahnsinnig romantisch", antwortete Claire. Sonja war dabei, den Rosenschal über ihre Schultern zu drapieren, als Mira erschien, in einem bodenlangen schwarzen Seidenkleid mit Spitzeneinsatz oberhalb des Dekolletés und am Stehkragen. Ein kleiner Strauß vergilbter Maiglöckchen zierte den Stehkragen.

„Oh, möchtest du demnächst heiraten, Mira? Das ist das Hochzeitskleid meiner Mutter", amüsierte sich Flora. „Eigentlich wollte sie darin beerdigt werden, aber ich habe es ihr ausgeredet."

„Ein Hochzeitskleid in Schwarz?", wunderte sich Mira.

„Das machte man damals so", erklärte Flora. „So konnte man es mehr als einmal tragen."

„Und was hat sie dann bei ihrer Beerdigung angehabt?"

„Ein weißes Nachthemd. Auch mit Stehkragen, damit man die Falten am Hals nicht sieht." Sie kicherte. „Eitel war sie bis zum Schluss. Wenn sie geahnt hätte, dass ich ihr Tennissokken habe anziehen lassen für ihren letzten Weg, weil sie immer so kalte Füße hatte ... Aber immerhin von Lacoste."

„Also, ich möchte in Jeans und langem weißen Hemd beerdigt werden", sagte Grit, „gern mit Socken an den Füßen, den richtig kuscheligen."

„Die sind aus Synthetik, das ist bei Feuerbestattungen nicht erlaubt", klärte Alex sie auf. „Und bei Erdbestattungen erst recht nicht. Muss alles bio sein, damit es sich rückstandsfrei auflöst." Grit verzog das Gesicht.

„Weißt du schon, was du anziehst, Flora?", fragte Sonja.

„Mensch, Sonja!" Ihre Direktheit grenzte gelegentlich ans Taktlose, doch Flora reagierte gelassen.

„Ihr müsst mich nicht behandeln wie ein rohes Ei. Bloß weil ich dichter an der Verabredung mit dem Jenseits bin als ihr. Also, ich ziehe weder mein Hochzeitskleid an, noch ein Paar Jeans. Ich möchte ein ganz bestimmtes Kleid aus meiner Jugend tragen. Es sollte mir noch passen. Und es ist aus Seide, wird also problemlos zusammen mit mir verrotten."

„Feuerr oderr Errde?", fragte Claire.

„Feuer", antwortete Flora. „Aus praktischen Gründen."

„In manchem Fall ist Feuer wohl tatsächlich praktischer." Sonja musste lachen, als sie an die Geschichte dachte, mit der eine Schulfreundin aus ihrem Heimatdorf in Schleswig-Holstein sie an den Rand ihrer Contenance gebracht hatte. Deren Vater hatte sich gewünscht, dass seine Asche in seinem geliebten Angelteich verstreut würde. Die Familie wollte ihm den Wunsch gern erfüllen, verzweifelte aber an der Frage, wie sie das bewerkstelligen sollte. Letzlich ließen sie seinen Körper bei einem dubiosen Bestatter einäschern, der dafür sorgte, dass die Urne bei der Überführung „verlorenging". Gesetzeswidrig übergab er sie der Tochter.

Weil sie den Inhalt nicht einfach bei Nacht und Nebel in den Teich kippen, sondern die Sache einigermaßen feierlich gestalten wollte, verfütterte sie konspirativ und im Beisein der gesamten Familie die Asche des Vaters an die Enten auf dem besagten Angelteich. Zwei komplette Baguettes hatte sie damit panieren müssen, damit die zahllosen Enten mitspielten.

„Feierrlisch! Ah, bon? Und so pietätvoll." Claire schüttelte den Kopf, als Sonja mit ihrer Geschichte geendet hatte. Grit und Alex dagegen platzten fast vor Lachen.

„Sooo praktisch muss es bei mir nun auch nicht sein. Ich will in keinen Angelteich." Flora rümpfte die spitze Nase. „Und auch nicht zu den Fröschen hier im Garten. Mit Wasserviechern und Enten habe ich noch nie in meinem Leben etwas zu tun gehabt. Höchstens mit Schwänen."

„Schwanensee?" Grit schenkte ihr ein Lächeln.

„Natürlich Schwanensee! Aber von den Alsterschwänen möchte ich auch nicht vernascht werden", sagte Flora streng. „Falls es das ist, was euch jetzt in den Sinn kommt. Ich will an überhaupt niemanden verfüttert werden." Sie machte eine Pause, während ihr Blick ans Ende des Grundstücks in die hohen Kiefern wanderte. „Ich will zu Charles."

„Wie, du willst zu Charles?" Claires dunkle Augen fixierten die von Flora. „Il est où, ton Charles? En Normandie? Oder überr den Klippen von Doverr in Rischtung Kontinent?"

Alex stellte die gleiche Frage auf Deutsch: „Wo ist er denn, dein Charles?" Sie zog am Rest ihrer Zigarette, die sie von Claire geschnorrt hatte, und drückte den Stummel am großen Zeh des steinernen Putto aus, der das Podest neben dem improvisierten Tisch zierte.

„Im Himmel."

„Schon klar", sagte Alex, bemüht, ihrer Stimme einen taktvollen Klang zu verleihen. „Aber von wo ist er dahin gestartet?"

Mit ihrem spitzen Kinn wies Flora Richtung Kiefern. „Vom Tennisplatz." Sie räusperte sich. „Ich habe ihn dort begraben."

„Du hast was?"

„Aber wie denn?"

„Du hast doch erzählt, er ist zurück nach England."

„Auf dem Seeweg."

Flora reagierte nicht auf den vielstimmigen Chor, sondern fuhr einfach fort mit ihrer Erklärung, während ihre Augen sich wässrig verschleierten und eine einsame Träne über ihre Wange rollte. In jeder ihrer Falten schien sie kurz innezuhalten, bevor sie, der Schwerkraft gehorchend, ihren Weg fortsetzte.

„Eigenhändig. Und vor vielen, vielen Jahren."

Sekundenlang sprach niemand ein Wort.

„Erzählst du uns jetzt bitte die Fortsetzung von gestern", unterbrach Grit schließlich die Stille. „Mir scheint, das Wesentliche kommt erst noch."

Wie recht sie hatte. Das Wesentliche habe ich noch nie jemandem erzählt ...

Ein Herzschlag hat ihn erwischt. Aus heiterem Himmel. Er war im Garten, Holz hacken für den kommenden Winter. Es war Mitte September, und seit Tagen schon kroch abends eine dampfige Feuchtigkeit aus der Erde. Als es immer dunkler wurde und er nicht zurückkam ins Haus, ging ich ihn suchen. Eine kleine Weile schon hatte ich keine Geräusche mehr gehört, die nach Holzspalten klangen. Erst jetzt fiel es mir auf.

Ich fand ihn am Boden liegend, reglos, die Axt noch in der Hand, die andere Hand an der Brust. Aus seinen grünen Augen sah er mich verwundert an, als wollte er sagen: „Coucou, mon cactus, warum gehst du nicht wieder rein? Ich komme gleich." Aber er sagte nichts mehr. Nie mehr. Ich zerrte und rüttelte an ihm. Ich legte mich zu ihm. Ich versuchte, ihn wachzuküssen. Doch außer seine Augen zu schließen, konnte ich nichts mehr für ihn tun.

Ich war verzweifelt. Und ich bekam Panik: Ein britischer Besatzungssoldat, Offizier, tot bei mir im Garten. Undenkbar! Sie würden mich ins Gefängnis stecken. Für wer weiß wie lange. Standrechtlich erschießen ging ja nicht mehr.

Es war eine Art Kurzschluss. Ich lief in den Keller und wuchtete die längliche Kartoffelkiste nach oben, den einzigen Gegenstand aus

Holz, den wir im Hungerwinter vor einem Jahr nicht verheizt hatten. Die paar Kartoffeln darin warf ich in einen Korb und zerrte die Kiste zum Holzunterstand beim Tennisplatz. Ich legte Charles meinen kratzigen Wollschal um den Hals, küsste seine kalten Lippen und fuhr ein letztes Mal mit dem Finger über sein Muttermal. Ich wickelte ihn in ein Laken und begann mit Schaufel und Spaten, zum Teil mit bloßen Händen, ein Loch zu graben. Ich dachte nicht darüber nach, welcher Ort der geeignetste wäre. Ich lief auf Automatik. Zum Glück war es Herbst und der waldartige Boden nicht gefroren. Wie eine Irre riss ich an den Wurzeln, die mir in die Quere kamen, und wie irre sah ich wohl auch aus. Nach zwei Stunden war ich schweißgebadet und das Loch groß und tief genug, dass ich die schmale Kiste, etwas schief, hineinbugsieren konnte. Ich polsterte sie mit Moos und Blättern aus und rollte Charles' schon steif werdenden Körper hinein. Ich wollte ihm meinen Firlefanz – „le Fanz" – mitgeben auf seinem Weg, doch in meiner Panik und Erschöpfung konnte ich ihn nicht finden. Völlig konfus rannte ich wieder raus und schaufelte Charles' Kartoffelkistengrab mit Erde zu. Vom Bahndamm kratzte ich Moosstreifen ab und packte sie darauf. Die ersten Blätter waren schon gefallen. Rotgolden leuchteten sie tagsüber am Boden, doch in der Dunkelheit waren sie grauschwarz. Ich verteilte sie so, dass die Stelle nicht auffiel. Am nächsten Tag harkte ich alle Blätter in der Umgebung zu einem großen Haufen zusammen. Wie ein Grabhügel sah es aus, und das war es ja auch.

Von da an konnte ich nicht mehr zurück. Irgendwann fingen sie an, nach ihm zu suchen. Die Military Police tauchte bei mir auf und befragte mich zu seinem Verbleib. Ich spielte die schnippische sitzengelassene Geliebte. „Desertiert ist er, vor ein paar Wochen schon", erklärte ich. „Hat plötzlich behauptet, er hat Familie in England und sich davongemacht. War schneller weg, als die Londoner im Blitzkrieg in ihrer Underground verschwunden sind. Bloody bastard." Wo er abgeblieben sei, wisse ich nicht.

Angewidert waren sie von meinen Worten, wie ich selbst, und genau das sollten sie sein. Ich wusste nicht, ob ich einer weiteren Befragung oder gar einem Verhör standhalten würde, und wollte verhindern, dass sie noch einmal wiederkämen. Die gleiche Story habe ich der Flüchtlingsfrau von oben aufgetischt, als sie nach ihm fragte, die zweite Familie war zum Glück schon weitergezogen. Sie zuckte nur die Achseln. „So sindse, de Männers. Sei'n Se froh, dass Se keene Bambusen von ihm haben. Macht'et leichter."

In meinem ganzen Leben habe ich mich nicht so hundeelend und illoyal gefühlt. Eine Verräterin. Bis heute schäme ich mich dafür und leiste Abbitte bei ihm. „Bien fait", hätte er womöglich gesagt. „Gut gemacht, mein raffinierter kleiner Adolf."

Vielleicht aber auch nicht. Das denke ich erst seit heute.

Vor einem Jahr dann habe ich einen Riesenschreck bekommen. Ich war im Alsterhaus, Schlüpfer kaufen, und nebenan am Jungfernstieg waren sie dabei, einen neuen Laden einzurichten. Das Warenzeichen lehnte schon montagefertig an der Fassade. Kopfüber, deshalb habe ich es nicht sofort erkannt. Erst als das Foto von der Eröffnung dick auf Seite 1 des Hamburger Abendblatts prangte, dachte ich, mich trifft der Schlag: Wo früher über mehrere Etagen Beutin Damenmoden logierte, hatten sie einen riesigen hässlichen Computerladen eröffnet. Am 17. September 2011 und mit seinem Muttermal an der gläsernen Fassade, einem angebissenen Apfel von enormer Größe. Unfassbar. Und diese Koinzidenz! Der 17. September war sein Todestag.

Mehrere Tage stand ich völlig neben mir. Nie wieder nach dem 17. September 1947 hatte ich in einen Apfel beißen können.

Es sollte nicht das letzte Mal sein, dass mir das Apfel-Symbol begegnete. Vor wenigen Wochen habe ich es zum dritten Mal in meinem Leben zu Gesicht bekommen. Nicht an einer Fassade oder in einer Fernsehwerbung für Handys und Computer. Ich sah es an einem Nacken. Es war heiß im Garten, und sie hatte ihre Haare zum Pferdeschwanz hochgebunden. Das Mal war eine Nummer kleiner als bei ihm, aber es saß an exakt der gleichen Stelle. Winzige Schweißperlen glitzerten darauf in der Sonne wie Markasiten.

Von da an war ich mir sicher.

Er hätte es mir sagen müssen. Und ich hätte es mir denken müssen: dass ein Mann wie er nicht allein durchs Leben geht. Dass er Familie hat. Dass ...

Doch immer, wenn ich ihm Fragen stellte damals und mich fürchtete vor den Antworten, hat er sie weggelacht und mich in Arm genommen. „Il veut tout savoir, mon p'tit Adolf ..."

Gott, dieser Schuft, hat mich gleich zweimal betrogen: zuerst um mein Leben mit Charles und nun ein zweites Mal durch Charles selbst, weil alles eine Lüge war. Seinen zweiten Betrug musste er mir jetzt, quasi im allerletzten Moment noch, vor Augen führen, obwohl ich ihn nicht darum gebeten hatte. Als wollte er mir eine lange Nase drehen.

Wäre ich nicht vor langer Zeit aus seinem heuchlerischen Verein ausgetreten, hätte ich es jetzt getan. Mit 86. Gerannt wäre ich zu dem bärtigen Pastor unserer Kirche am Markt, der seinen imaginären Heiligenschein so demonstrativ über dem Haupt oder vor sich herträgt, dass er die Ausmaße eines Hula-Hoop-Reifens haben muss.

Es ist fast zum Lachen: Mein Leben lang habe ich mich mit Schuldgefühlen herumgequält, weil ich Charles verraten hatte.

Völlig umsonst.

Sein Verrat war der größere.

„Was hat er denn?" Grit sprang auf, und Flora schreckte aus ihren Gedanken hoch. Schmeling, der eben noch friedlich neben der Korbtruhe gelegen hatte, begann zu röcheln, als habe er eine Gräte im Hals und wolle auf der Stelle den Löffel abgeben.

„Oh, Gott, das arme Tier." Sonja wurde ganz aufgeregt und lag schon neben Schmeling auf den Knien.

„Schmeling ist Atheist", erklärte Flora kaltschnäuzig, als sie wieder in der Realität angekommen war. „Wie ich. Und falls er sich jetzt unmittelbar in den Himmel aufmachen sollte, ohne Endstation Paradies, dann geht's da lang." Ihr granatgeschmückter Ringfinger wies auf die nächstgelegene Buche. „Mein Friedhof. Ist auch paradiesisch."

„Soll das heißen, da liegt Charles begraben?", fragte Alex entgeistert.

„Da liegen Schmeling eins bis fünf begraben. Und ein Willy und ein Karl." Sie warf Lou den verwitterten Tennisball zu, den irgendwer im Gebüsch gefunden und neben der Sahneschale platziert hatte. „Charles liegt weiter hinten. Beim Tennisplatz."

Sie griff zu ihrem Glas. „Mit den Jahren bekommt man Übung im Beerdigen. Schenkst du mir bitte noch ein Wasser ein, Claire?"

Nach dieser Eröffnung beichtete Flora Teil 2 ihrer Geschichte. Und der von Charles. Schmeling gelangte an diesem Abend nicht mehr ins Paradies. Weder er noch sonst jemand, den er kannte.

ZWEIUNDZWANZIG

„Okay, Mädels", Alex erhob sich, noch ganz benommen von Floras Beichte. „Wir sagen Willy, Karl und den Schmelings Hallo und gehen dann Monsieur Charles besuchen. Wird Zeit, dass wir dem unbekannten Soldaten von nebenan die Ehre erweisen."

„Nun, jetzt kennt ihr ihn ja. Und im Übrigen war er Captain." Im Gänsemarsch, Flora vorneweg, folgten sie dem geschlängelten Pfad zum Tennisplatz, bis sie zu einem Brombeergestrüpp an der Böschung des Bahndamms kamen. „Hier ist es", sagte Flora und bog mit dem Elfenbeingriff ihres Gehstocks die Ranken beiseite, die ihre dornigen Klauen nach dem verwitterten Maschendrahtzaun um den Platz ausstreckten. Verborgen im Dickicht der Brombeeren lag ein bemooster Findling, auf dem in dunkel angelaufenen Metallbuchstaben die Worte „Ch..rles, mon amour" zu lesen waren, dilettantisch mit einer Art Steinkleber aufgeklebt. Das „a" von Charles lag am Fuß des Steins auf dem Bauch. Daneben stand eine rostzerfressene Amphore mit drei verblühten Rosen.

„Que c'est beau", sagte Claire leise. Sonja arrangierte den Gebündelte-Karotten-Strauß von Linus und Lou, den sie geistesgegenwärtig vom Tisch geklaubt hatte, um die Rosen herum. Danach legte sie Flora den Arm um die Schultern und fing an zu weinen, während Alex und Grit sich an den Blättern rund um den Stein zu schaffen machten, um ihre Fassungslosigkeit zu verbergen. Vieles hatten sie ihrer alten Nachbarin und Vermieterin zugetraut, aber dass sie buchstäblich eine Leiche im Keller hatte beziehungsweise hinter ihrem Tennisplatz, damit war wirklich nicht zu rechnen gewesen.

„Nun ist es aber gut, liebe Sonja." Flora schüttelte ihren Arm ab wie ein regennasses Cape. „Sei nicht so sentimental.

Damit kommt man nicht gut durchs Leben. Du hast ihn doch gar nicht gekannt."

„Und seine Familie?", fragte Grit, als sie auf dem Rückweg zum Haus waren. „Haben die nie etwas erfahren?"

Flora verneinte.

„Nie. Sonst wären sie doch gekommen, oder?" Energisch piekte sie ihren Gehstock ins Moos neben dem Kiesweg. „Außerdem ging es drunter und drüber in diesen Jahren, da konnte schon mal was verloren gehen."

Oder wer, dachte Alex. Gegen Floras Geheimnis war der heimliche Immobiliencoup von Barbara Avidus ein Witz. Nicht der Rede wert.

„Und damit ihr's wisst: Ich bereue nichts. Keine einzige Sekunde."

„Nooooonnnn, rien de rien", fing Grit an zu summen, das unsterbliche Chanson von Édith Piaf, „je ne regrette rien".

„Solltest du aber vielleischt", murmelte Claire, die sich bis dahin im Hintergrund gehalten hatte. Ihre Wangen glühten. Wie konnte Flora so selbstsüchtig sein. Und so unbarmherzig! „Du weißt ja nicht, was es für die Angehörigen bedeutet", hätte sie am liebsten geschrien. „Obwohl das alles Jahrzehnte her ist, leiden sie ihr Leben lang darunter, nicht zu wissen, was mit ihren Liebsten geschehen ist. Es bleibt eine offene Wunde, ein Kapitel, das sie nicht abschließen können." Die Empörung trieb ihr fast die Tränen in die Augen. „Diese Menschen sind alt geworden, während ihre Söhne oder Männer für immer jung geblieben sind, auf ewig 33. Oder 37. Oder 19. Im Alter kommen all die Erinnerungen wieder hoch, weil sie viel mit ihren Gedanken allein sind und nun auch zum ersten Mal in ihrem Leben die Muße haben, über Vergangenes nachzudenken. Ich weiß das. Ich kenne es aus erster Hand. Und ich habe Interviews mit diesen Leuten geführt, habe ihr Leid gesehen. In Frankreich, in England. Ihr müsstet das hier in Deutschland doch auch kennen, in Hamburg, in Stuttgart und in

Wuppertal, müsstet wissen, wie es sich anfühlt. In Russland, bei Stalingrad und anderswo liegen schließlich eure eigenen gefallenen Männer, Brüder und Väter, von denen ihr nie wieder gehört habt."

Flora bemerkte nichts von Claires Aufgewühltheit. Zumindest tat sie so. Claire lief vorneweg, begann hastig, ein paar Teller vom Tisch abzuräumen und verschwand kurz darauf in ihrem Zimmer, um an diesem Tag nicht mehr aufzutauchen.

Ein wenig verdutzt blieben Sonja, Alex und Grit zurück. „Ein bisschen hätte sie schon noch mit anpacken können", sagte Sonja. Auch von Elin und Mira war weit und breit keine Spur zu entdecken.

„Tja, so sind sie, die jungen Leute", warf Flora nonchalant in den Raum und begab sich ebenfalls direkt nach drinnen. Dafür halfen Linus und Lou kräftig mit, was zwei Tassen und einem halbvollen Milchkännchen das Leben kostete. Die beiden steckten noch immer in ihren jeweiligen Flora-Verkleidungen aus der Truhe und konnten entweder nichts sehen, weil ihnen die zu großen Hüte über die Augen hingen, oder sie stolperten über einen zu langen Rock- oder Hosensaum.

„Kommt, ihr Lieben, auf einen kleinen Absacker noch", sagte Grit, als alle Picknickutensilien verstaut waren. Sie holte Barbaras unangebrochenen Limoncello vom Barwagen, mischte ihn ohne einen Hauch schlechten Gewissens mit Floras Edel-Crémant und warf etwas Zitronenmelisse und eine Ladung Eiswürfel in die Mixtur. „Was sagt ihr denn zu eurer kriminellen Nachbarin und meinem kriminellen Schützling Ü80?"

„Ohne Worte", meinte Alex nur und prostete Sonja und ihr zu. Flora und Claire beobachteten die drei aus ihren jeweiligen Fenstern.

Nach dem denkwürdigen Nachmittag in Flora Perlebergs Garten veränderte sich die Atmosphäre in und um ihr Haus ein weiteres Mal. Floras Aura wurde eine andere. Sie bekam etwas Durchlässiges, Ätherisches, sie schien sich nicht mehr mit Klauen und Zähnen gegen ihre Umwelt verteidigen zu müssen. Zugleich stand sie mit beiden Beinen fester in der Gegenwart. Als würde sie noch einmal neu Wurzeln schlagen. Die Beichte vor Zeugen war ein Befreiungsschlag gewesen. Sie ermöglichte ihr, die Vergangenheit loszulassen, und die Vergangenheit revanchierte sich und entließ Flora aus ihrer Umklammerung. Sie zog davon, löste sich auf wie zäher Morgennebel, der in den Nachmittagsstunden ein paar erste zarte Sonnenfinger durchlässt und viel zu lange schon den Tag in feuchtem Grau hat verschwimmen lassen.

Flora besuchte Charles nicht mehr täglich und wenn, dann ging sie nicht alleine. Mal begleitete Grit sie, mal eine ihrer Nachbarinnen. Oder, in den Abendstunden, Claire. Claire hatte ihr die Eigensüchtigkeit nicht verziehen, trotzdem hatte die alte Dame mit ihrer widerborstigen Art ihr Herz gewonnen. Den Gehstock ließ sie bei ihren kleinen Wanderungen ans Ende des Gartens nun im Haus zurück. Sie hatte es sich zur Gewohnheit gemacht, sich bei ihrer Begleitung unterzuhaken. Unter diesen Umständen beschloss Schmeling, eine zweibeinige Begleitung genüge völlig, und zog es vor, gemütlich in seinem Korb zu bleiben. Sollten sich doch zur Abwechslung andere die Füße vertreten und Zecken ins Fell holen.

Wenn Barbara vorbeischaute, war sie angenehm überrascht. Das erste Mal hielt sie es für eine Eintagsfliege, einen günstigen Augenblick, gewissermaßen ein Versehen. Bei späteren Anlässen nahm sie Floras neue Ausgeglichenheit dankbar zur Kenntnis, ohne sie zu hinterfragen. Flora zeigte sich weniger biestig und unberechenbar ihr gegenüber. Angriffslust und Sarkasmus, die sie in letzter Zeit so irritiert hatten, waren einer Art freundlicher Gelassenheit gewichen, die auch schon wieder beunruhigend war. Was war das jetzt? Eine Form von

Altersmilde? Jedenfalls fühlte es sich deutlich besser an als ihr Verhalten zuvor. Fast wie früher. Barbaras Anspannung und Verunsicherung ließen nach. Würde schon alles gut werden. Sogar zusammen lachen konnten sie wieder.

Auch sie begleitete Flora nun öfters zu Schmeling 1-5 & Co. Weiter Richtung Geheimnis gingen sie nicht.

Der Oktober war fast vorbei. Er hatte Hamburg viel blauen Himmel beschert und goldene Tage, die nur ab und an vom gewöhnlichen Niesel-Piesel unterbrochen wurden.

„Was meinst du, Flora, wollen wir heute in den Jenischpark? Und anschließend vielleicht ins Café Engel auf dem Anleger Teufelsbrück?", schlug Grit vor. „Du musst doch mal wieder die Elbe sehen, auch wenn es inzwischen zu kalt ist zum Schwimmen." Flora hatte ihr Vorhaben, in der Elbe zu baden, wahrgemacht. Ende August war sie, Gehstock in der Hand, bis zur Hüfte ins Wasser gestiegen. Am Kinderstrand von Blankenese, beim unteren Leuchtfeuer. Dort hatte sie Grit den Stock in die Hand gedrückt, war in die Knie gegangen und hatte die ersten vorsichtigen Schwimmzüge seit Jahren gemacht.

„Ich fühle mich wie siebzehn", hatte sie gestrahlt, nachdem sie, parallel zum Strand, einmal zwischen den beiden ins Wasser ragenden Steinaufschüttungen hin und her geschwommen und danach, leicht benommen von der wiedereinsetzenden Schwerkraft, an Grits Arm an Land gewankt war.

„Engel sind nichts für mich", antwortete Flora jetzt. „Lieber zu den beiden Wracks am Elbstrand. Unterhalb vom Römischen Garten. Die passen besser zu mir." Ihre Augen leuchteten. „Wir könnten Schlittschuh laufen zur Abwechslung. Bei der Kälte in den letzten Nächten haben wir womöglich schon Eisgang. Vielleicht mag Mira ja mitkommen."

In rote Fleecedecken gewickelt, eine Tasse heiße Schokolade mit Sahne vor sich, von Flora aufgepeppt mit einem Schuss

Rum, saßen sie nach dem langen langsamen Spaziergang zu dritt beim Ponton op'n Bulln und genossen die Herbstsonne. Die Elbwellen der großen Schiffe liefen unter ihm hindurch und brachten den Ponton sanft zum Schaukeln. Schmeling genoss die Schiffschaukel und schnarchte wohlig zwischen Miras und Floras Füßen.

„Es wird Zeit", sagte Grit, als die letzte Fähre des Tages ablegte und aus Richtung Nordsee gelblich grauer Nebel aufkam. Sie erhob sich, faltete ihre Decke zusammen und wollte Flora aufhelfen.

„Gute Idee. Ich hab' schon Lausefüße." Zur Bestätigung zog Mira ausgiebig die Nase hoch. Flora hatte die Augen geschlossen. Sie lehnte an der fast noch warmen Holzwand des winzigen Restaurants auf dem Fähranleger. Ihr Kopf unter dem weichen puderrosa Wollhut im 30er-Jahre-Stil war an Miras Schulter gesunken, und die zarten Federn des mauvefarbenen Marabupuschels bewegten sich wie auf Samtpfötchen im Wind und kitzelten Mira am Kinn.

„Schläft sie etwa?"

Grit lächelte. „Ich weiß nicht."

Schmeling war aufgestanden. Er streckte sich, und ein Zittern durchlief den kleinen Hund von der Schwanzspitze bis zur platten Nase. Aufmerksam blickte er seine alte Gefährtin an. Sie schlief nicht. Das war bloß wieder einer ihrer Tricks.

Aber ihm konnte seine Flora nichts vormachen.

Ihm nicht.

EPILOG

„Du hast seine Augen", hatte es in dem Brief an Claire geheißen, der Floras Testament beilag. „Als ich den Akzent hörte, in der Tierhandlung, geschah etwas mit mir. Ich hatte eine Ahnung, ohne es wahrhaben zu wollen. Verzeih mir, ma petite, auch dass ich mir erlaube, dich so zu nennen. Und auch deine Großmutter möge mir verzeihen. Ich wusste nichts von ihr und ihrem Kind. So gern wäre *ich* an ihrer Stelle gewesen."

Grit, Barbara und Claire saßen im gediegenen Büro des betagten Dr. Karl-Friedrich Rosenthal, dessen überraschend glatte Haut das Aussehen der fleckigen Folianten im Regal hinter seinem Schreibtisch angenommen hatte. Er sah aus, als habe man einen von ihnen straff über seinen Schädel gespannt und einen Rest Haare angeklebt, damit man wüsste, wo oben und unten war. Schriftlich hatte er sie in seine Kanzlei gebeten, um ihnen Floras letzten Willen mitzuteilen.

Überrascht waren Grit und Claire der Aufforderung gefolgt. Sie hatten nicht mit einer Einladung in diesem Zusammenhang gerechnet und feixten, dass sie womöglich das verstimmte, nicht mehr transportfähige Klavier im Salon erben würden. Oder den riesigen Vogelbauer ohne Vogel, der im Keller vor sich hin gammelte.

Ganz anders Barbara Avidus. Im Bewusstsein des bevorstehenden Triumphs segelte sie mit breitem Bug und maximal aufgetakelt durch die Tür, eine Fregatte in voller Fahrt. Überpünktlich war sie als Erste zum Termin erschienen und runzelte die Stirn, als sie, mit Schmeling an der Leine, Grit und Claire eintreten sah. Diesen feierlichen Moment sollte Floras letzter Gefährte nicht verpassen.

Beim Durchsehen ihrer Sachen hatte Grit in Floras Nachttisch den offenen Briefbogen in Floras Handschrift mit den steilen, sich nach vorn lehnenden Buchstaben gefunden. „Im Falle meines Ablebens zu benachrichtigen: Dr. Karl-Friedrich Rosenthal, Notar." Dazu eine vornehme Adresse in der Innenstadt, östlich der Alster, nebst Telefonnummer.

Flora Perlebergs Testament kam einem letzten Paukenschlag gleich. Als Dr. Rosenthal es in Anwesenheit der drei Damen verlas, zerplatzten Barbaras Illusionen wie Seifenblasen an einer Betonwand. Flora hatte ihr Haus zu gleichen Teilen Claire Masson und Grit Lindner vermacht.

Den Rest wartete Barbara Avidus gar nicht erst ab. Rüde unterbrach sie Dr. Rosenthal. „Das ist nicht das Testament, das mir bekannt ist." Aus den Tiefen ihres Ausschnitts stieg ihr eine ungesunde Röte ins Gesicht. Sie kramte in ihrer Handtasche. Sie hatte sich gewappnet, für alle Fälle, und zur Sicherheit eine Kopie mitgebracht, die sie jetzt hervorholte. „Bitte sehr!"

„Es ist das Testament, das *mir* bekannt ist und das Frau Perleberg in meinem Beisein am, lassen Sie mich nachschauen, dritten August hier in dieser Kanzlei unterschrieben hat." Der Notar räusperte sich. „Wie Sie sehen, verehrte Frau Avidus, wurde es zweieinhalb Jahre nach der Version erstellt, die Ihnen vorliegt." Er blickte Barbara über den feinen goldenen Rand seiner schmalen Brillengläser an, leicht angewidert, wie es Grit schien, und schob ihr die Kopie über den Tisch zurück. „Und die damit ungültig ist."

„Aber..."

„Wenn Sie vielleicht die Güte hätten zu warten, bis ich zu Ihnen komme."

Barbara Avidus hatte die Güte nicht. Nach der dritten Unterbrechung seiner Testamentsverlesung machte Dr. Rosenthal es kurz. „Ihr Erbe, Frau Avidus, beschränkt sich auf", sein Zeigefinger wanderte zu der betreffenden Passage, „auf eine Pflanze. Es handelt sich um, ich zitiere, ‚den Kaktus, der auf dem Küchenhocker in der Theobaldstraße 23 steht. Grit hat ihn wieder zum Leben erweckt. Möge er dich immer an mich erinnern.'" Dr. Rosenthal räusperte sich. „Auch für Sie habe ich hier noch einen Brief."

Floras Mitteilung in dunkelblauer Tinte war eher knapp gehalten. „Tut mir leid, meine Liebe, aber du hast mir auch nicht immer alles gesagt." Dahinter lachte ein verwischter Smiley Barbara mit gefletschten Zähnen ins Gesicht.

Von der siegesgewissen Fregatte schrumpelte die Aura von Floras ehemaliger Steuerberaterin im Zeitraffer zum Gummiboot, in dessen Außenhaut man besagten Kaktus gepikst hatte und aus dem nun geräuschvoll die Luft entwich. Von hundert auf null. Beziehungsweise von circa eindreiviertel Millionen ...

Harpunenpfeile schossen aus ihren Augen Richtung Grit und Claire, als hätten *sie* Floras letzten Willen zu verantworten. „Dieses Testament werde ich anfechten, davon können Sie ausgehen. Und aus dem Miststück von Kaktus könnt ihr meinetwegen Krautsalat machen." Ihr Stuhl quietschte auf dem Parkett, als sie ihn mit Inbrunst zurückschob. „Sie hören von mir", sagte sie und nickte Dr. Rosenthal zu. Zu einem hocherhobenen Haupt reichte es nicht mehr, als sie die Tür hinter sich zuschlug.

„Hmmpff!", sagte Schmeling und schloss wieder die Augen.

„Mamie Louise, c'est bien toi?"

„Ah, Claire, ma chérie! Wie schön, dass du anrufst."

„Ich habe Neuigkeiten für dich, Mamie."

„Aus Deutschland?" Louise lachte. „Was das wohl sein mag."

„Setz dich bitte, Mamie, für alle Fälle. Ich ...ich habe ihn gefunden!"

„Was? Sprich lauter, Kind, was hast du gefunden?"

„Grand-père."

„Grand-p…" Es folgte eine lange Stille. Louises Stimme kam schließlich durch die Leitung, als hätte sie jeden einzelnen Zentimeter zu Claire zu Fuß zurückgelegt. „Du hast meinen Charles gefunden? Wo?"

„In Hambourg."

„Aber das ist unmöglich. Nach all den Jahren. Er kann nicht am Leben sein. Du musst dich irren."

„Nein, das ist er auch nicht. Er ist gestorben, schon 1947, im September, beim Holzhacken im Garten eines alten Ehepaars, in dessen Villa er einquartiert war." Claire konnte vor sich sehen, wie sich ihre Großmutter am Fuß der französischen Alpen ans Herz fasste.

„1947 … Aber, aber warum habe ich nie etwas erfahren?" Die Stimme versagte ihr, und Claire wusste, dass sie rechnete. Jahre zählte. 1947. 1947 war 65 Jahre her!

„Die Leute hatten Angst, man würde sie verhaften. Sie haben Charles begraben und seinen Tod nicht an die Militärbehörden gemeldet und auch sonst nirgendwohin."

„Aber sie mussten doch wissen, dass er Familie hatte. Wie kann man jemanden so im Ungewissen lassen. Grausam ist das. Une infamie!"

Louise fing an zu schluchzen, ein trockenes Schluchzen ohne Tränen, und Claire wünschte sich, durch den Hörer kriechen und sie in den Arm nehmen zu können. Sie fühlte sich miserabel. Sie hätte bei ihrer Großmutter sein müssen in diesem Moment, doch sie hatte gefürchtet, Mamie würde ihr die Lüge ansehen, wenn sie ihr gegenüberstand. Und lügen musste Claire. Ein kleines bisschen. Sie brachte es einfach nicht übers Herz, ihr die ganze Wahrheit zu sagen. Doch Louise fragte nicht einmal, wie sie es herausgefunden hatte, nach all den Jahrzehnten. Für sie war nur wichtig, dass.

„Kann ich kommen?", fragte Louise. „Zu dir? Zu ihm? Holst du mich ab?"

Hand in Hand standen sie am Bahndamm, knöcheltief in raschelnden gelborangen Blättern. Es war Ende November, die Bäume hatten schon reichlich Laub abgeworfen, und der Tennisplatz war kaum als solcher zu erkennen. In der rostigen Amphore neben dem Findling bewegten sich die lila und roten Blüten von Louises Anemonenstrauß im Wind. Schweigend kneteten ihre Finger in der Manteltasche Charles' Fliegertuch. Claire hatte es ihrer Großmutter geschenkt, doch lange würde es nicht überleben, wenn sie so damit umging.

„Wusstest du", sagte Louise, „dass die Anemone für unerfüllte Liebe steht? Für Vergänglichkeit, enttäuschte Hoffnung und für die Sehnsucht?" Fragend blickte ihre Enkeltochter sie an. „Der Legende nach hatte die griechische Göttin Aphrodite neben ihrem Mann Hephaistos noch einen Liebhaber, Adonis. Er kam bei der Jagd ums Leben, und aus seinen Blutstropfen und den Tränen der Aphrodite wuchsen rote Blumen, die Anemonen. Ich habe mir nie Illusionen gemacht über Charles, ma petite."

Claire glaubte, von oben ein spöttisches Keckern zu hören, und schaute erschrocken hoch. Sie wurde das Gefühl nicht los, Flora sitze mit baumelnden Beinen über ihnen in der Kiefer, beobachtete sie scharf mit ihren Vogelaugen und hörte zu. Aber natürlich war da nichts, wahrscheinlich bloß ein Eichhörnchen oder eine Taube. Claire holte tief Luft und ließ den Blick zurückwandern zum Grabstein ihres Großvaters. Sie fühlte sich gut damit. Die neue Inschrift jedenfalls hätten sowohl Louise als auch Flora bedenkenlos unterschreiben können:

Charles Stevens-Legrange,
mon amour pour toujours
1914 – 1947 – 2012

Davon, dass jene Flora neben ihrem Charles begraben war, in einer Urne, die auf verschlungenen Pfaden ihren Weg am Pastor und am Blankeneser Friedhof vorbei gefunden hatte, ahnte Louise nichts. Nur ihre Enkelin, Grit, Alex und Sonja wussten Bescheid.

„Er hat nie von dir erfahren, Claire", flüsterte Louise. „Nicht einmal von deiner Mutter Caroline."

Als zwei Wochen später Claire morgens als Erste in die Küche kam, stieß sie einen Schrei aus. Das „Miststück von Kaktus" war frisch zur Kaktee mutiert und hatte einen Namen bekommen – und quasi über Nacht drei leuchtend pinkfarbene Blüten. „Elle est folle, cette Florentine!", sagte Claire.

„Stimmt", bestätigte Grit. „Die spinnt total. Was meinst du? Sollen wir sie auf Floras Grab stellen?"

„Jamais. Auf keinen Fall!" Heftig schüttelte Claire den Kopf. „Florentine bleibt 'ierr. Isch möschte sie im Auge behalten."

NACHWORT
UND DANK

Viele Stunden habe ich zur Kriegs- und Nachkriegszeit in Hamburg recherchiert. Wertvolle Hintergrundinformationen und Anregungen fand ich in Michael Ahrens' „Die Briten in Hamburg. Besatzerleben in Hamburg 1945-1958" von 2011 sowie in „Als Hamburg im Feuersturm versank", ein Werk, in dem Sabine Bode, Ursula Büttner, Christoph Kucklick und Malte Thießen aus unterschiedlichen Blickwinkeln die Operation Gomorrha 1943 und deren Folgen betrachten. Hilfreich waren auch „Blankenese im Nationalsozialismus 1933-1939", herausgegeben von Jan Kurz und Fabian Wehner, sowie „... mehr als ein Haufen Steine, Hamburg 1945-49", herausgegeben von Kurt Grobecker, Hans-Dieter Loose und Erik Verg. In den zahlreichen filmischen NDR- und weiteren Dokumentationen zum Nachkriegs-Hamburg habe ich mich fast verloren. Aus dem faszinierenden und auch erschütternden Material wieder aufzutauchen, war nicht leicht. Zudem habe ich für dieses Buch Gespräche mit Zeitzeugen und -zeuginnen geführt und in meiner eigenen Familiengeschichte recherchiert.

Ein großes Dankeschön gilt meinem Kinder- und Jugendbuch-Agenten Ulrich Störiko-Blume für sein trockenes „Das hat was", nachdem ich ihn um eine Einschätzung der ersten Seiten gebeten hatte. Diese drei Worte waren es, die mich das Projekt wieder aufgreifen ließen, nachdem es fast zehn Jahre in den Abgründen meines Computers geschlummert hatte.
    Monika Hamdorf, Anke Girod und Anne Wenzel haben das Manuskript vor allen anderen gelesen. Danke euch für Bestärkung und kompetente Kritik. Die *Schmeling*-Szene mit

Halskrause verdanke ich meiner Freundin Michèle, Spezialistin für chaotische Einakter, die einst den Nachbarsdackel auf diese Weise Gassi führte. *Walking the dog* auf Französisch. Un grand merci, Michèle! Die Zeit, die ein Fischtrawler um 1940 von Hamburg nach Guernsey benötigte, hat ein echter Seemann für mich berechnet: Containerfrachter-Kapitän Jan Peters – mehr Kapitän geht nicht –, und gedauert hat es keine fünf Minuten.

Last but not least: Ulli und Sophie, meine Liebsten, ich weiß es sehr zu schätzen, dass ihr immer wieder meine Texte lest und mich an den Stellen bremst, wo ihr es für dringend geboten haltet. Schon, damit ihr euch im Dorf noch blicken lassen könnt.

Arno Surminski
Von den Wäldern
Roman einer Heimkehr
232 Seiten
Hardcover mit Schutzumschlag
ISBN 978-3-8319-0864-6

Als Gerd Wolters nach elf Jahren in russischer Kriegsgefangenschaft 1955 endlich nach Hause zurückkehren kann, wird er zu einem Außenseiter.
Seine Frau ist tot, der kleine Sohn verschwunden. Wie soll man da Zuversicht gewinnen?
Linda, die Frau, der er in der Natur begegnet, ist auf ihre eigene Art versehrt. Vorsichtig und ganz allmählich finden die beiden zueinander, die Wälder werden für sie zu einem Ort der Kraft und der neuen Hoffnung.

Arno Surminski gelingt mit seinem neuen Roman ein großes Kunststück: Er greift viele der Themen auf, die sein Werk auf einzigartige Weise prägen, führt sie diesmal jedoch bis in die Gegenwart fort. Wie lebt es sich mit den schlimmen Spuren, die der Krieg in der Seele von so Vielen hinterließ? Ein berührender Roman über zwei Menschen und ihre Suche nach Geborgenheit.

Peter Volkmamm
Der Freund
Im Visier der Stasi
320 Seiten
Klappenbroschur
ISBN 978-3-8319-0865-3

Berlin, Hauptstadt der DDR 1978, sieben Studenten, darunter Christine und Wolfram, protestieren mit Flugblättern gegen die undemokratischen Verhältnisse im Land. Als sie ins Visier der Stasi geraten, versuchen sie sich durch „Republikflucht" in Sicherheit zu bringen.
In einem undurchschaubaren Geflecht von Intrigen und Verrat nutzt die Stasi die Situation, um einen ihrer wichtigsten IM zu schützen. Rücksichtslos greift sie in das Leben der Studenten ein, bringt sie für Jahre ins Gefängnis und zerstört die große Liebe von Christine und Wolfram.
Die Aufklärung dieses menschlichen Dramas kann erst nach dem Mauerfall erfolgen. Die Spurensuche führt schließlich nach Schweden, wo sich der Schlüssel zu verborgenen Zusammenhängen verbirgt. Die Liebe zwischen Christine und Wolfram bleibt verloren, aber gelingt es ihnen, ihre Freundschaft zu retten?

IMPRESSUM

Bibliografische Information der Deutschen Nationalbibliothek
Die Deutsche Nationalbibliothek verzeichnet diese Publikation in der Deutschen Nationalbibliografie; detaillierte bibliografische Daten sind im Internet über http://dnb.d-nb.de abrufbar.

ISBN 978-3-8319-0867-7

© Ellert & Richter Verlag GmbH, Hamburg 2024

Dieses Werk einschließlich aller seiner Teile ist urheberrechtlich geschützt. Jede Verwertung außerhalb der engen Grenzen des Urheberrechtsgesetzes ist ohne Zustimmung des Verlages unzulässig und strafbar. Dies gilt insbesondere für Vervielfältigungen, Übersetzungen, Mikroverfilmungen und die Einspeicherung und Verarbeitung in elektronischen Systemen.

Coverabbildung: Max Liebermann: Blick aus dem Nutzgarten nach Osten, um 1919. © Max-Liebermann-Gesellschaft Berlin e.V.
Text: Karin Baron, Hamburg
Lektorat: Dr. Werner Irro, Hamburg
Gestaltung: BrücknerAping Büro für Gestaltung, Bremen
Gesamtherstellung: Florjancic tisk printing house, Maribor / Slowenien

www.ellert-richter.de
www.facebook.com/EllertRichterVerlag
www.instagram.com/ellert_richter_verlag